STEPHAN NAUMANN

Das Werk der Bücher

TEUFLISCHER PAKT Mitte des 15. Jahrhunderts. Der menschenverachtende Richter Tanner ist bis ins hohe Alter kinderlos geblieben. Sein Unmut darüber treibt ihn zu einem schicksalshaften Pakt mit dem Teufel. Der Bastard Nathan, den er mit einer Dirne zeugt, wird jedoch nicht nur ihm sehr schnell unheimlich. Auch die Nonne Gianna Maria durchschaut ihn und trachtet ihm nach dem Leben. Noch bevor der Vater das Schicksal abwenden kann, sackt er in sich zusammen. Und der Junge wird seiner Tante überlassen. Während eines Feuers, das ihm durch seine Verbindung mit der Hölle nichts anhaben kann, erhält der hinterhältige Junge seine wahre Bestimmung: Er soll die bedeutendste Erfindung seiner Epoche, Gutenbergs Buchdruck, zu Gunsten des Teufels missbrauchen. Nathan macht sich auf den Weg nach Mainz …

Stephan Naumann, geboren 1981 in Lichtenfels, absolvierte nach dem Abitur ein Praktikum in der Lokalredaktion einer Tageszeitung. Danach war er lange Zeit als freier Mitarbeiter für verschiedene Zeitungen tätig. Nach einem mit eigenen Illustrationen versehenen Patientenratgeber ist »Das Werk der Bücher« sein Debüt als Romanautor.

STEPHAN NAUMANN

Das Werk der Bücher

Historischer Roman

GMEINER *Original*

Besuchen Sie uns im Internet:
www.gmeiner-verlag.de

Im Ehnried 5, 88605 Meßkirch
Telefon 07575/2095-0
info@gmeiner-verlag.de

1. Auflage 2011

Lektorat: Claudia Senghaas
Herstellung: Julia Franze
Umschlaggestaltung: U.O.R.G. Lutz Eberle, Stuttgart
unter Verwendung des Bildes » Vanitas mit Sonnenuhr«;
Quelle: visipix.com
Druck: Fuldaer Verlagsanstalt, Fulda
Printed in Germany
ISBN 978-3-8392-1139-7

Für meine Eltern
Irmgard und Heinz

Erster Teil

I

Im fünfzehnten Jahrhundert erreichte eines der dunkelsten Kapitel der Kirchenhistorie einen weiteren unrühmlichen Höhepunkt, und das in einer Zeit, in der der Argwohn und die Missgunst bei den Menschen eine wachsende Rolle spielten, sofern sie durch den entsprechenden Stand in der Lage waren, ihre Macht zu Zwecken des Eigennutzes zu gebrauchen.

Auf Betreiben einer großen Zahl von Päpsten und des Theologen Thomas von Aquin wurde die Willkür der Gesetzesauslegung mit der Heiligen Inquisition geltendes Recht. Dieses Werkzeug zur Reinerhaltung des Glaubens diente aber mehr der Bekämpfung unliebsamer politischer Gegner und der Kunde der Erneuerung und Umgestaltung, als der Abgrenzung der christlichen Botschaften von schädlichen Einflüssen. Beim gemeinen Pöbel, dessen begrenzte Gedankenwelt zum überwiegenden Teil von bigotter Teufelsangst und der Unterwürfigkeit gegenüber den Herrschenden bestimmt war, fiel sie auf fruchtbaren Boden.

Keiner der ehedem federführenden Päpste, weder Innozenz III. noch Gregor IX. oder Innozenz IV., hätte in seinem menschenverachtenden und weltfremden Werk erahnen können, dass die gefürchtete höllische Saat des Satans sich dennoch, trotz aller päpstlicher Mühen, ihren Weg bahnen sollte; in Gestalt eines, wie sich noch zeigen wird, einzig und allein dem äußeren Anschein nach unschuldigen Kindes.

Man brauchte hierzu einen Menschen, der sich, überblickt man seine zahllosen Frevel, als derart verschlagen, kaltherzig und grausam herausstellte, dass er für seine spätere Rolle prädestiniert war, und sein Gebieter, der ewige Gegenspieler des zutiefst angeschlagenen Guten, seinem vermaledeiten Ziel der Weltherrschaft näher kommen konnte. Besagter hätte den teuflischen Dämonen schon aufgrund seines durchtriebenen Wesens alle Ehre gemacht, das für ihn bestimmte vernichtende Urteil am Tag des Jüngsten Gerichts stand ohnehin längst fest.

Widersinnigerweise war dieser privilegierte und zugleich vom Volk auf den Tod gefürchtete Mann ein ausgewiesener Fürsprech des Gotteswillens. Zu allem Unglück wirkte er als Richter und zeichnete sich durch ein besonderes Maß an Grausamkeit in der Härte seiner Urteile aus, die den Unmenschlichkeiten des Krieges zwischen England und Frankreich, der mehr als ein Jahrhundert währte, in nichts nachstanden.

Dieser Mann hatte den Namen Clifford Tanner inne. Er war als menschenverachtendes Scheusal in ganz London und über die Stadtgrenzen hinaus verschrien, sodass man ihn, um seine Geringschätzung allerorts zu verdeutlichen, nur den ›Tannerlump‹ rief.

Seine letzten Jahre auf Erden und insbesondere das Leben seines auf ewig im Höllenpfuhl schmorenden Balgs sollen hier erzählt werden.

Diese Geschichte handelt aber nicht nur von diesen missratenen Gestalten. Wir, die jüngeren Schwestern einer ihres Glaubens nimmermüden Nonne, die aus dem Königreich auszog, um nichts Geringeres zu bewerkstelligen, als die Christenheit vor ihrem Ende zu bewahren, wollen auch aus unserem Leben erzählen. Die umfassenden Aufzeichnungen, die uns fesselten, uns nicht mehr losließen, uns zugleich Hoffnung und Angst bescherten, offenbarten unsagbar Schreckliches, sodass wir nunmehr nicht länger die Augen vor den irdenen Fehden zwischen Gut und Böse, denen sie zum Opfer fiel, verschließen können. Wer hätte noch zu Lebzeiten ernsthaft in Erwägung gezogen, dass wir, Jane und Beth Fitzgerald, unsere grundgute große Schwester trotz unserer durch das Teufelswerk der Schwindsucht angeschlagenen Gesundheit um Jahrzehnte überleben sollten? Gleichwohl wir viele Vorgehensweisen der Kirche nicht für gut befanden, der Allmächtige vergönnte uns bis ins hohe Alter ein erfülltes Leben. So wahr uns Gott helfe, wir werden nichts von dem, was Gianna Maria uns hinterlassen hat, verschweigen, nichts unerwähnt lassen.

Die Epoche, von der wir nun erzählen, war jedoch auch, wie alle grundlegenden Zeitenumbrüche, geprägt von einem großen Wandel in politischer, geistiger und gesellschaftlicher Hinsicht. Richtungsweisende Staatengefüge traten in den Vordergrund der Geschichte, ebenso überdachte die Menschheit ihr jahrhundertelang gültiges Verständnis von Gott, Kunst und Natur. Der enge Umkreis des vorherrschenden Denkens und Glaubens sowie des Weltbildes wurde durch wegweisende Erfindungen und Entdeckungen um Wissenswelten erweitert.

Unsere Geschichte ist nicht von Reformern beeinflusst, wie dem nach seinem Ableben zum Ketzer erklärten John Wyclif, einem, wie wir glauben, zu Unrecht gescholtenen Landsmann, geschweige denn von Jan Hus, der sich zur Schande der Kurie und zu seinem Unheil auf König Sigismunds Zusage freien Geleits zum Konzil von Konstanz verlassen hatte. Auch nicht von portugiesischen Seefahrern, die den Heiligen Augustinus in dessen Aussage widerlegten, jenseits der heißen Zone Afrikas lebten keine Menschen, da diese nicht von Adam abstammen könnten. Von diesem neuen Weltbild ausgehend, ankern womöglich kommende Seefahrer mit ihren Schiffen schon in Bälde vor den Ufern des goldenen Landes Zipangu. Wer vermag es auszuschließen?

Diese Freigeister und Vordenker treten in ihrem Schaffen unserer Meinung nach allesamt in den Hintergrund angesichts einer weitaus richtungsweisenderen Neuerung. Ebendiese brachten das tradierte Vorrecht des verschwenderischen Klerus, des blaublütigen Hochadels und der barbarischen Königshäuser, die Fähigkeit des Lesens und Schreibens zu erlernen, ins Wanken und rückte damit den freien Wissens- und Bildungszugang für den Pöbel aus Mägden und Knechten, Bauern und Tagedieben, von denen zu dieser Zeit gerade einmal ein verschwindend geringer Prozentsatz des Lesens mächtig war, in erreichbare Nähe.

Es war ein Zeitalter, das Jahrzehnte, nachdem all die genannten klugen Köpfe sich ihren Platz in der Geschichte verdienten, begonnen hatte und unter anderen Umständen, so werden wir darlegen, beinahe ein frühes Ende für alle gottesfürchtigen Menschen auf der gesamten Erdscheibe bedeutet hätte, noch ehe die Schwelle zum 16. Jahrhundert erreicht war. Hätten wir seinerzeit über das Schicksal der Kirche befinden wollen, wir hätten eine überaus düstere Zukunft vorhergesehen.

Richter Clifford Tanner, genannt der Tannerlump, beging zu diesem Zeitpunkt, so lauteten Gerüchte in der Stadt, einen Fehler. Es war der Tag, an dem er den größten Fehltritt seines jämmerlichen Daseins beging. Die untugendliche Tat, so wird sich in Bälde zeigen, zog weitaus schwerwiegendere Folgen nach sich als jede seiner bis dahin begangenen ruchlosen und unbarmherzigen Handlungen an seinen Mitmenschen, die, jede für sich, zu beschreiben nur unnötig auf der Seele lasten würde. Selbst wenn eine solche Lektüre Menschen seines Schlags im Gegensatz zum Normalsterblichen wahrscheinlich großen Spaß bereiten würde. Der erwähnte Zeitpunkt sollte zu einer Wende in der gottlosen Geschichte des 15. Jahrhunderts führen. Genau hier wollen wir beginnen:

Als wollte es eine allumspannende und ungemein bedrückende Stimmung über sämtliche rund hunderttausend Menschenkinder Londons legen, hüllte sich das Himmelszelt am 14. Oktober des Jahres 1441 in tiefstes Grau. In den Häusern der Stadt herrschten Trostlosigkeit und tief empfundene Trauer. Vor den Türen war es derart ungemütlich, dass man in nahezu jeder Stube den mehreren zehntausend Opfern der Pestwellen gedachte, die in den letzten Jahren, Jahrzehnten, ja, im gesamten letzten Jahrhundert in der Stadt gewütet hatten. Ohne Unterlass tröpfelte es vom Morgengrauen bis zur Abenddämmerung oder regnete in Schauern. Es war so trüb, als hätte der Allmächtige im Himmel seine Lider gänzlich verschlossen vor lauter Grausen vor dem, was sich an diesem Tage ereignen sollte.

An diesem düsteren Oktobertag beging der Tannerlump seinen siebenundsechzigsten Geburtstag. Er beglückte sich an seinem Ehrentage selbst und glitt einer jungen, wenn auch wenig anmutigen und, man konnte für ihn von Glück sprechen, von den grassierenden Geschlechtskrankheiten unverseuchten Dirne zwischen die gespreizten Schenkel. Es war der Tag im Leben des ekelerregenden Tannerlumps, der seines Schicksals Ende einläuten sollte und eine Wendung mit sich brachte, von der der Alte besser vorher Kenntnis hätte haben sollen. Sein elendes Dasein entwickelte sich in eine Richtung, die zu vermeiden uns allen Kummer erspart hätte und die seiner fragwürdigen Ehrenhaftigkeit endgültig und für alle Zeit den Garaus machen sollte.

Wie auch immer, der Rausch seines wenige Minuten währenden und in äußerstem Maße einseitigen zwischengeschlechtlichen Einsatzes war schnell verflogen, was wohl daran gelegen haben mochte, dass die Monate später von Tanners niederträchtigen Schergen als Metze verurteilte und daraufhin verbrannte Dirne wenig Entgegenkommen oder gar Anflüge einer tief greifenden Beteiligung, geschweige denn einer wie auch immer gearteten Wollust zeigte.

Noch während die Dirne, auf einem Schemel hantierend, ihre Scham bedeckte, war der Tannerlump keuchend und nach Luft ringend in eine Ecke des Lochs – der Raum verdiente beileibe keine andere Bezeichnung – im Obergeschoss eines schmutzigen und billigen Gasthauses in der Balter's Lane gesunken. Der Schweiß seiner Anstrengungen rann ihm übers Gesicht, als er mit einem Lumpen unbeholfen über seine fleckige und aufgeraute Haut wischte und es gleichsam vermied, den Blick auf den großen Wandspiegel zu richten, der in der schräg gegenüberliegenden Zimmerecke hing. Zu unangenehm wäre ihm sein eigener Anblick aufgestoßen.

»Wenn du mir den Sohn bescherst, der mir schon lange verwehrt, so versichere ich, dass bei dir der Reichtum einkehrt!«, schrie er mit letzter Kraft, während sein massiger Körper bebte.

Die Dirne wandte sich dem verausgabten und verschwitzten Ekel zu. Die unbeschreibliche Abscheu vor dem, was sie sah, mit dem sie gerade noch vereint gewesen war, verursachte einen Würgereiz, ehe seine Frage ihren unterentwickelten Verstand erreichte.

Kaum einen Spritzer hatte sie in sich gespürt, weshalb sie verächtlich auflachte. »Wenn du mir den König von England schickst, auf dass er mich begehre, dann mein Wort drauf, dass ich dir deinen Sohn beschere!« Freilich dachte sie sich nichts dabei. Was ihr jedoch wirklich im Kopf herumgeisterte, fasste sie nicht in Worte. Stockschläge oder den Galgen hätten ihr ihre Gedanken, wenn ausgesprochen, eingebracht. Ohne jede weitere Regung griff sie sich alsbald die Zuwendung für ihre Dienste, in einem Fall wie diesem vor allem für ihre Unannehmlichkeiten. Sie steckte die Münzen hastig in ihren tiefen Ausschnitt des Kleides und sehnte einen ansehnlichen und wohlhabenden Freier herbei, der ihr mehr bieten könnte, der sie von der Straße mit zu sich in sein Bürgerhaus brächte und ihr jeden Wunsch von den Augen abläse. Ein Traum, ein Unding, ein Luftschloss, das sich niemals auf dieser Erde wiederfände, ermahnte sie sich selbst und resümierte mit mehr Glück als Verstand das Ansinnen des Mannes, der nach wie vor nach Atem rang und sich fortlaufend räusperte.

»Alles Schall und Rauch!«, kicherte sie dümmlich, brachte ihren Unterrock in Ordnung und entschwand, wie sie hoffte, auf Nimmerwiedersehen. »Von dir Ekel krieg ich keinen fetten Bauch!«, flüsterte sie sich selbst beruhigend auf dem Weg zur Tür zu.

Doch wie es in derlei Geschichten der Brauch ist, kam alles ganz anders. So bot sich auch das Ergebnis dieser Zusammenkunft dar, das beinahe auf den Tag genau nach zehn Monaten und damit reichlich später als vorhergesehen das Licht der Welt erblickte. Die Kenntnis dieser Niederkunft, die Tanner im Zeichen des im 15. Jahrhunderts vorherrschenden Standesdünkels von den entrüsteten Eltern der Dirne zugetragen wurde, sollte ihr Todesurteil sein. Ebenso das ihrer bei genauerer Betrachtung wohl eher scheinheiligen und somit wenig bemitleidenswerten Eltern, die ihrer Tochter den Namen des Kindsvaters noch während der Geburt entlockt hatten und bereits seit Langem am Geschäft ihrer Tochter beteiligt gewesen waren. Tanners stumpfsinnige und geistig arme Handlanger taten das Ihre für bares Geld.

Unerwartet aber sollte der Tannerlump vom Tage der Geburt an aufrichtige Zuneigung für das Balg hegen. Man erzählte sich später, er verspürte gar so etwas wie väterliche Gefühle für das Kind – im weitesten Sinne jedenfalls, so sei an dieser Stelle zugunsten der Glaubwürdigkeit unserer Erzählung versichert.

Dank seines stattlichen Vermögens, das letztlich allein den Einfluss des vermeintlich ehrenwerten Richters und sein Überleben sicherte, war es ihm ein Leichtes, den Balg an sich zu ketten und ihn zu verderben. Die Gerüchteküche der englischen Hauptstadt brodelte derweil weiter. Seiner wenig geläuterten Seele nach zu urteilen, wurde dem Tannerlump ein Pakt mit dem Antichristen nachgesagt, der im satanischen Balg Gestalt angenommen hatte. Was die Wenigsten jedoch ernsthaft in Erwägung zogen, war längst zur entsetzlichen Gewissheit geworden: Das Ekel, das zur Schande des Königreiches weiterhin ungehindert seine eigene Rechtsprechung anwandte, hatte seine Seele für einen Nachkommen aus der mehr und mehr versiegenden Flut seines Lendensaftes an den Teufel verkauft. Der Richter des Royal Court of Justice war fortan ein getreuer Diener Luzifers. Der Mann, dessen Berufung es war, für Recht und Ordnung auf den Straßen Londons zu sorgen, gehorchte bis zum Jüngsten Gericht der verheerenden Stimme des Höllenfürsten.

Der Satan aber hatte an die Erfüllung des Wunsches eine Bedingung geknüpft: Der holde strohblonde Knabe mit den stahlblauen Äuglein, der, verborgen hinter seinen engelsgleichen, weichen Zügen, genauer gesagt, hinter seinem linken Ohr, die Zahl sechshundertsechsundsechzig eingebrannt trug, sollte ihm noch einen ganz bestimmten Dienst erweisen. Einen Dienst, der selbst dem verachtenswerten Tannerlump missfallen sollte, wie sich noch zeigen würde.

II

Ein stiller Moment war es gewesen. Es war eine dieser, um bei der bitteren Wahrheit zu bleiben, sehr raren Stunden, in denen sich beim Tannerlump das kaum vorhandene Gewissen zumindest unterschwellig regte. Er hatte herumgehurt und vergewaltigt. Sich genommen, was er wollte. Nun kamen ihm Gedanken, die sich am ehesten mit einer erbaulichen Besinnung auf seine sehnlichsten Wünsche gleichsetzen ließen.

Seit seinem fünfzigsten Geburtstage herrschte in seinem meist vernebelten Verstand das unstillbare Verlangen nach Fortpflanzung. Doch keine der Dirnen, so oft er sich auch an ihnen verging, wollte ihm den Sohn schenken, der sein Blut in den Adern tragen und mehren sollte, der seine Geschäfte weiterführen sollte, wenn er dereinst bettlägerig und umnachtet den Herrgott um Vergebung seiner Sünden bitten würde, so ihm dies dann überhaupt noch in den Sinn käme. Bis dahin allerdings würde noch sehr viel Wasser die Themse hinabfließen, und kein Pfaff ihn zur Beichte als reuigen Sünder sehen. Ganz sicher nicht. Also schrie er im Suff, als er eines Sonnabends aus dem nächsten Wirtshause auf dem Heimweg war, voller Verzweiflung seinen Verdruss hinaus:

»Kein Kind soll ich haben, kein Gott will mich

erhören, des Teufels Gaben werden mir schon bescheren die Gören!« Kaum ausgesprochen, fühlte der Tannerlump eine nie da gewesene eisige Kälte in seinem Herzen. Plötzlich ertönte Geschrei auf den Straßen.

»Der Teufel soll euch holen! Euch dafür, uns zu unterdrücken, den Hosenboden versohlen!«, kreischte es aus zahlreichen Kehlen. Der Tannerlump fuhr herum und sah im Licht des Vollmondes aufständisches Bauerngesindel in seinem Rücken, welches von den städtischen Streitkräften auf dem Weg in den nächsten Kerker geleitet wurde. »Der König häuft ohne Scham unseren Reichtum in seinen Kammern an, und unsereins muss sehen, wie er überleben kann!«, brüllten sie, während sie abgeführt wurden.

Zunächst überrumpelt, besann sich Tanner schnell wieder und spendete den Ordnungshütern Londons Beifall, als die Bauern voller Hass in den Augen an ihm vorbeigingen.

»Mit euch werde ich in Bälde Gericht halten, über eure Verfehlungen jetzt genauso wie über alle alten«, gab er ihnen einen Denkzettel mit auf den Weg in den Kerker, welchen sie, so viel sei hiermit schon im Voraus verraten, eine sehr lange Zeit nicht verlassen würden. Er klatschte so lange in die Hände, bis ihm unwohl zumute wurde bei seinem Tun. Für einen Moment horchte er in sich hinein; eine Handlung, die nicht sehr häufig bei ihm vorkam, denn für gewöhnlich bestimmten Triebe sein Handeln. Diese gründeten nun einmal in seiner Bosheit und Verkommenheit. Jetzt aber verspürte er wieder diese Eiseskälte in sich.

Eine Stimme, verschlagen und Angst einflößend, regte sich nun in ihm. »Du sollst deinen Bastard haben, eine Dirne wird ihn in sich tragen. In der Stunde deines Todes werde ich dir seine Berufung offenbaren, dann, wenn meine Dämonen sich um deinen Geist scharen. Wirst du dennoch wagen, jetzt in den Pakt einzuschlagen?«

Tanner bemühte sich nicht lange, ein Für und Wider abzuwägen. Die Gelegenheit war zu günstig. Er konnte nicht anders, als sie beim Schopfe zu packen. Er würde seinen Nachkommen um jeden Preis bekommen.

»Ja«, blähte sich das Ekel Tannerlump mächtig in seinem Wanst auf. »Für einen Sohn kein Gott kann mich bekehren, so vertraue ich von nun an nur noch deinen Lehren. Lass ihn heraufsteigen aus der Hölle Tiefen, bislang meine Begattungsversuche allesamt erfolglos verliefen.«

Im selben Augenblick war in Camden, zu dieser Zeit eines der verkommensten und stinkendsten Viertel Londons, die Dirne, die den Geburtstag des Tannerlumps zumindest einseitig verschönte, selbst wenn sie sich nicht mehr daran erinnerte, im matten Schimmer eines Kerzenlichtes gerade dabei, die wenig erklecklichen Zuwendungen ihrer in diesen wie in allen Tagen geschätzten Dienste zu zählen. Dabei träumte sie sich in ein anderes Leben. Das einer Gräfin, Herzogin oder Freifrau kam ihr in den Sinn, nach freiem Willen gestaltet und ohne die ständigen Sorgen ums Geld. Ein Leben, in dem man sich und seinen kindlichen Körper nicht mit Beginn des zwölften Lebensjahres verkaufen musste, um sich ernähren und sich ein Dach über dem Kopf leisten zu können in der tagein, tagaus verregneten Stadt, um nicht hinter der nächsten Ecke hinterrücks gemeuchelt, mit Verdächtigungen der Hexerei auf dem Scheiterhaufen verbrannt oder in die Irrenanstalt verbracht zu werden und nur noch dahinzuvegetieren. Unvermittelt begann die Kerze zu flackern.

Die Dirne fühlte sich eben noch wie im schönsten Märchen, da zerrte und zurrte es plötzlich dermaßen in ihrem Unterleib, dass sie einen Schrei nicht unterdrücken konnte. Es fühlte sich an, als erwachte in ihr der Samen des Bösen.

»Aaaargh!«, stöhnte sie hinaus, dass man meinte, sie werde auf einen Schlag gevierteilt und gestreckt. Gleichzeitig blitzte und donnerte es grell über den Dächern Londons und ein gewaltiger Schauer weichte sämtlichen Kot des Stadtviehs auf, der nun zuhauf in den Gassen von Hauswand zu Hauswand getrieben und schließlich in die Themse gespült wurde.

In den Stuben nebenan, unter und über ihr verdrehten die ekelhaftesten und heruntergekommensten Gestalten die Augen, solch einen Schrei, der selbst die markerschütternden Donnerschläge mit Leichtigkeit übertönte, hatten sie nie zuvor vernommen. Eine Alte im Zimmer über ihr schüttete vor lauter Schreck den Inhalt ihres Nachttopfes über ihre Füße, anstatt ihn vom Fenster aus in die Gosse zu entleeren, und fluchte über ihr Missgeschick genauso wie über die arme Dirne unter ihr. Bis hinunter auf die Straßen war die Pein der Unglückseligen zu vernehmen gewesen. Des Weges kommendes Gesindel zuckte zusammen, rempelte einander an, war wie benommen oder sandte lauthals Fürbitten gen Himmel. Am nächsten Tag, so sei hier verraten, verbreiteten sich in Windeseile allerlei Mutmaßungen über die Urheberin des Schreis und die Ursachen ihres Elends in den Gassen und Gemeinden Londons.

Als sie die erste Qual hinter sich hatte, fiel das Augenmerk der Frau auf ihren Bauch. Er quoll regelrecht auf, war rotgeädert und das Bindegewebe voller Risse. Rundherum an Stellen, an denen die Adern unter dem immensen Druck geplatzt sein mussten, schillerte die Haut scharlachrot. »Um Himmels willen, was ist mit mir geschehen? Welcher Bastard betrachtet meinen Leib als sein Lehen? Oh Herr, die Sühne der Sünden will ich stunden, wenn ich nur sofort von der Marter entbunden!«, stammelte sie, der Ohnmacht nah.

Die arme und bemitleidenswerte Dirne begriff nur zögerlich, wie ihr geschah, doch zu spät. Der Anblick versetzte ihr den nächsten Hieb und sie knallte mit dem Hinterkopf an die Wand ihrer Stube.

Nach fünfeinhalb Stunden kehrten ihre Sinne allmählich zurück, ihre Ohnmacht hatte ein schreckliches Ende gefunden. Ein weiterer Schlag ließ sie zusammenzucken. Sie blickte zum Fenster. Die davorgehängte Decke, die die Kälte fernhalten sollte, flatterte im Wind. Noch immer donnerte es und der Regen drosch vom Himmel herab. Allmählich wurde es jedoch heller. Die Nacht war vorüber.

Sie ertastete eine Beule und wohl eine Platzwunde hinter ihrer rechten Ohrmuschel, denn deren blutig austretende Rinnsale zogen sich über ihr gesamtes Antlitz. Dann erinnerte sie sich an ihren Sturz, wagte aus Angst aber nicht, nochmals an sich hinunterzuschauen. Gleichwohl ihr nun langsam bewusst wurde, was mit ihr vor sich ging.

III

Nachdem der barbarische Tannerlump nach dem Tod der Mutter dem Kind ein Heim gegeben hatte, schien sich dieses fernab jeder mütterlichen Liebe und Fürsorge, die es gar sein Lebtag lang nicht missen sollte, prächtig zu entwickeln. Mit drei Monaten krabbelte der Junge munter durch die Stuben, mit dem fünften Monat konnte er laufen, mit dem neunten sprach er die ersten Worte und mit dem elften verständigte er sich beinahe wie ein akademisch geschulter Geist.

In einem aber hinkte er selbst mit fünf Jahren noch merklich hinterher. Mittlerweile an die zwanzig für ihre Unannehmlichkeiten fürstlich entlohnte Ammen konnten ein Lied davon singen. Er saugte alles, was sie zu bieten hatten, gierig auf. Dabei verbiss er sich derart fest in die Brustwarzen, dass er entstellte, was von der Natur reizvoll gestaltet gewesen war. Es geschah zudem in schöner Regelmäßigkeit, dass der Alte den Balg mitnahm zu seiner keineswegs kindgerechten Arbeitsstelle, was bei so manchem Besucher Mitleid und Fürsorge hervorrief, Tanner allerdings wenig kümmerte. So sah der Junge von Geburt an und somit schon als kleines, vermeintlich hilfloses Bündel in die Abgründe der menschlichen Seele. Mit leuchtenden Augen spähte er vom Richtertisch hinunter, blickte durchtriebenen Raubmördern und verkommenen Serienvergewaltigern genauso in die Augen wie Dieben und Landstreichern. Jede wie auch immer ausgeprägte Art von Furcht war ihm fremd. Im Gegenteil schien es den Zwerg von Anfang an zu belustigen, insbesondere den straffälligen Schwerverbrechern ins Angesicht zu schauen. Mit jedem von seinem Erzeuger verkündeten Urteil schien sich etwas in dem Kleinen zu regen, das fernab jeder Menschlichkeit, jeden Mitleids oder Mitfühlens war. Es war vielmehr ein wüstes Gekicher, das aus ihm herausdrang, fast blechern ertönte es. Zu diesem Zeitpunkt konnte ja niemand in Betracht ziehen, dass die hämischen Regungen und das anfeuernde Geplärre nichts weiter waren als der unverfälschte Frohsinn darüber, was die Schuldigen im Sinne des Gesetzes erwartete.

Kaum zu bändigen war der Junge gar stets dann, wenn, so sollte sich später herausstellen, der unerbittliche Arm des Gesetzes einen gänzlich Unschuldigen traf, Menschen, die reinen Gewissens waren und sich nichts, aber auch gar nichts zuschulden hatten kommen lassen und die der Tannerlump in seiner abscheulichen Launenhaftigkeit häufig wider besseren Wissens mit allen Sühnegrundsätzen des Königreiches strafte, die er auf Gedeih und Verderb in den Tod schickte oder der Folter aussetzte, sie auspeitschen oder entstellen ließ. Nathan erlernte zu dieser Zeit, die dunkle Gabe zu gebrauchen, die ihm mitgegeben worden war, die sich auch bei manch gewöhnlichem Menschen zu einem unangenehmen Wesenszug entwickelte: die Fähigkeit, Menschen zu beeinflussen. Jeder unter uns ist bereits mit solchen Leuten in Berührung gekommen, seien es Gestalten, die schlecht über andere redeten oder solche, die Vertraute grundlos gegeneinander aufbrachten. Bei dem Jungen aber konnte man nicht von einer herkömmlichen Begabung sprechen. Es war vielmehr eine Form der Magie mithilfe übersinnlicher Kräfte, die aus dem Pakt Tanners mit dem Teufel auf ihn übergegangen war. Er drang in die Köpfe derer ein, deren Gedanken er verklären und deren Verhalten er steuern wollte. Wer auch immer sich seinen Zielen in den Weg stellen wollte, den oder die stürzte er erbarmungslos ins Verderben, ein solcher Ausblick sei an dieser Stelle gewährt. Zunächst jedoch machte er sich am Arbeitsplatz Tanners zu schaffen. So besiegelten nicht wenige unschuldig Angeklagte auf Betreiben des Jungen ihr Schicksal und gestanden, ohne sich dessen erwehren zu können, Dinge, die andere auf dem Kerbholz hatten. Fürwahr, Nathans Gabe sollte Zeit seines Lebens für Unfrieden auf Erden sorgen. Manchmal während der Schilderungen der schrecklichsten und menschenverachtendsten Tatabläufe der Gewaltverbrecher, denen eigentlich nur Verachtung beschieden sein sollte, klatschte der Balg – vermeintlich unwillkürlich – seine Hände zusammen. Zu jener Zeit konnte keiner auch nur im Entferntesten erahnen, dass er der Niedertracht und der Böswilligkeit der Straftäter huldigte. Auf diese Idee kam niemand.

Sein verdorbenes Wesen zeigte sich also schon von Kindesbeinen an, gleichsam wuchs die Macht seiner zerstörerischen Kräfte von Tag zu Tag. Im Alter von eineinhalb Jahren wandte sich sein Vater ihm mit gesteigertem Interesse zu. Seine väterlichen Gefühle veranlassten ihn wieder einmal dazu, den Zwerg in die Lüfte zu heben, woraufhin der ihm ruckartig den großen Zeh seines linken Fußes mit voller Wucht ins rechte Auge rammte. Aus unsäglicher Pein heraus ließ ihn der Tannerlump zu Boden fallen, ohne dass ein Mucks zu vernehmen gewesen wäre. Er kümmerte sich nicht weiter um das Kind, versorgte sein triefendes Auge notdürftig und bestellte für sich einen Doktor. Doch das Augenlicht war nicht zu retten. Der Junge indes, dem das Ekel den Namen Nathan gegeben hatte, verharrte tagelang an Ort und Stelle. Als der Alte sich seiner erinnerte und nach ihm schaute – mit einem Auge jedenfalls –, da rührte sich der Balg erst lange Zeit nicht. Mit einem Male aber, als der Tannerlump mit nichts Schändlichem mehr rechnete und ihn packte, stemmte sich der Winzling blitzschnell dem verrohten und ungewaschenen Antlitz seines Vaters entgegen, riss die Zähne weit auseinander und zerrte damit unnachgiebig und gierig am rechten Ohr des Alten. Starr vor Schreck, wusste der nicht mehr ein noch aus. Dann allerdings schleuderte er den Balg in hohem Bogen gegen die Wand der Stube, sodass vom Aufprall der Putz von der Decke bröckelte. Mit dem Balg hatte er den Großteil seines rechten Ohres an die Wand geworfen. Er mied das Kind fortan, bis der Junge das sechste Lebensjahr vollendet hatte. Der Vater führte feste Fütterungszeiten ein und ließ dem Kind wie einem bissigen, wilden Tier dreimal am Tag einen Napf vorsetzen. Der Tannerlump hatte seine Lektion gelernt. Der Junge, der die Bezeichnung »der Balg« wahrhaft verdiente, hauste derweil im Büchersaal des Ekels. Dort war er am sichersten verwahrt, befand das Scheusal, dort konnte er tun und lassen, was er wollte, da er selbst den schöngeistigen Ergüssen der Gilde der Schriftsteller längst abgeschworen hatte. Dem materiellen Wert, den seine Bücher darstellten, maß er nur wenig Bedeutung bei. Seine Sammlung diente einzig Vorzeigezwecken, etwa wenn er, was selten genug der Fall war, Räte oder Geistliche zu Gast hatte. Sein Balg, dem er über das geschriebene Wort ein Mindestmaß an Bildung zubilligte, musste zu diesen Anlässen mit dem schimmeligen Kellerraum vorlieb nehmen. Nathan verschlang die Bücher stapelweise, nachdem er sich der Kunst des Lesens innerhalb kürzester Zeit selbst bemächtigt hatte. Ein Privileg, das ihm der Alte ermöglichte, immerhin brauchte ein Schreiber im 15. Jahrhundert nicht weniger als zwei bis drei Jahre zur Vervielfältigung eines Buches. Der Tannerlump leistete sich diesen Prunk über vier eigens zu diesem Zwecke angestellte Schreiberlinge sowie seine undurchsichtigen Nebeneinkommen. Es verwundert jedenfalls nicht, dass dem Balg menschliche Wärme nicht zuletzt auch aufgrund seiner Absonderung von der Welt zur Gänze fremd war. Während dieser Jahre schöpfte er seinen Lebensmut aus den Werken der großen Dichter und Philosophen des Altertums sowie aus zeitgenössischen Quellen.

Der Junge entwickelte eine besondere Affinität für das Heilige Römische Reich Deutscher Nation und alles Erdenkliche, was er darüber finden konnte. Irgendetwas in ihm machte ihm klar, er sollte vorbereitet sein. Er müsste wissen, was ihn in der Welt, über die er fraglos das Verderben bringen würde, erwartete. Sein Wesen, das er im Vergleich zu Gleichaltrigen selbst als außergewöhnlich einstufte, und seine dunkle Gabe ließen für ihn keinen Zweifel daran, dass er berufen war, höheren Mächten zu dienen. So erfuhr er von der Geschichte des fränkischen Großreiches, dem Machtverlust der Merowinger, der Zeit der Karolinger, der Herrschaft der Ottonen, dem Kampf zwischen weltlicher und kirchlicher Macht, den sich anschließenden Kreuzzügen, der Einigung zwischen Kaiser- und Fürstentum und zuletzt der Rückkehr der Habsburger. Als deren Vertreter Albrecht II. den Thron bestieg, sah er sein Reich sogleich an allen Grenzen bedroht. Von Franzosen, Ungarn, Osmanen sowie den böhmischen Aufständischen der Hussiten und den Burgundern. Zudem war das Reich in sich geschwächt durch eine fehlende einheitliche Verwaltung und ein mangelhaftes Steuerwesen. Auch die große Pestwelle Mitte des vierzehnten Jahrhunderts, die rund ein Drittel der europäischen Bevölkerung dahingerafft hatte, steckte noch in den Köpfen der Menschen. Von allen Seiten wurde der Ruf nach Reformen immer lauter, las Nathan in den Büchern des Tannerlumps.

In wirtschaftlicher Hinsicht jedenfalls erlebte das Land, wie ganz Europa seinerzeit, einen großen Aufschwung. Landwirte zogen ihren Nutzen aus verbesserten Arbeitsgeräten, ihre Herstellung von Erzeugnissen über den eigenen Bedarf hinaus kurbelte den Handel und das Handwerk an. Schnelles Stadtwachstum wurde gefördert durch die Abhaltung von großen Märkten und Messen sowie durch vom König oder Kaiser gewährte Privilegien. Auf religiösen Bruderschaften basierende Handwerkszünfte als auch Kaufmannsgilden drängten mehr und mehr in die Stadtpolitik, wogegen sich die alteingesessenen Patrizier, zumeist noch erfolgreich, auflehnten. Die deutsche Hanse unter Führung Lübecks kontrollierte bald den gesamten Ost- und Nordseehandel und gewann als Städtebund rasant an politischem Einfluss, so brachte Nathan weiterhin in Erfahrung. Seine Begeisterung für das geschriebene Wort kannte keine Grenzen. Tagelang und ungeachtet dessen, ob vor den Fenstern Sonnenschein oder Regen, Schneefall oder Hagel aufkam, saß der Junge über den Büchern. Er war völlig vertieft in seinen Lesestoff und lernte seine Zeit gründlich kennen. Er war immer auf der Suche, das Böse darin zu entdecken. Es zog ihn in seinen Bann, ließ ihn nicht mehr los. Es entsprach seiner Natur.

IV

Während seiner Schulzeit an der Stamford Bridge Elementary, einer der namhaftesten Einrichtungen der Kirche für Knaben und Mädchen wohlhabender Eltern in ganz London, fiel Nathan, nachdem er angemeldet worden war, zunächst nicht sonderlich auf. Vielmehr warf der ungeklärte Verbleib von insgesamt dreizehn Mädchen und sieben Jungen Fragen auf. An jeder anderen Schule Londons wäre ihnen zu dieser Zeit ein weitaus angenehmeres Schicksal beschieden gewesen, so viel stand jedenfalls fest.

Der Junge erfreute sich bester Gesundheit, erwies sich als höchst intelligent, wenngleich äußerst verschlagen und hinterhältig. Der Religion galt sein besonderes Interesse. Besonders, da er während der Unterrichtszeit häufig ein herablassendes und verhöhnendes Gelächter hören ließ, wurde es der Lehrerin, der zu seiner Bildung bestellten Nonne Gianna Maria, unserer geliebten Schwester, buchstäblich angst und bange. Den Jungen aber erheiterte es sehr, Schwächen sowohl jedes Einzelnen als auch der christlichen Überlieferungen an sich herauszustellen. Sehr oft, und wir meinen in der Tat sehr oft, zog er die Gläubigkeit seiner Mitschüler und diejenige Gianna Marias in den Schmutz. Doch der unerschütterlichen braunäugigen Nonne im Alter von zweiundvierzig Jahren, unter deren Schleier sich eine Mähne aus dunkelblondem Haar wellte, waren die Hände gebunden. Schließlich entlohnte sie der Tannerlump reichlich für das ungebührliche Betragen des Jungen. Entgegen ihrem Armutsgelübde maß sie den Silbermünzen des alten Scheusals großen Wert bei, da sie unsere Unterkunft in einer südwalisischen Heilkuranstalt bezahlen musste und ihr Kloster zudem zur Aufrechterhaltung des sakralen Betriebs darauf angewiesen war. Eines für Gianna Maria wahrhaft wenig erfreulichen Tages besuchte die Nonne mit der ganzen Klasse die bekannte Kirche Westminster Abbey, die Krönungskirche aller Könige Englands seit Herrschaftszeiten Wilhelm des Eroberers. Bereits auf dem Weg in den westlich gelegenen Londoner Stadtteil City of Westminster spuckte der Junge wiederholt große, grüne Batzen Galle vor die Füße der Nonne und einiger Mitschüler. Vor dem Haupteingang am Westportal angekommen, dessen Fassade zu jener Zeit noch im Bau befindlich war, verlor Nathan vollends die Beherrschung, vollzog schier unglaubliche Verrenkungen, stieß Schmähungen übelster Sorte aus und – nicht zu vergessen – spuckte, spuckte und spuckte.

Gianna Maria hatte endgültig genug. Sie zog den Jungen, ihrer rasenden Wut nachgebend, grob an den Haaren.

»Dass du dich nicht schämst, du Scheusal! Dein

Gebaren ist andrer Leute Mühsal. Lass das sofort sein, sonst schenk ich dir mit der hohlen Hand eine ein«, entfuhr es ihr, während aus ihren Augen der zügellose Zorn sprach.

Was der beherzten, nur knapp ein Meter fünfundfünfzig großen Nonne, die damit auch nur etwas mehr als gut eineinhalb Kopflängen von Nathans Scheitel trennte, jedoch entging, war der wahre Grund für sein ungebührliches Betragen. Er hatte die Darstellungen der vier christlichen Tugenden erblickt, welche das Portal umrahmten: Wahrheit, Gerechtigkeit, Barmherzigkeit und Friede. Die Züchtigung schien den Jungen indes noch weiter anzuspornen und so landeten die nächsten Batzen gleich darauf auf ihrem Habit und in ihrem Gesicht.

»Warum soll ich mich schämen, alte Schlampe?«, warf er ihr entgegen, wohl wissend, dass sein Betragen ungebührlich war.

»Wie kannst du dir das Recht herausnehmen, dich mit derlei Wortwahl gegen mich aufzulehnen?«, entsetzte sie sich über die Kränkung.

»Schlampe, Schlampe, Schlampe!«, geiferte der Junge unbeeindruckt weiter.

Für einen kleinen Augenblick stand Gianna Maria sprachlos da. Sie war angesichts dieses Ausbundes an Unverfrorenheit im zartesten Kindesalter zu keinem Tadel fähig. In ebendieser Sekunde meldete sich in ihrem Kopf eine fremde Stimme zu Wort, die nur als grausam und lasterhaft zu beschreiben war. Sie hinterließ einen durchaus beabsichtigten Eindruck in Gianna Marias Geist. Allein schon der Wortlaut sprach für sich: Ich weiß, was du im zarten Alter von dreizehn mit Alastair Bingham getrieben. Von wegen alte Jungfer, von wegen nur Gott lieben, sagte diese Stimme. Du selbst solltest dich schämen, geweihten … Für einige Momente brach die Stimme in unziemliches Gelächter aus. Geweihten Boden zu betreten und an seinem Altar zu beten, du Schlampe, Schlampe, Schlampe.

Nicht erst zu diesem Zeitpunkt wurde der Nonne bewusst, dass der Junge gänzlich durchtrieben wie sein Vater war. Darüber hinaus musste er eine Gabe haben, die ihm die Schwächen der Menschen offenbarte, sodass er diese zu seinem Vorteil nutzen konnte. Wie sonst ließe sich das Wissen dieser verleumderischen Stimme, die für sie ohne den kleinsten Zweifel von Nathan ausging, über Gianna Marias Jugendsünde erklären. Niemand außer ihr und besagtem Alastair Bingham, der seit dem fünfzehnten Lebensjahr zur See fuhr, konnte davon wissen. Wie der Hammer eines Hufschmieds das Eisen, traf sie, als sie die Ereignisse der Vergangenheit resümierte, nun die Erkenntnis, welch weitere Verfehlungen der Balg sich bereits hatte zuschulden kommen lassen. Im ersten Schuljahr hatte er einem drei Jahre älteren Jungen, der gut zwei Kopf größer war als er selbst, mit dem Fuß an den Schädel getreten, sodass dieser stark blutete und seine Wunde mit Feuer behandelt werden musste.

Nathan war dabei so in die Höhe gesprungen, als ob er keine Gelenke in seinem elenden Körper hätte. Gianna Maria sah erst recht klarer, als sie daran dachte, was sich vor gerade einmal drei Wochen zugetragen hatte. Sie hatten den Galgenplatz der City of London besichtigt, eine Maßnahme, die vom Leiter ihrer Einrichtung zur Abschreckung eingeführt worden war und bereits im Kindesalter vor den unbarmherzig mahlenden Mühlen des Gesetzes warnen sollte. Sämtliche Kinder bis auf eines hatten sich die Augen zugehalten, hatten zu weinen begonnen oder einen Schock davongetragen und versorgt werden müssen. Das eine Kind in jedem Falle – wen wunderte es noch –, welches nicht erbärmlich geheult hatte, war der Sohn des Tannerlumps gewesen. Geradezu in Hochstimmung hatte er die toten Leiber belächelt.

»Da wird auch dein Brotgeber dereinst hängen! Seinen Kot mit dem der anderen vermengen«, hatte er sich der Nonne voller Genugtuung zugewandt und auf einen der Galgen gedeutet.

»Wie meinst du das?«, war es ihr, nichts Böses ahnend, daraufhin entfahren.

Vergnügt hatte der Junge mit verzogener Fratze geantwortet: »Auch der Tanner fährt dereinst in die Hölle, ins Fegefeuer!« Mit einem ungebärdigen Funkeln hatte sein Blick Gianna Maria förmlich durchdrungen. »Na, verdammte Nonne, das ist dir nicht geheuer?« Dann hatte er hinüber zu denen geschaut, die gerade an den dreizehn Galgen hingen. »Sieh nur,

Alte: zwei Mörder, drei Vergewaltiger und ein Dieb! Mein Gebieter macht da keinen Unterschied. Die sieben anderen gestanden, was sie gestehen sollten, so wie ihre Urteilssprüche an ihrer Schuld nicht den Hauch eines Zweifels ließen. Fünf von ihnen gehen für frühere Untaten in die Hölle und nur zweien ist ein anderer Weg gewiesen.«

Zu all diesen in äußerstem Maße unschönen Episoden gesellten sich, wie die Nonne sich jetzt in Erinnerung rief, die wüsten Gesichtsverzerrungen und das Zähnefletschen des Balges beim allmorgendlichen Gebet zu Ehren von Gottes Dreifaltigkeit. Wobei sich ihr ein jedes Mal der Vergleich mit einem bis zur Weißglut gereizten oder in die Ecke getriebenen Tier aufdrängte. Bislang hatte sie all dies als herausfordernde Untergrabung ihrer Autorität abgetan, hatte sie in ihrer Gutgläubigkeit, die sie sich jetzt unumwunden eingestand, großzügig über Nathans frevelhaftes Verhalten hinweggesehen. Es war mehr aus falscher Nachsicht, denn aus grundsätzlicher Duldung heraus geschehen. Nun jedoch hatte sie begriffen. Es war mittlerweile höchste Zeit geworden, denn die Zeiger der christlichen Schicksalsuhr waren längst auf fünf vor zwölf vorgerückt. Insgeheim gestand sich Gianna Maria jetzt in aller Entschlossenheit ein, der Junge war derart kaltblütig und widerwärtig, dass er nicht von Gott kommen konnte. Die Zwickmühle, in der sie und das Gewissen ihres Glaubens sich befanden, erlaubte ihr dessen ungeachtet noch kein Eingreifen. Nicht, solange sie noch die Hand aufhielt für die Gaben des Tannerlumps. Nicht, solange der verdammte Giftzwerg unter ihrer Obhut stand. Sie musste sich in Geduld üben und zuschlagen, sobald es möglich war. Um sich allerletzte Gewissheit über das Wesen von Nathan zu verschaffen, griff die Nonne gar zu gänzlich unlauteren Mitteln, unlauter im Sinne ihres abgöttisch praktizierten Glaubens, denn sie hatte, vorher lange mit sich ringend, beschlossen, sich übernatürlicher Kräfte zu bedienen.

Also schleppte Gianna Maria den anfänglich mehr als überraschten Nathan zu verschiedenen Zukunftsdeutern, die sich allesamt der gängigen Verfahrensweisen des Aberglaubens bedienten. Im Beisein des Balges ließ die Nonne zunächst anhand des Vogelfluges und -gesanges in die Zukunft blicken. Umsonst. Später versuchte sie mit aller Sorgfalt, Schlüsse aus rein zufälligen Begegnungen mit Missgestalteten zu ziehen, während sich der Junge zunehmend über sie lustig machte. Dann ließ sie sich gemeinsam mit ihm die Karten legen und suchte in der Anordnung der Gestirne nach den Antworten. Abermals vergeblich. Da all dies nichts nützte, interpretierte sie nach dem Zufallsprinzip Sprüche aus den Evangelien und anderen christlichen Schriften. Auch diese Vorgehensweise erbrachte keine verwertbaren Ergebnisse. Während sie fast verzweifelte, machte sie sich mit der Kunst der Traumdeutung vertraut, rief gar die Toten um Beistand an und ließ aus Spuren und Furchen in Nathans

Gesicht und Händen lesen. Die besagte Stelle hinter seinem linken Ohr sparte sie aus. Als sie keinen anderen Ausweg mehr sah, der stetig an ihrer Seele nagenden Ungewissheit Herr werden zu können, blieb ihr nur noch die Schwarze Magie. Da sie sich nicht selbst damit beflecken wollte, gab es nunmehr eine einzige Lösung. Sie musste Rat bei einer Wahrsagerin einholen, die sich auf die Anwendung der Ketzerkunst verstand. Nach Auskunft eines zwielichtigen Marktstandbesitzers, der allerlei verdächtigen Firlefanz wie Schnitzereien aus Tierknochen, vermeintliche Liebestränke und andere gebraute Tinkturen in seinem Sortiment führte, war sie über mehrere verzweigte Gassen in ihrem Wohnviertel zu einem Hinterhof im bereits erwähnten Viertel Camden aufgebrochen, wo sie eine gewisse Miss Loathsome anzutreffen hoffte. Dort angekommen, sah sie einen Treppenabstieg, der zu einer Tür führte, die mit Bastkugeln an Glitzerfäden verhangen war.

»Miss Loathsome?«, machte sich die Nonne bemerkbar. »Miss Loathsome?«

»Treten Sie ein, treten Sie ein, wenn Sie wissen wollen, was dereinst wird sein!«, hallte eine Stimme ihr entgegen, die der Nonne durch und durch ging.

Gianna Maria folgte nun, indem sie sich an den Wänden entlangtastete, einem stockfinsteren Gang, an dessen Ende sie einen schwachen Lichtschein erspähte und der in einen rund zwei mal zwei Meter kleinen Raum überging. Rattendreck verbreitete darin einen beißenden Gestank, Kakerlaken von einer Größe, die die Nonne nie zuvor gesehen hatte, krabbelten über den Boden. Hinter einem eiförmigen Tisch, auf den ein Blech mit etlichen lang gezogenen, dünnen Furchen und einem erhöhten Rande genagelt war, saß eine scheinbar uralte Frau mit zotteligen, ungepflegt scheinenden Haaren. Ihr Gesicht war mit Warzen übersät und in ihren Augen blickte man nur in Weiß, das von dicken, weitverzweigten Adern durchzogen war. Über ihrem Kopf baumelten unzählige an der Decke befestigte Kügelchen von unterschiedlichster Größe.

»Sie sind gekommen wegen Ihrer Sorge um ein Kind! Sie wollen Aufklärung ganz geschwind«, nahm die Alte Gianna Marias Erklärungen vorweg. »Genauer gesagt, geht es um einen Bastard, der genüsslich mit seinen Krallen in Ihrem Gewissen scharrt!«

Überrascht über die treffenden Worte der Seherin hielt sich Gianna Maria bedeckt. Sie wollte abwarten, was Miss Loathsome ihr noch würde sagen können, ohne dass sie überhaupt auch nur die kleinste verräterische Andeutung gemacht hätte.

»Ihr Misstrauen ehrt mich, verirrte Nonne«, ergriff erneut die Wahrsagerin das Wort. »Ihr Begehr aber liegt nicht im Einflussbereich der Sonne ...« Die Frau schlug unvermittelt mit voller Wucht gegen die Kugeln an der Decke, die daraufhin wild herumtollten, sich ineinander verfingen oder aneinander in Tausende Bruchstücke zerschellten.

Gianna Maria zuckte kurz zusammen. Sie empfand immer größeres Unbehagen, überhaupt bei der Zukunftsdeuterin eingekehrt zu sein, deren mit Sicherheit blasphemische Handhabung der Vorhersage sie womöglich das Paradies kosten könnte. Das äußere Erscheinungsbild von Miss Loathsome jedenfalls ließ keinen Zweifel daran, welch sündhafter Mittel sie sich noch bedienen würde.

»Ihr Ansinnen gilt der dunklen Unterwelt und der unschuldigen Kinder unter unserem Himmelszelt?«, fuhr die Alte schmatzend fort. Urplötzlich warf sie aus einem Jutesack heraus Abertausende von Knochensplittern vor sich auf den Tisch, während ihr Schmatzen immer lauter und bedrohlicher wurde. Hernach kreiste sie in Windeseile mit ihren spindeldürren Fingern über das Muster, welches die Splitter gebildet hatten. Dabei rieben ihre Nägel, die allein schon fast die Länge ihrer Finger aufwiesen, in hellen Tönen über das Blech auf dem Tisch. »Er wird dereinst haben die Qual der Wahl, für ihn ist die Wahl des Triebes jedoch beileibe keine Qual …«, röhrte es jetzt aus der Alten, ehe sie in wüstes Gelächter verfiel.

Verschreckt sah Gianna Maria sich um, als die Seherin sie mit weiß umrandeten Pupillen anstarrte, die mit einem Mal bedrohlich an Schärfe gewonnen hatten. »Luzifer hat ihn uns geschickt, zu rauben unsere Seelen!« Schlagartig fuhr die Alte hoch und zog Gianna Maria an den Schultern zu sich hin. Dabei ritzten sich ihre Nägel tief in die Haut über den

Schulterblättern der Nonne. Ihre beiden Köpfe waren nur noch wenige Zentimeter voneinander entfernt. Gianna Maria schluchzte, derart verängstigte sie das Gebaren der Wahrsagerin. Dann krähte ihr diese mit unmenschlichen Lauten entgegen: »Sein Balg wird dein Herz nicht verfehlen!«

Jetzt hatte Gianna Maria endgültig genug, forsch riss sie sich los und entfloh der Gruft der Miss Loathsome. Zwei Straßen weiter ließ sie sich entkräftet gegen eine Hausfassade sinken, um zu verschnaufen und ihren Tränen freien Lauf zu lassen. Trotz aller Gefühle, die sie in diesem Moment überwältigten, wusste sie nun, weswegen sie diesen Frevel auf sich genommen hatte. Der Zweck heiligte bekanntlich die Mittel, beruhigte sie sich und berührte ihren Kreuzanhänger mit den Lippen.

V

Um die, wie ihm zugetragen worden war, gegenüber seinem Balg zunehmend aufbegehrende Nonne Gianna Maria zu besänftigen, köderte der Tannerlump sie mit dem Besuch eines prächtigen Ritterturniers, das auf einer großen Aue südöstlich von London, nahe Canterbury, am Fluss Stour in der Grafschaft Kent, abgehalten werden sollte. Die anfangs über die Maßen widerspenstige Nonne hatte, seiner außerordentlichen geldlichen Zuwendung zum Dank, schließlich eingewilligt. Auch seine scheinheiligen Beteuerungen, den Kindern die gelebten Tugenden der Ritterlichkeit aufzuzeigen, waren mit ausschlaggebend dafür, dass sie seine Einladung letztendlich annahm.

Eines hochsommerlichen Mittwochs im Juli des Jahres 1447 fand sich die Klasse unter Führung Gianna Marias zu dem Ritterturnier ein. Keine einzige Wolke war am Himmel zu sehen. So weit das Auge reichte, nur strahlendes Blau. Vögel zwitscherten lustig ihre Lieder, am weiten Himmelszelt strahlte die am Scheitelpunkt stehende Sonne, nach Norden und Osten hin meinte man gar, die schäumende und aufbrausende See zu hören. Die gesamte um den reichhaltig geschmückten Jahrmarkt liegende Natur glich der Idylle eines Märchens, das in seiner Anmut und Verträumtheit aus der Feder eines feinsinnigen Dichters hätte stammen können.

»Der Ritterstand ist einer der angesehensten in unseren Zeiten, ein Stand, der sich im Kampf misst. Das adelige Heer, das mit seiner Ehre an die christlichen Tugenden gebunden ist«, erläuterte die Nonne ihren Schülern auf dem schmalen Weg durch den riesigen Jahrmarkt und die farbenfroh behangenen Zeltburgen der teilnehmenden Ritter sowie ihrer treu ergebenen Knappen. Ihre Zelte wurden in der Höhe nur von zahllosen kunterbunten, an bis zu vier Meter hohen Masten flatternden Bannern überragt.

Links wie rechts boten fahrende Händler ihre Waren zum Verkauf an, Gaukler sangen und spielten auf ihren Fideln, Lauten, Schalmeien oder Dudelsäcken, führten Geschicklichkeitsspiele vor oder ließen ihre Marionetten tanzen. Gelegentlich zeigten abgerichtete Affen kleine Kunststücke. Minnesänger demonstrierten ihre dichterischen Fähigkeiten in hoher wie in niederer Minne. In der Ferne waren Männer zu sehen, die ihre Kräfte beim Steine- oder Getreidesackschleppen maßen, und Weibsbilder, die bei Laufwettbewerben antraten, das Ziel und den Lohn in Gestalt eines vorzeigbaren Laufrocks stets vor Augen. Beliebte Brett- und Würfelspiele wurden an Tischen ausgetragen, ebenso das schon bei den Römern beliebte Ludus Duodecim Scriptorum, weithin bekannt unter dem Namen ›Wurfzabel‹. Die vornehmere, sich von dem anwesenden Bauerngesindel eindeutig abhebende Stadtbevölkerung vertrieb sich die Zeit, bis die Fanfaren erklingen würden, mit der Kunst des Bogenschießens. Adlige führten hochnäsig ihre sündhaft teuren Kleider vor, die dem Stil der vom wohlhabenden und einflussreichen burgundischen Hof ausgehenden prächtigen Mode entsprachen. Der Länge nach die Kleidung in verschiedene Farben teilende Mi-Partis wurden ebenso gezeigt wie mit allerlei kleinen Schellen geschmückte und an den Ärmeln mit Zaddeln verzierte Gewänder. Die Damen der reichen Bürger zeigten dazu an Hals und Hand die elegantesten Juwelen aus den Großstädten und, so gut wie jede von ihnen, den passenden Hennin, einen kegelförmigen Spitzhut von bis zu einem Meter Höhe, in den ausgefallensten Abwandlungen. Zuhauf waren die edlen Damen in den modischen Surcot gehüllt, ein beliebtes Kleid mit sehr weiten Armausschnitten, das aufreizende Einblicke auf das eng anliegende Unterkleid ermöglichte. Diese freizügigen Ausschnitte der bis dato hochgeschlossenen Kleider wurden ›Höllenfenster‹ genannt. Ein Grüppchen üppig ausstaffierter Bischöfe stand in regem Meinungsaustausch beieinander, derweil ihr Gefolge ungehemmt gähnte oder mit feurigen Blicken die Damen der feinen Gesellschaft musterte. »Das waren sie also«, spottete Nathan halblaut, »alle Stände der gegenwärtigen Gesellschaftsordnung, allesamt an einem einzigen Ort versammelt zur gegenseitigen Belustigung und zum fröhlichen Zeitvertreib. Eins ist sicher: das

Ende dieses irdnen Trauerspiels ist nicht mehr weit.«
Er dachte hämisch an den einerseits größten Bevölkerungsanteil in Gestalt des tölpelhaften Bauerngesindels, das üblicherweise vom frühen Morgen bis in die Nacht nur harte Arbeit kannte und zudem häufig nicht einmal den eigenen Geburtstag wusste. Die ihrem Grundherren zu Frondiensten verpflichteten Landmenschen, Leibeigene, die zu ackern hatten, egal ob die Ernte gut oder schlecht ausfiel, egal ob Vieh oder Mensch krank waren. Die breiteste und unterste Schicht, das oft nicht nur in seinem Gemüte, sondern auch im äußeren Erscheinungsbild schlichte Volk. Auf der anderen Seite stellte sich in seinen Gedanken das verkommene Bürgertum der Städte dar, einzuordnen unterhalb des Klerus und Adels, immer häufiger versehen mit politischem Einfluss infolge Rang oder Beruf. Handwerker, Kaufleute und Händler, wenig geachtet von den höheren und um ihre Macht beneidet von den niederen Ständen. Des Weiteren der überhebliche und eitle Hochadel, vom Tag der Geburt an dazu bestimmt, über andere zu herrschen, sei es, indem die Blaublütigen, denen schwere körperliche Arbeit völlig fremd war, hohe geistliche Würden oder weltliche Ämter bekleideten. Die solchermaßen Auserwählten konnten eine ganze Reihe Rechte in Anspruch nehmen, die für den gewöhnlichen Landadel, wie auch den Pöbel, zeitlebens unerreichbar blieben.

Nathan wusste auch um den Ritterstand, der dem Adel angehörte. Meist blieb er jedoch einem Grundherren unterstellt, auf dessen Landbesitz die Burg lag und den er auf Kriegszügen zu begleiten hatte. Dem Ritter zugeordnete Bauern erwirtschafteten in der Regel seinen Lebensunterhalt sowie den seiner Familie und Bediensteten, seiner Leibeigenen. Gemeinsam mit dem Adel war es oberste Pflicht der Ritter, Klerus und Volk gegenüber Feinden zu schützen. Dies geschah im Interesse ihrer Obrigkeit, den Fürsten, dem König oder Kaiser, welches häufig nicht im Gleichklang mit den Interessen des Volkes lag. Auch im Ritterstand fanden sich zuhauf üble Gesellen, die es an Tugendhaftigkeit missen ließen. So kam Nathan noch der Klerus in den Sinn, die hohen Geistlichen als auch die niederen Kirchendiener, der erste Stand, der für das Seelenheil Sorge zu tragen hatte. An seiner Spitze der Papst, der Stellvertreter Jesu Christi. »Albern verkleidete Pfauen, die es nicht nur mit dem Zölibat nicht immer so genau nehmen, sondern sich gar häufig gegen die Lehren ihres eigenen Gottes auflehnen«, witzelte er, ehe sich Gianna Maria wieder zu Wort meldete.

»Der Ritter Berufung ist seit jeher die Verteidigung des Glaubens, der Kirche und ihres irdischen Herrn. Aber auch Witwen, Waisen und Arme schützen sie wie ihr Hoheitsgebiet nur allzu gern. Außer alledem pflegen sie Werte wie Gerechtigkeit und Wohltätigkeit. Hinzu kommt die Wahrung der Treue und Ergebenheit, Stärke, Hoffnung und Menschlichkeit«, fuhr sie voller Begeisterung fort.

»Wie wird man einer der Ihren?«, wollte ein vorlauter Knabe aus der Klasse wissen. »Und wie nimmt man teil an ihren Turnieren?«

»Man muss einen edlen Geist besitzen …«, die Nonne schielte missbilligend zu Nathan hin, der sich immer in ihrem Rücken aufhielt, »eine angemessene Abstammung, zudem sollte der Herrgott dir genügend Kraft mitgeben, und vor allem, Junge, müssen deine Gründe rechtens sein, den Ritterstand anzustreben.«

Der miese Balg indes enthielt sich dem Wirbel, der um ihn herum veranstaltet wurde, so gut es ging. Gianna Marias Ausführungen interessierten ihn nicht einmal ansatzweise. Er wusste längst, welche Anforderungen an einen Knappen gestellt wurden. Ebenso war er mit dem Ablauf des Ritterschlags vertraut, der bereits am Vortag mit einer Nachtwache begann. Dem anschließenden Kopfwaschen folgte gemeinhin das Anlegen der besten Kleider, der Empfang der Heiligen Kommunion und das Anhören einer Predigt über Gebote, Glaube, Opfer und Pflichten des Berufsstandes. Dann noch das Niederknien vor einem Altar, das Aufrichten von Händen und Augen zu Gott und schließlich der Ritterschlag. Nathan kam jetzt ins Grübeln. Der darauffolgende Ritt durch die Straßen und damit die öffentliche Aufführung des neuen Ranges hätte schon etwas für sich, trug er aus dem Stegreif sein Wissen aus einem Handbuch über das Ritterwesen vor, das er einst gelesen hatte. Genauso wie die im Anschluss ausgerichteten Festlichkeiten, in deren Mittelpunkt sich einzig und allein der Neuling in der Ritterzunft sonnte, Nathans Geschmack getroffen hätten.

»Des Schwertes Schneide ist doppelt ...«, begann die Nonne frohgemut von Neuem, »und somit an die Verteidigung der Gerechtigkeit und des Rittertums gekoppelt. Ihre Form eines Kreuzes wiederum soll für jeden sichtbar belegen, dass es des Ritters Aufgabe ist, alle Feinde der Christenheit zu erledigen. Und so unbeugsam wie die Wahrheit ist der Lanzen Beschaffenheit.«

Abfällig schüttelte der Balg mit zunehmender Dauer des Schauspiels seinen Kopf. Verfluchter Glaube, erboste er sich innerlich, ein Appell an die Sünde wäre nach seinem Dafürhalten wesentlich leichter zu ertragen. So eine Eselei, spann er den Vortrag der Nonne weiter, der Helm als Sinnbild der Scham, die Rüstung einer Mauer gleich, zum Schutze vor Verrat, Untreue und sonstigen Vergehen. Zu guter Letzt noch der Dolch als Erinnerung, Waffen wären ohne die Unterstützung des himmlischen Herrgottes zu nichts nutze und lediglich das letzte Mittel einer Auseinandersetzung, nur dann zu gebrauchen, wenn alle vorherigen versagt hatten. Ach ja, fiel ihm noch etwas ein, Zaumzeug, Geschirr und Kopfschutz des Gaules als Vergleich mit des Ritters Verstand und zugleich Warnung an ihn, nicht irrsinnig zu handeln, Verrat und Betrug nicht aufleben zu lassen. Genug davon, schob

Nathan seinen Gedanken vorerst einen Riegel vor. Sein Augenmerk galt jetzt wieder den Vorbereitungen des Ritterturniers. Teilnahmeberechtigte Vertreter der Ritterzunft ließen ihre Waffen weihen, Schwertfeger und Klingenschmiede legten letztmals Hand an, ehe die Schwerter zum Einsatz kamen. Knappen stolzierten mit metallenen Harnischen, geschlossenen Topfhelmen mit aufklappbaren Visierplatten und schweren Kübelhelmen, an denen lediglich Augenschlitze und Atemlöcher ausgespart waren, durch die engen Gänge. Manche unter ihnen beförderten mit erhobenen Kinnladen auch Lanzen durch die Menge, ganz so, als wären sie es, die sie bald gebrauchten. Schlachtrösser wurden auf den Kampfplatz getrieben, eine Heerschar aus Herolden versicherte sich gewissenhaft der Zugehörigkeit der Teilnehmer zu der Ritterschaft, teils, indem sie sich mit Übersetzern im Gefolge der Ritter aus aller Herren Länder zu verständigen versuchten und teils, indem sie Hochstapler entlarvten. Auf den oberen Rängen schlenderte im prachtvollen Surcot die Edeldame gelangweilt umher, deren Hand neben einer hohen Mitgift die Prämie des Turniersiegers sein sollte, oder hielt in Angelegenheiten ihres bevorstehenden Ehegelöbnisses Rücksprache mit dem Erzbischof von Canterbury, John Stafford. In langer Tradition zum ersten Erzbischof von Canterbury, Augustinus von Canterbury, trug er als Erzbischof zudem den Titel ›auf dem Stuhl des heiligen Augustinus‹. Auch der englische König Heinrich VI.

war zugegen, kleinwüchsige Diener fächerten ihm mit einer wahren Engelsgeduld frische Luft zu.

Dann, mit einem Getöse aus den Fanfaren, begann das Turnier, kaum war die Nonne mit ihrer Klasse auf ihren Plätzen angelangt. Im Verlauf des Turniers war der unselige Nathan lange Zeit entsetzlich angeödet, denn bereits im Vorfeld hatte er in Erfahrung gebracht, dass die verwendeten Waffen abgestumpft waren. Nur vereinzelt, wenn dennoch Blut floss, erfasste er das Geschehen mit allen Sinnen, bis ein schwarzer Ritter auftauchte, der im Lanzenstechen das Maß der Dinge verkörperte. Herausforderung um Herausforderung im Tjost bestand er unbeschadet, so lange, bis der alles entscheidende Kampf bevorstand. Nathans Interesse am schwarzen Ritter mochte für Gianna Maria, die ihren Zögling, wie der der griechischen Sagenwelt entstammende hundertköpfige Riese die Geliebte des Gottes Zeus, die ganze Zeit über mit Argusaugen beobachtete, viel Raum für Spekulationen bieten, Nathans Faszination hatte allerdings einen ebenso einfachen wie einleuchtenden Grund: Es war die Farbe der Ritterrüstung. Sie sog die auf sie treffenden Lichtstrahlen auf, ohne auch nur einen kleinen Rest wieder abzugeben. Zudem, und dieser Punkt überwog wohl, war es Nathans Seele, die, schwärzer als das schwärzeste Schwarz nicht sein konnte, sich in der Farbe der Rüstung spiegelte. Wieder lärmten die Fanfaren, die Menge grölte und gefiel sich sichtlich in ihrer Rolle als Antreiber des Schauspiels. Alles jauchzte und frohlockte. Der schwarze Ritter stürmte sogleich in vollem Trab am Tilt entlang los. Seine Lanze sank allmählich, je mehr er sich der Mitte des Kampfplatzes näherte, der durch die Beschrankung in zwei gleiche Hälften geteilt war. Dann … ein Stoß von Metall auf Metall. Ein Aufschrei im Karree. Dem Geräusch nach zu urteilen, musste im Körper eines der zwei Reiter durch den Zusammenstoß etwas geborsten sein. Die Edeldame und der Bischof auf den oberen Rängen reckten alsgleich ihre Köpfe über das Geländer. Der schwarze Ritter lag am Boden. Seine Rüstung war am Oberkörper entzweigebrochen. Sturz und Aufprall mussten sämtliche Rippen in Mitleidenschaft gezogen haben. Für Momente glaubten die Zuschauer, er könnte seine Beine nicht mehr bewegen.

»Das Rückgrat! Das Rückgrat!«, kreischten Vereinzelte.

Indes plärrte Nathan aus vollem Halse verärgert los: »Steh auf, du Feigling! Stemme deine Lanze wieder! Strecke deinen Gegner nieder!«

Augenblicklich schnellte der Ritter nach oben, brachte mit neuer Kraft seine Lanze in die Höhe und schwang sich auf sein Pferd. In Windeseile zielte er auf seinen ihm entgegenreitenden Rivalen, dessen graue Rüstung mit weiß-blauem Emblem auf der Brust versehen war. Nur Sekunden später erneut ein ohrenbetäubender Knall. Das mittlerweile außer Rand und Band geratene Gesindel im Karree jubelte und kreischte völlig außer sich, als es sah, dass der Mann, der gegen den schwarzen Ritter angetreten war, sich vor Schmerz am Boden krümmte. Offenkundig war sein Helm mit der abgebrochenen Lanzenspitze des schwarzen Ritters verkeilt, der Panzer in seine Einzelteile zerfleddert. Einige Sekunden darauf rührte er sich nicht mehr. Von seinem Triumph ganz und gar überrascht, schaute der schwarze Ritter in die Menge. Wie zufällig blieb sein Blick an einem Jungen hängen, den er nie zuvor gesehen hatte. Er starrte nur Nathan an. So, als hätte er sein Leben ausschließlich ihm zu verdanken. Der Ritter begriff erst jetzt, dass er gesiegt hatte. Doch um welchen Preis? In dem Moment, als er mit dem Tode gerungen, sich eine seiner Rippen in seine Herzkammern gebohrt und er seinen gesamten Körper vom Nacken an nicht mehr gespürt hatte, als er geschlagen und von der Menge bereits aufgegeben worden war, da hatte er gespürt, dass etwas Böses von ihm Besitz ergriffen hatte. Etwas, das ihn wieder in äußerste Kampfbereitschaft versetzt, ihm seine Macht wiedergegeben hatte. Noch immer schaute er in das engelsgleiche Gesicht des Bösen, während Gianna Maria abwechselnd ihn und ihren Schüler neugierig anstarrte. Der Ritter wusste es. Und Nathan wusste es. Beiden war klar, wem der Triumph zu verdanken war und damit die Kostbarkeit des Lebens.

Lass uns vor dem Pöbel unseren Sieg zelebrieren, oder dir blüht, schon bald deine Ehre zu verlieren, drang nun eine Stimme in den Geist des schwarzen Ritters. Sie forderte ihm alles ab. Seine makellose

Ritterlichkeit. Seine vorbildliche Tugendhaftigkeit. Sie reizte ihn, seine verborgenen Abarten freizulassen. Anrüchig und verschlagen belagerte sie seinen Anstand und seine Sittlichkeit. Doch er widersetzte sich zu seinem eigenen Erstaunen. Er ließ Nathan links liegen, denn er legte keinen Wert darauf, den Ruhm zu teilen. Tatkräftig schritt er zu den Rängen der oberen Stände, um seine Belohnung einzufordern. Seine begehrlichen Blicke ließen die Edeldame erschauern. Ihre Hände zitterten, ihr Herz raste.

Du hast es nicht anders gewollt und über mich gelacht, geiferte der Balg daraufhin rachsüchtig im Kopf des Ritters, mir nicht deine Ehrerbietung gemacht. Meine Rache wird süß, darum büß, Ritter, büß!

Der Ritter unterdessen, als er hochgestiegen war, um sich den Kuss seiner Zukünftigen abzuholen, blickte ein allerletztes Mal zurück. Felsenfest glaubte er, dem Bösen entsagt zu haben, das ihn mit voller Macht hatte verführen wollen. Noch immer überschlugen sich die Menschen ringsum förmlich in ihrer Begeisterung.

»Wir fordern einen Kuss! Die edle Maid sich an ihr Versprechen halten muss!«

Eilends schloss die Edeldame ihre Lider und spitzte ihren Mund. Neben ihr nickte der Bischof von Canterbury dem Ritter aufmunternd zu. Nathan lachte indessen hämisch. Die Missachtung seiner selbst würde schon gleich gesühnt werden. Teuflisch funkelte es in seinen Augen. Der Ritter konnte seine Leidenschaft nicht länger zügeln und presste seinen Mund auf den seines Gegenübers. Dann ließ er seine Zunge in dessen Mundhöhle gleiten.

Die Menge verstummte. Einzelne würgten, andere stöhnten angewidert auf, derart Unappetitliches spielte sich zum Greifen nah ab. Nathans Lachen wurde noch niederträchtiger, als er bemerkte, dass die Nonne ihn unablässig musterte.

Augenblicke später erhob sich der Erzbischof und schob den Ritter voller Ekel von sich.

»Häresie! Häresie! Des Ketzers Hand wanderte nach oben von meinem Knie! Seine Zunge steckte fest in meinem Rachen, fürwahr, da vergeht einem das Lachen!«

Die Edeldame warf ihre Lider nach oben, schockiert erfasste sie die Situation, die sich in der Erwartung der Annäherung des Ritters um sie herum abgespielt haben musste. Sie schüttelte sich voller Entsetzen. Der schwarze Ritter muss den Erzbischof mit einem Kuss genötigt haben, schlussfolgerte sie empört bei sich.

Die im Turnier geschlagenen Wettkämpfer scharten sich alsgleich um den König, der entrüstet aufgestanden war.

»Die ehrenwerte Rittergarde muss niemanden aus ihren Reihen verraten, wahrlich, ich bin erschüttert von solchen Missetaten«, raunzte er den schwarzen Ritter an, der seine tugendlose Tat erst jetzt einordnen konnte.

»Dieses Unrecht kann ich mir nicht erklären, mein Regent, ich ließ mich verleiten zur Sünde ganz ungehemmt«, verteidigte er sich.

»Auf einen Katafalken erhebt ihn. Sodass jeder sehen kann den Dämon in ihm«, wies König Heinrich VI. seine Ritter an, unbeeindruckt von der Ausrede.

Nathan hatte erreicht, was er wollte. Der Ritter würde für seinen Ungehorsam bezahlen. Gianna Maria mühte sich inzwischen, die anderen Kinder von der nun folgenden Zeremonie möglichst weit fernzuhalten. Sie wollte ihren unschuldigen Augen das unweigerliche Urteil ersparen. Aus dem Verhalten des Balges während des letzten Kampfes war sie nicht schlau geworden. Gerne hätte sie weiter nachgeforscht, den Jungen in ein Zwiegespräch verwickelt, doch angesichts ihrer verstörten Schüler beließ sie es vorerst notgedrungen dabei.

Der schwarze Ritter wurde indes zu einem Katafalken, einem Paradegerüst zur Totenaufbahrung, gebracht. Dort angelangt, stimmten dreizehn Presbyter ein, das Totenamt zu zelebrieren. Bei jedem Psalm wurde dem Ritter eine seiner Waffen weggenommen. Für seine Zuwiderhandlung zunächst das Bajonett. Daraufhin der Handschuh der rechten Hand, da er Verrat begangen hatte. Schließlich hatte er keine Waffen mehr. Während der Zeremonie fragten die Herolde nach des Ritters Namen und die Sprecher nannten ihn, woraufhin der König antwortete, dieser entspreche nicht der Wahrheit. Die Priester riefen dann wiederum dazu auf, ihm einen Namen zu geben. Heißes Wasser wurde alsbald in das Gesicht des Ritters geschüttet. Anschließend nannte man ihn ›Verräter‹. Zwölf Ritter des Königs und der König selbst legten Trauerkleidung an. Zu guter Letzt durfte der schwarze Ritter den Katafalken nicht über die Leiter des Schaugerüsts, sondern nur mit einem wagemutigen Sprung wieder verlassen. Heinrich VI. verfluchte ihn und verurteilte ihn zum Tode ob der Häresie, der er sich schuldig gemacht hatte.

Der Tannerlump jedenfalls, da er von den Vorfällen während des Aufenthalts beim Ritterturnier gehört hatte, dachte sich nichts weiter dabei. Er meinte gar, den anschwellenden Zank zwischen der Nonne und seinem Balg erfolgreich geschlichtet zu haben. Zumindest bis auf unbestimmte Zeit.

VI

An einem für Londoner Verhältnisse herrlichen Sommerabend, als die Sonne an einem glutroten Himmel zwischen orangegelben Schlierenwolken im Westen unterging, wickelte sich der Tannerlump in seine stinkende Nachtdecke ein. Dann stieß er einen seligen Seufzer aus und ersehnte einen wohligen Schlaf, in dem ihn seine körperlichen Gebrechen einmal nicht wie gewohnt plagten. Kurz, bedauerlicherweise nur sehr kurz, und ohne jede noch so kleine Regung seines Gewissens durchzuckten die Geschehnisse des Tages seine Gedanken. Drei Frauen und fünf Männern hatte er mit Stockschlägen ihre sittlichen Verfehlungen in Erinnerung bringen lassen und diese damit, wie er meinte, vorerst abgegolten. Drei weitere Weibsbilder und elf Männer an der Zahl hatte er einkerkern lassen, da sie nicht für ihre Schulden aufkommen konnten oder wollten, wie ehrenhafte Zeugen und verdiente Sachverständige glaubhaft versichert hatten. Zur Abschreckung hatte er unter dem Deckmantel der Leibesuntersuchung und Verhinderung der Hexerei mittels Schwarzer Magie die Wächter beauftragt, die Weibsbilder zusätzlich zu schänden, auf dass sie ihre Strafe auf lange Sicht hin zur Genüge verinnerlichten. Des Weiteren hatte er einem der Männer insgeheim das Augenlicht ausstechen lassen, da er sich, wie der Tannerlump glaubte, die nicht zu verzeihende Ungehörigkeit geleistet hatte, ihn im Gerichtssaal zu verhöhnen. Als den Alten dann doch sehr schnell die Müdigkeit übermannte, vergaß er augenblicklich all diese Urteile eines über jeden Zweifel erhabenen, rechtschaffenen und für Recht sorgenden Richters seiner Güte und seines Formats, der gegen jeden Zweifel erhaben war und sein musste. Kurz davor einzuschlafen, durchfuhr ihn ein scharfer Schmerz. Er hielt sein Haupt mehr krampfhaft als eisern fest, als könnte er es mit aller Macht wieder vom Schmerz befreien. Doch vergebens. Noch im selben Atemzug erfüllte sich die Vorhersagung seines Paktes mit dem Teufel, den er bislang vollends zu verdrängen imstande gewesen war, genauso wie all seine entsetzlichen und maßlosen Missetaten vorher. Doch heute sollte er Buße tun für all seine Schandtaten. Für jede einzelne. Abscheuliche Bilder zogen an seinem geistigen Auge vorbei und nun wurde dem Alten die wahre Bestimmung Nathans klar. Der Tannerlump erkannte schlagartig, dass er dieses Schicksal abwenden, die allumgreifende Ausgeburt des Allerschlimmsten verhindern musste. Niemals durfte den Menschen das widerfahren, was er gerade gesehen hatte. Vergessen war all der Hass, der ihn so lange angetrieben, der ihn zu dem hatte werden lassen, was er war. Das tiefe Gefühl, dessen Wurzeln schon in seine früheste Kindheit zurückreichten, als er von Mutter und Vater immer wieder misshandelt worden war.

Nunmehr aber musste er in ihrer aller Sinn handeln. Das leuchtete ihm jetzt ein. Zwar nicht wissentlich, sehr wohl aber willentlich hatte er die Welt an den Abgrund geführt, doch es wäre zu grausam, wenn seine Vorhersehung Wahrheit werden würde. Er musste den Jungen ermorden. Sein eigenes Fleisch und Blut aus dieser Welt entfernen. Noch bevor ihn seine Kräfte verließen, schleppte er sich, auf dem verdreckten Boden kriechend, aus dem Bett, zur Tür seines Schlafgemaches, auf den kalten und erdverschmierten Stufen die Treppe hinab zur Stube und von dort aus weiter zur Haustür. Immer im lähmenden Gefühl, sein Schädel zerplatzte jeden Moment vor Schmerz. Unsägliche Angst stieg in ihm hoch, während er auf allen vieren vorwärts kroch.

»Nur noch die Gloucester Street entlang … rüber zur Hartley Bridge … dann in die White Horse Lane und zur Stamford Bridge …«, stammelte er wieder und wieder, wie von allen guten Geistern verlassen.

Gleich darauf spürte er, wie sein Harn sein Nachtgewand durchnässte. Nach Jahrzehnten, in denen er dem abwertenden Gerede der Leute keine größere Bedeutung zugemessen hatte, war es das erste Mal, dass er den Ekel vor sich selbst zuließ. Er schüttelte sich beim Gedanken, jemand könnte ihn beobachten. Er hing im Türrahmen und spürte noch, wie der warme Dampf seines Urins an ihm hochstieg. In der nächsten Sekunde war er tot.

VII

In dieser Zeit, Mitte des 15. Jahrhunderts, herrschte wie auch heute noch der bitterböse Spott unter den Erdenbürgern. Selbst am Folgetag eines Gerichtsprozesses wie ihn ganz London noch nicht gesehen hatte, war dies der Fall. So kam es, dass die Waschweiber im Viertel City of London am Flüsschen Tyburn, einem Nebengewässer der mit stinkenden menschlichen Ausscheidungen durchmengten Themse, sich in ihrem Übermut und ausgelassenem Treiben angesichts dessen, was sich ihren Augen an diesem Tage darbot, fast überschlugen.

»Dem Herrgott sei demütig gedankt, jeder von uns hat unter ihm gekrankt! Endlich hat der elende Despot, was er verdient: den Tod. Da oben am Galgen hängt er, der Tannerlump!«, rief eine Frau ihrer Nachbarin geradezu begeistert zu. »Sein Genick hat kurz geknackt, dann ist sein fetter Leib in sich zusammengesackt!«, kreischte sie mit unfeinem Ausdruck in der Stimme. Zugleich bebte ihr über die Maßen fülliger Körper mit jeder hasserfüllten Silbe, die ihrem Mund entwich, so als gäbe ihr Leib jeden der zahllosen Stockschläge, die sie dem Genannten zu verdanken hatte, nun, da er wehr- und leblos am Strick hin und her schwang, doppelt und dreifach zurück.

»Der alte Krüppel. Über seine Lippen kam nicht

ein Wort der Reue, als ob er sich selbst noch in seinem letzten Atemzug vor dem Herrn scheue. Das elende Scheusal!«, pflichtete eine andere mit großen kahlen Stellen in ihrer zerzausten und filzigen Haarpracht bei. Dann schaute sie in die Weite des Himmelszelts und nickte, als sähe sie sich in einer Annahme bestätigt. »Seht nur, selbst der Wolkenhimmel ist heller seit seinem Tod, nach fünf Tagen Dauerregen ist der Tannerlump im Harmagedon und die Welt wieder im Lot.«

Die Blicke der beiden heruntergekommenen Weibsbilder richteten sich voll Rachsucht und Genugtuung in Richtung des öffentlichen Galgenplatzes der City of London, während sie in boshaftes und hämisches, scheinbar endloses Gelächter verfielen, welches wohl noch in den dunkelsten und dreckigsten Gassen am gegenüberliegenden Ende der Stadt zu hören gewesen sein musste. Sie konnten ja nicht ahnen, welches Unheil sich in den darauffolgenden Jahren trotz ihrer aus lauter Rührung vergossenen Freudentränen seinen Weg bahnen sollte. Nach ausgelassenem, man möchte fast sagen, überschwänglichem gegenseitigen Austausch über die wahrlich wenig vorzeigbare Vergangenheit des Tannerlumps seitens des abgehalfterten Gesindels am Fluss war es für die Beteiligten – mit Ausnahme des Verhöhnten selbst, versteht sich – wie eine zentnerschwere Last, die nach Jahrzehnten voll der Schrecken von ihnen genommen wurde. Eine Last, die ihnen so lange die Luft zum Atmen abgeschnürt, die sich mit seinem lange, sehr lange herbeigesehnten Tode buchstäblich in Wohlgefallen aufgelöst hatte. Sie alle waren wie von ihren Fesseln befreit und schrien ihre Freude nunmehr völlig ungehindert hinaus.

VIII

Als der Tannerlump, für die Nachwelt und alles, was nach seinem schaurigen Dasein das Licht dieser Erde erblicken mochte, erfreulicherweise – und selbstredend unter Verweigerung der heiligen Sakramente durch den Pfaffen – diese Welt verlassen hatte, kam der verdammte Balg mit Namen Nathan in ein Heim, dem ›Aveplinter Children Care‹ im Londoner Stadtteil Hackney. Seinem verruchten Vater, nachdem man ihn inmitten eines mit Kreide gezeichneten Pentagramms mit brennenden Kerzen an den auslaufenden Enden aufgefunden hatte, war postum der Prozess gemacht worden. Jedweder Bürger, der seiner Urteile Qualen hatte erdulden müssen und noch lebte, war in einer groß angelegten Gerichtsverhandlung als Zeuge geladen worden. Es ist daher wenig verwunderlich, dass das Scheusal als erwiesener Großhexenmeister und von Dämonen Besessener quasi zum Tod nach dem Tod durch den Strick verurteilt wurde – in Tyburn, dem altbewährten Galgenplatz der City of London, ganz so, wie sein Sohn es dereinst vorausgesagt hatte.

Die Nonne Gianna Maria besann sich auf ihre Erkenntnisse über Nathan, als sie davon hörte. Der Junge trägt den Teufel in sich, sinnierte sie, sich an die Worte der Wahrsagerin erinnernd, und entschied bei sich, das mittlerweile siebenjährige Kind zu ermorden. Mit äußerster Genauigkeit und Sorgfalt entwickelte sie einen Plan zur Verwirklichung ihres Vorhabens. Dieser Balg durfte nicht länger auf Erden wandeln. Nicht, wenn sie es verhindern konnte. Allerdings konnte sie nicht ahnen, dass Nathan nicht allzu lange Zeit im Heim ausharren musste. Denn es fand sich, wohl hauptsächlich aus dem Grunde, dass man des Jungen selbst mit größter körperlicher Gewaltausübung nicht Herr wurde, nach eingehender Untersuchung der Heimleitung eine nahe Blutsverwandte: die Tante des Jungen, die Schwester der Dirne, die ihn geboren hatte.

Betula MacLeod, eine tüchtige und grundehrliche Dienstmagd im Anwesen eines der reichsten Männer Londons, eines Kohlehändlers aus gutbürgerlichem Haus, hatte sich vierzehn Tage nach einer öffentlichen Bekanntmachung, die an die Türe ihrer Gemeindekirche geschlagen war, und reiflicher Überlegung im Aveplinter Children Care gemeldet und damit die fieberhafte Suche der Heimoberen mit ihrem mehr als überraschenden und insgeheim flehentlich herbeigesehnten Erscheinen beendet. Im Nachhinein hätte die Siebenunddreißigjährige dies lieber zu ihrem eigenen Besten gelassen. Sie nahm den Jungen bei sich im heruntergekommenen Nebengebäude des Anwesens der stinkreichen Ronneys, einer kleinen Holzbaracke, auf, schenkte ihm, ihrer christlichen Erziehung folgend, ein hohes Maß an Aufmerksamkeit und versuchte mehr schlecht als recht, ihn Verzicht und Nächstenliebe zu lehren. Ganz so, wie sie es bei ihrer Großmutter gelernt hatte, die ihr bereits im Alter von neun Jahren eine Zuflucht gewesen war. Betula scheiterte aber immer wieder aufs Neue kläglich bei ihren Bemühungen. Also beschloss sie schweren Herzens, den Balg, der, so befand sie, zu sehr nach ihrer anstandslosen, sich zeitlebens feilbietenden und mittlerweile wohl ins Fegefeuer verdammten Schwester und ihren habgierigen Eltern geraten war, nicht weiter zu umsorgen. Lediglich auf feste Mahlzeiten am frühen Morgen und späten Abend, wenn sie nicht bei der Arbeit weilte, bestand die herzensgute Frau. Der Junge zeigte jedoch keinerlei Dankbarkeit für das ihm gewährte Obdach, im Gegenteil, seine eigene Tante war ihm sehr schnell zutiefst zuwider. Ihr hilfsbereites Wesen missfiel ihm, ihre guten Taten verabscheute er. In etwa, wenn sie Bettlern etwas zusteckte, Gehbehinderten half, den Weg zu bewältigen, und den Verwirrten Trost zusprach. Er hasste sie abgrundtief, bereitete ihr nichts als Kummer und Sorgen und raubte ihr mit seinen anhaltenden Anfeindungen und Gehässigkeiten zuhauf den viel zu kurz bemessenen Schlaf. Ihre Offenheit, ihre Menschenfreundschaft, ihr in tadelloser Frömmigkeit gelebter Glaube, all das konnte er nicht mehr länger ertragen. Die Tante und ihre Werte waren ihm alsbald ein Dorn im Auge.

Schnell langweilte sich Nathan in ihrer Wohnung,

trieb sich tagein, tagaus nur noch auf den Straßen herum und vollzog entsetzliche Versuche mit Tieren, wobei er jedoch um Katzen einen großen Bogen machte. Er bevorzugte Ratten und Kakerlaken. Als die fromme Betula MacLeod ihn eines Abends, als sie früher in ihre Wohnung zurückkehrte als angekündigt, bei seinen widerwärtigen Unarten ertappte, war ihrer Gutmütigkeit ein Ende gesetzt und sie prügelte für einige Augenblicke ungehemmt auf ihn ein.

»Du unwürdiger Gesell, des Herren Schöpfung so zu verschandeln, ein Frevel, gleich, wie mit dem Teufel anzubandeln!«, tönte es, als eine Schelle mit voller Wucht seine Backe traf.

»Weh, weh, weh, ach, so gute Tante mein, du wirst doch keine gewissenlose Kindsmörderin sein?«, schallte es belustigt zurück.

Erschüttert sah sie den Balg als Folge ihres Wutausbruchs am Boden liegen, fasste sich erneut ein Herz und zog ihn an sich, doch er wehrte sich mit Händen und Füßen, kratzte, biss und krallte wie ein wild gewordenes Tier. Ihrer Sorge müde, ließ Betula von ihm ab und ging zu Bett.

»Morgen ist ein neuer Tag, morgen der Balg mich vielleicht mag«, redete sie sich Mut und Hoffnung zu und trottete mit hängenden Schultern nach oben in ihr Schlafgemach. Sie glaubte allerdings selbst nicht an ihre Worte.

Gut zwanzig Meter weiter nördlich auf der St. Patrick's Lane, in einer Häuserschlucht versteckt, harrte in einer sternenklaren Nacht die Nonne Gianna Maria der Dinge, die da kommen sollten. Als endlich das Licht im Hause MacLeod erloschen war, meinte sie, der Junge hätte sich zur Ruhe begeben. Vor wenigen Minuten war sie eingetroffen, nachdem sie das gesamte Anwesen bereits in den vorigen Nächten ausgespäht hatte. Die Tante des Balgs wähnte sie noch bei der Arbeit, wie sonst auch zu dieser späten Stunde. Um sich letztmals zu vergewissern, dass sie noch nicht heimgekehrt war, schlich die Nonne um das Haus herum und sah zunächst keinen Menschen darin, bis sie zum Küchenfenster kam. Und da gewahrte sie den Jungen namens Nathan ihr rücklings zugewandt, wie er mit dem Feuer dreier schwacher Kerzen auf einer alten, schwülstigen Anrichte spielte.

Die Nonne sah das Feuer seine Hände durchfließen, als wären sie eins, ohne ein Anzeichen von Schmerz. So, wie sein Antlitz und seine Gebärden niemals einen Anhaltspunkt zur Befindlichkeit des Schuftes gegeben hatten. Es sei denn, er geiferte und verlustierte sich, dachte die Nonne. In solchen Momenten sprach das Böse direkt aus seinem Gesicht, sodass man meinte, der Junge kenne keinen Gott nicht. Nun zeigte sie zwei Schlägern, die sie bezahlt hatte, das Ziel ihres Anschlags und schickte sie ans Werk. Gleich darauf bedeckte sie sich die Augen, so lange, bis das sogleich einsetzende Geschrei wieder verstummte. Dann sah sie ihre Schergen geschwind vorbeihuschen und das Haus lichterloh brennen. Sich selbst bestätigend, nickte sie aus lauter Erleichterung und bekräftigte die Richtigkeit und Notwendigkeit ihrer Tat. Dennoch drängte es sie danach, einen letzten Blick auf den Balg zu erhaschen. Da sie ihn, zu ihrem Erstaunen nach wie vor in voller Tatkraft, durchs halb verfaulte Fenster im Hinterhof in des Feuers Glut stehend erblickte, spitzte sie aufmerksam die Ohren und schnappte zwei Worte auf. Diese aber, von einer rätselhaften Stimme gesprochen, genügten ihr vollauf. Es waren die Namen einer Stadt und eines Handwerks. Plötzlich öffneten sich die Läden eines Fensters in Ronneys Anwesen und ein Mann schrie:

»Feuer, Feuer, alle aus den Betten, die Magd Betula ist zu retten!« Mit einem Mal fiel der Blick des Mannes, der kein anderer als der reiche Ronney selbst war, bei dem die Magd in Lohn und Brot stand, auf Gianna Maria, die erst, starr vor Schreck, bleich anlief, ehe sie denselben Weg nahm wie die Schläger vor ihr.

»Mein Herr, es war das einzig richtige Werk, zu versuchen, diesen teuflischen Balg zu meucheln, ihn zu erschlagen, diese Welt kann einen wie ihn nicht länger ertragen!«, suchte sie schwer atmend abermals die Absolution für ihr drastisches Handeln.

Inmitten der Flammen richtete sich Nathan mit Beulen am Kopf und Blut im Gesicht auf. Er streckte drohend die Arme gen Himmel, als wollte er seinen Hohn über die schwächlichen Mittel der Gottesgläubigen aufzeigen. Selig lächelnd stand er da, während sich seine Gliedmaßen nach den Schlägen mit einem leisen Knacken wie von Geisterhand wieder einrenkten. Das Feuer konnte ihm nichts anhaben. Er war daraus geboren. Schwärmerisch berauscht, erhielt der Balg gerade in diesem Augenblick seine wahre Bestimmung. Er verlor sich im Klang der Stimme, die jetzt zu ihm sprach und ihm so vertraut erschien, als hörte er sie bereits sein Lebtag lang.

»Du, mein Blut, mein Sohn, mein Stolz, meine rechte Hand, spürst du in des Feuers Flammen unser Band? Nur unser eigenes Blut kann dich stürzen, vom Platze an meiner Seite, dem Höllenfürsten! Nun lausche voll der Demut meinen Worten, bevor du wirst wüten an den Orten, die ich dir jetzt werde nennen, dein vorherbestimmt Schicksal lerne nun kennen …«

Nathan sollte in die Welt hinausgehen, um genau zu sein, ins deutsche Land, und das Wort seines wahren Vaters vervielfältigen. So lange, bis es in jedermanns Hand war. So lange, bis es gelesen war hundert-, tausend- und hunderttausendfach. So lange, bis die Herrschaft des Herrn der Unterwelt begann. Für den Bruchteil einer Sekunde gedachte der Junge, nachdem er seine Berufung erfahren hatte, der unliebsamen Tante, die ihn aus lauter Gutherzigkeit zu sich geholt hatte. Ihr Leib musste Höllenqualen leiden dort oben, bis sie endlich ihr Seelenheil und den Tod in den Flammen gefunden haben würde. Im nächsten Moment hatte er die arme Frau schon vergessen. Des Jungen künftiges Ziel war nun bekannt: der Hafen Southampton im Süden Englands. Die Nonne Gianna Maria fand wenig später ihr Heim am nördlichen Ufer der Themse im Tower of London. Der bis über die Landesgrenzen bekannte und berüchtigte Komplex entlang des Flusses diente als Festung, Waffenkammer, königlicher Palast und Gefängnis, insbesondere für Gefangene der höheren Stände. Durch das Verrätertor auf der Themsenseite wurden diese in den Tower gebracht. Dorthin sollte auch Gianna Maria gebracht werden. Denn der herrische Ronney hatte sie zu allem Unglück bei einer Gegenüberstellung wiedererkannt. Auf dem Weg in den Kerker stieß sie jedoch mit übermenschlicher Kraft zwei Wächter von der Treppe. Dann rannte und rannte und rannte sie hinfort, an einen geheimen Ort. Dort sammelte sie sich zum nächsten Schlag, während auf Geheiß ihres Herrn der gleiche Weg wie der von Nathan vor ihr lag.

Ein Weg, der schon bald über das Schicksal der Menschheit entscheiden sollte.

Zweiter Teil

IX

Die unvermeidliche Überfahrt aufs europäische Festland stand unmittelbar bevor. Nach tagelangem und beschwerlichem Fußmarsch in südwestlicher Richtung über matschiges und aufgeweichtes Land war Nathan, der kurz vor der Vollendung des achten Lebensjahres stand, in der Hafenstadt Southampton angekommen, einem der seinerzeit bedeutendsten englischen Seehäfen. Von der Flussmündung des Test und Itchen aus würde er den Ärmelkanal überqueren, bis ihn seine Reise nach Rotterdam führte. Mit den Ersparnissen des verstorbenen Vaters, die er als einzig rechtmäßiger Erbe beanspruchte, hätte er sich auch nach Afrika und Asien einschiffen lassen können. Doch wozu? Der Junge kannte nur mehr nur ein Ziel. Eben jenes, das ihm von seinem satanischen Vater gewiesen worden war. Nichts durfte sich dem in den Weg stellen. Nichts konnte sich dem in den Weg stellen. Es war des Balgs einziges Gebot, nach dem ohne Ausflüchte zu handeln war. Dank der Kontakte des alten Ronneys, der zu allem Überfluss Mitleid für die Vollwaise aufgebracht und sich seiner Magd in gewisser Weise verpflichtet gefühlt hatte, hatte der Balg auf einem Handelsschiff anheuern können, das die Fracht des reichen Kohlehändlers in die Burgundischen Niederlande transportierte. Alles schien für Nathan wie am Schnürchen zu laufen. Sobald sie aber den Atlantik erreicht hatten, begann das Wetter umzuschlagen. Es war, als sträubte sich das Meer gegen die Fracht, die man ihm zugemutet hatte. Wellenkämme, so weit das Auge reichte, prasselten ungebremst auf das Schiff hernieder. Wahre Sturzbäche rannen den Seeleuten in die entgeisterten Gesichter, wahre Blitzlichtgewitter entluden ihre Spannungen über ihren Köpfen. Donnerschläge, so laut der Schall sie hervorzubringen vermochte, schmerzten dröhnend in ihren Ohren.

Als sich das Wetter wieder beruhigt hatte, tauchten in der Ferne Kriegsschiffe auf. In hellem Aufruhr versammelte sich die gesamte Mannschaft an Bord, so auch der Balg, der der Küche zugeteilt war. Man konnte die englische Beflaggung der Schiffe erkennen. Es handelte sich um bis zu vierzig Meter lange und mit einer Tragfähigkeit von fünfhundert Tonnen ausgestattete Karacken, die sich vor allem in Bezug auf Größe und Gewicht von den Karavellen unterschieden. Letztere bestachen durch ihre guten Segeleigenschaften, während die Karacken dem eine größere Kampfkraft entgegensetzten. Diese Dreimaster stellten zu dieser Zeit den größten Schiffstyp dar und waren eine Weiterentwicklung aus Nef und Kraweel. Wie Nathan mit eigenen Augen sehen konnte, ermöglichte der große und bauchige Rumpf mit seiner glatten Plankenoberfläche hohe Geschwindigkeiten. Während sich die Seeleute auf dem Handelsschiff in ihren Gebärden geradezu überschlugen und ihren Wohlgefallen den Landsleuten gegenüber, die für das geheiligte Königreich in den Krieg zogen, mit begeisterten Anfeuerungsrufen bezeugten, stand Nathan seelenruhig etwas abseits der restlichen Besatzung. Es interessierte ihn nicht im Geringsten, dass der bereits 1337 ausgebrochene Krieg zwischen England und Frankreich in seine alles entscheidende Phase getreten, und Nachschub für die englischen Heere unter John Talbot, seines Zeichens Earl of Shrewsbury, Seneschall des Königreichs und Graf von Waterford und Wexford, zur Unterstützung in der Schlacht von Rouen unterwegs war. Der Machtanspruch Heinrichs VI. war in Frankreich ebenso geschrumpft wie die, infolge der mehr als ein Jahrhundert zurückliegenden Erbfolgestreitigkeiten um den Thron Frankreichs, annektierten Gebiete auf dem Festland. Was auch und vor allem Johanna von Orléans zu verdanken war, die 1431, verraten und verkauft, den Tod auf dem Scheiterhaufen sterben musste. In ihrem Freudentaumel konnten die Seemänner ja nicht vorhersehen, dass unter der Krone Englands noch lange Zeit kein Frieden einkehren würde. Die blutigen Fehden der Adelshäuser York und Lancaster im Zuge der Rosenkriege standen ihnen schon in Bälde bevor.

Dem elenden Balg lag nichts ferner, als sich an dem Schauspiel zu belustigen und sich einer solchen vaterlandsliebenden Gefühlsduselei hinzugeben. Im

Gegenteil, sein kühler Verstand war auf ein anderes Ziel gelenkt. Er musterte jeden einzelnen Mann der Besatzungen der drei Kriegsschiffe. Er blickte in ihre Seelen, sah ihr Schicksal.

Leise begann er jetzt vor sich hinzusummen. Wäre ein anderes Mitglied der Mannschaft des Handelsschiffes dabei in seiner unmittelbaren Nähe gewesen, es hätte ihn zählen hören können. Nathan zählte fortwährend. »… elf, zwölf, dreizehn, vierzehn, fünfzehn, sechzehn, siebzehn, achtzehn, neunzehn, zwanzig, einundzwanzig, zweiundzwanzig …« Den Sinn und Zweck dieses steten Zählens behielt er freilich für sich. Es bedarf jedoch keiner allzu großen Vorstellungskraft und Fantasie, zu erschließen, dass der Junge diejenigen des englischen Heeres zusammenrechnete, die im Verlauf ihrer Dienste für Königreich und Vaterland zu brutalen Mördern wurden, indem sie ihre Waffen entschlossen gegen ihre Feinde erhoben und damit ihren Weg in die Hölle besiegelten. Sie alle waren an einem schicksalhaften Scheideweg und der Junge hieß diejenigen, die den Lehren seines teuflischen Vaters folgen würden, insgeheim willkommen. Es bereitete ihm gleichsam Freude und Unbehagen. Immerhin war er machtlos denen gegenüber, die selbst im Kriegsgetümmel andere Werte lebten. Wobei ein nicht zu unterschätzender Prozentsatz unter ihnen ebenfalls frühere Verfehlungen vorzuweisen oder ohnehin den sicheren Tod vor Augen hatte. Als sich die Seemänner wieder an ihre Arbeit machten, war der Balg auf die stolze Zahl einhundertdreiundsechzig gekommen, das entsprach der Besatzung eines der drei Schiffe. Tage später, nachdem siebzehn Seeleute durch eine nie nachgewiesene und durchweg tödliche Vergiftung aus dem Leben geschieden waren, erreichte das Handelsschiff an einem milden Oktobertag mit Rotterdam niederländischen Boden. Die Geschichte der reichen und aufstrebenden Handelsstadt gründete in ihrer für den Seehandel äußerst günstigen geografischen Lage, erläuterten uns Gelehrte englischer Universitäten, die uns Unklarheiten zu beseitigen halfen und deren umfassende Kenntnisse wir auch im Folgenden des Öfteren zum Besten geben wollen.

Nachdem Nathan seinen Fuß auf das Festland gesetzt hatte, begegnete er am Marktplatz Rotterdams einer Gruppe schnatternder Novizinnen im Alter von fünfzehn bis neunzehn Jahren, die in missionarischer Absicht Handzettel mit religiösem Inhalt vor einer versammelten Menge vorlasen und die Botschaften ihres Glaubens verkündeten.

In ihm regte sich etwas. Es war allerdings mitnichten Hass oder Ablehnung. Man würde es am ehesten mit gesteigertem Forschungsdrang oder einsetzendem Erfindungsgeist beschreiben, was den Balg antrieb, die Frauen ausgiebig zu mustern, jede für sich auf einen bestimmten Zweck hin zu begutachten. Mit durchdringendem Blick schaute er in sie und ihre Seelen hinein, wobei er eine Aura entwickelte, der sich fast niemand entziehen konnte. Seine in der Glut des Höllenfeuers geborene Macht entfaltete eine Wirkung, die zur Sündhaftigkeit aufrief und ihn begehrenswerter erscheinen ließ, als es jeder gestandene Mann sein konnte.

Die Bräute Jesu indes, nachdem sie ihn bemerkt hatten, drängten sich auf magische Weise förmlich darum, mit ihm in Verbindung zu treten, ihn zu berühren, während sie trotz anfänglicher gedanklicher Gegenwehr nicht umhin kamen, dem Jüngling ungezügelte Wollust entgegenzubringen. Die Grundpfeiler ihrer christlichen Überzeugungen waren schnell erschüttert und vergessen, während ihre Augen immer größer, ihre Becken immer empfänglicher, ihre Brustwarzen immer steifer wurden. Dann bildete sich eine Schneise in ihrer Gruppe, noch Sekunden, bevor der Balg hindurchstolzierte. Die Novizinnen reihten sich rechts und links von Nathan auf und ersehnten ein Zeichen seinerseits. Jede Einzelne unter ihnen wäre augenblicklich bereitwillig in seine Arme gefallen, so er es gewollt hätte. Er hätte nur mit dem Finger zu schnippen brauchen und sie hätten sich sofort versündigt.

Er allerdings hatte derweil am anderen Ende der Gruppe der rund zwanzig Nonnenschülerinnen gefunden, wonach er suchte. Es war eine junge Frau hinter der greisen und im Gesicht überaus faltigen Oberin, die sich, nachdem auch sie in Nathans Bann geraten war, wie eine Mauer der Sittlichkeit und Mäßigung schützend vor die Betreffende stellte. In dem Augenblick, als sie sich umgedreht und ihre Schülerinnen im unverwechselbaren Zustand des körperlichen Begehrens gesehen hatte, hatte sie unverzüglich nach der Ursache gesucht und Nathan erblickt. Für einen Moment war sie wie geblendet, derart schön und vollkommen erschien er ihr mit seinen puppenhaften, weichen Gesichtszügen. In ihr aber kämpfte der tief verwurzelte Glaube hartnäckig um sein althergebrachtes Vorrecht im Prozess der Handlungsfindung, sodass sie ihren Gelüsten nicht freien Lauf ließ. So sehr der Jüngling ihr auch zusagte und gefiel, ihr Geist blieb fürs Erste standhaft. Je näher der elende Balg herankam, desto mehr hatte die Oberin jedoch mit ihren über die Jahrzehnte verborgenen und unterdrückten Gefühlen zu kämpfen, die sich durch seine körperliche Nähe im Nu in unnachgiebige Triebe wandelten. Für gewöhnlich lebte sie ihre geheimen Bedürfnisse nur im stillen Kämmerlein mit sich selbst aus – was schon allein einem unverzeihlichen Frevel vor dem Herrn gleichkam, wie sie sich stets im Anschluss verbittert eingestehen musste. Inzwischen war der Junge keine drei Meter entfernt vor ihr stehen geblieben. Die Begierde der Oberin war nun so groß, dass sie sich kaum im Zaum halten konnte. Mit erröteten Wangen wand sie sich ohne Unterlass, wünschte ihn zugleich herbei, sodass sie ihre Fantasien wahr werden lassen könnte, und hinfort, sodass er ihrem Schützling nichts anhaben konnte. Sie war kurz davor, das Unaufhaltsame geschehen zu lassen und sich ihre Tracht an den Beinen nach oben über den Schoß zu ziehen, als der Balg energisch Einhalt gebot. Die Enttäuschung der alten Frau stand ihr jetzt förmlich ins Gesicht geschrieben, so sehr sie sich auch dessen zu erwehren versuchte, was von ihr Besitz genommen hatte: ihre ungestillte und vor ihrem Herrgott verurteilenswerte fleischliche Lust auf den Knaben.

»Geh endlich beiseite, du vertrocknete Alte! Lass mich sehen, wer sich gerade in deinem Rücken aufhalte«, verdarb er ihr schließlich alle trügerischen Hoffnungen und Wunschbilder.

Eilends ging die Oberin gehorsam einen Schritt nach links. Wie in einer unausgesprochenen und soeben durch den Jungen festgelegten Befehlskette hatte sie sich zu fügen und ihren Schützling seinem Schicksal zu überlassen. Sie war nunmehr sein höriger Untertan und empfand dabei zugleich tiefste Scham wie auch größten Neid auf die von ihm Auserwählte. Eine derbe Schönheit mit grünblauen Augen und mittelblondem, unterhalb ihres Hutes ins sommersprossige Gesicht fallendem Haar schaute Nathan nun an. Gekleidet war sie in einen bodenlangen braunen Umhang, an dem nur die obersten Schlaufen zugeknöpft waren, der breite, schwarze Hut mit weißer Schleife war tief ins Gesicht gezogen. Ihr Blick war gleichsam stark und standhaft. Sofort wusste der Balg, sie sollte diejenige sein, die er der Prüfung unterziehen würde. Sie war die einzig

Richtige und unschuldig und unverdorben, wie man unschuldiger und unverdorbener nicht sein konnte. Sie glaubte aufrichtig an Gott, sie liebte ihren Herrn über alles. Sie würde des Balgs verklärende Gedanken nicht im Keime zulassen. An ihr musste er sein Werk, seine Bestimmung austesten und bestätigen. An keiner sonst.

Vergnügt über die für ihn glückliche Fügung, verwickelte er sie in ein Gespräch. »Wohin des Weges, holde Maid? Ich werde dich dereinst brauchen, zur rechten Zeit. Ich weiß bestimmt, wir werden uns schon bald wiedersehen. Wenn es mir nach dir verlangt, wohin muss ich gehen?« Die junge Frau war wie vor den Kopf gestoßen. Der Junge erschien ihr übermächtig. Sein Auftreten, seine Aussprache, seine stechenden Blicke – kurzum, sein gesamtes Wesen ängstigten sie und ließen keinen Zweifel daran, dass sie zu seinem Spielball geworden war. Wie ein Damoklesschwert schwebte die beklemmende Folge aus einer Antwort und damit ein rasches Auffinden ihrer Person zu jeder Zeit, wann immer es dem Jungen beliebte, über ihr. Sie blieb ihm die Antwort zunächst schuldig. Bis zu dem Zeitpunkt, als der Balg bis in den Schritt an ihr heruntersah, sie musterte und studierte, genauso, wie er es bei jeder einzelnen der Novizinnen und ihrer Oberin vorher getan hatte.

Mit großem Ekel spuckte sie ihm jetzt die Worte entgegen, die er hören wollte, nachdem sie ohne Zögern das eine Übel des schnellen Todes bei Ungehorsam mit dem anderen der Nennung ihrer Herkunft abgewogen hatte.

»Ich beschreite nach Santiago de Compostela den Jakobsweg. Für den einen wahren Glauben, den ich tief und stolz in meinem Herzen heg.«

Mit höchster Anstrengung vermied der Balg eine sichtbare Regung der Abscheu, die ihn bei ihren Worten erfasste. Natürlich hatte er von dem Pilgerweg zum Grab des Apostels Jakobus gehört, von den Königsstädten Jaca, Pamplona, Estella, Burgos und Léon, die die Strecke von den Pyrenäen bis zum Apostelgrab in der romanischen Kathedrale von Santiago de Compostela säumten. Seit jeher führten den Pilger auf seiner Wallfahrt je nach Herkunft etliche Wege innerhalb ganz Europas ans Ziel auf der Iberischen Halbinsel.

Nathan verwünschte die Legendenbildung des Apostels. Grundlage seiner Verehrung waren, so hatte er einst gelesen, sowohl die Schilderungen seiner Missionstätigkeit auf der Iberischen Halbinsel nach Jesu' Himmelfahrt, die Überführung seines Leichnams nach seiner in der Heiligen Schrift überlieferten Hinrichtung in Jerusalem durch König Herodes Agrippa I. im Jahre 44 sowie die Errichtung einer Grabstätte. Ebenso trug die Wiederauffindung des Grabes durch einen Bischof im neunten Jahrhundert, das Eingreifen des Apostels bei den Kämpfen gegen die Araber und die Befreiung des Jakobsweges von den Mauren, wofür Kaiser Karl der Große verantwortlich sein sollte, dazu bei. Des Weiteren die Wundertaten, die der Apostel am Heiligen Ort und an Pilgern auf ihren Reisen vollbracht haben sollte. Nichts als Schwindelei, wies der Balg dergleichen nachdrücklich von sich, wobei für ihn freilich allein die Sichtweise des Bösen zu solchen Heldenabgesängen taugte. Alles andere käme selbstredend einem Aufbegehren gegen Luzifers allwissende Lehren gleich. Mit einem Mal erkannte die Frau eine Chance in ihren Worten. Ihr reger Geist kam ihr zugute. Der Knabe unterlag dem Bösen, begriff sie gedankenschnell. Es konnte nicht anders sein. Sie war auf der Wallfahrt zu einer der drei großen Heiligen Stätten ihrer Zeit. Neugewonnene Hoffnung sprach zugleich aus ihren Augen. »Ich pilgere nicht nach Jerusalem und nicht nach Rom, aber zum Grabe eines der großen Apostel schon«, begann sie nun frohgemut von Neuem und beobachtete den Balg genauestens. Nathan wirkte merklich angewidert.

»Dem ersten Missionar in Spanien, dem Älteren Jakobus, Bruder des Johannes, Sohn des Zebedäus«, holte sie mit bebender Stimme aus, den Jungen dabei immer im Blick.

Die Worte verfehlten ihre beabsichtigte Wirkung nicht. Der Balg würgte.

»Einer der zwölf Jünger Jesu, dem Gottessohne, der erlösend in unser aller Herzen wohne.«

Nathan spuckte. »Sei still, du Metze, nicht dass ich einen Dämon auf dich hetze!«

»Vater, Sohn und Heiliger Geist, der Christen Dreifaltigkeit«, widersetzte sich die junge Frau tapfer.

Plötzlich blähte Nathan sich auf. Seine Augen blitzten und verfärbten sich schwarz, seine Stimme wurde dunkel. »Deinen Namen und den Ort, an dem ich dich antreffen kann, sprich! Ansonsten der Ablass in Santiago de Compostela findet statt ohne dich!«

»Sylvie DeGaart, Delft, Rue Fentade«, stammelte die Frau und schwankte dabei leicht.

Der Balg schnaubte wütig, drehte erst sein Haupt um hundertachtzig Grad und dann seinen Leib. Daraufhin verschwand er in der Menge.

Von sich selbst entsetzt, wendete sich Sylvie DeGaart ab und flüsterte leise in sich hinein: »Hab ich noch verdient Gottes Gnade?« Beschämt suchte sie das Weite und verließ die Gruppe der Novizinnen.

Auch die Oberin wurde nach dem Verschwinden des Balgs wieder Herrin ihrer Sinne. »Arrêtez! Tout de suite. Tout de suite. Aufhören! Sofort. Sofort!«, ermahnte sie ihre Schülerinnen in aller Eile zu Zucht und Ordnung. Im Rücken des unbekannten Jungen sah sie ihre Gesichter immer länger werden.

Mit schlechtem Gewissen und Schamesröte im Gesicht folgten ihre Augen dem Weg, den die Pilgerin aus Delft eingeschlagen hatte.

»Das Himmelszelt ist für ihren Glauben und ihre gute Seele nicht mehr länger ein sicherer Hort«, seufzte sie voll Bedauern.

Gleich darauf erteilte sie jeder ihrer Schülerinnen nacheinander eine schallende Ohrfeige, atmete mehrmals laut durch und entschwand in der Menge. Die Mädchen, die sich im Weggehen beinahe die Hälse verrenkten, um einen letzten Blick auf den Jungen zu erhaschen, folgten ihr widerwillig.

X

Auf dem Weg gen Südost ließ Nathan Dörfer und kleinere Städte hinter sich, marschierte durch Wiesen und Wälder, spazierte über Berg und Tal, streifte durch Feld und Flur. Mit jedem Tag kam er seinem Ziel näher, mit jedem Tag rückte das drohende Unheil, das er über die nichts ahnende Menschheit bringen würde, Stunde um Stunde, Minute um Minute, Sekunde um Sekunde näher. Gleichwohl war es sein Bestreben, sich mit Mensch und Land vertraut zu machen. Um Politik und dergleichen scherte er sich zunächst allerdings wenig. Nein, er besah sich den absonderlichen Menschenschlag, der allerorten anzutreffen war: das Landvolk. Er studierte das Verhalten von Ackerbauern, Viehhaltern und Obstbauern aufmerksam. Immerhin machte dieser Bevölkerungsanteil zu Hochzeiten an die neun Zehntel der Menschen dieser Zeit aus und durfte somit in seinem kommenden Ränkespiel mitnichten vernachlässigt und unterschätzt werden. Die meisten unter ihnen, so wusste er, machten die Leibeigenen aus, die ihrem Gutsherren, der sie gewissenlos ausbeutete, hörig waren. Zinshühner oder andere Naturalien, Geld oder Lakaiendienste sicherten gemeinhin das Dasein der Landbevölkerung durch ihren Herrn ab. Im nach wie vor geltenden Recht des Stärkeren wäre diese Bevölkerungsschicht mangels Bewaffnung ansonsten verloren. Weiterhin waren die Bauern verpflichtet, durch den Grundherrn betriebene Mühlen, Backöfen oder Weinpressen gegen Abgaben zu nutzen, während dieser selbst seinen Privilegien der Jagd oder des Fischfanges nachging.

Wie Nathan wusste, hatte sich bis zum neunten Jahrhundert in ganz Europa allmählich die Dreifelderwirtschaft durchgesetzt. Mittels Radpflug, gezogen von Ochsen oder Ackergäulen, konnten die Bauern bald neu erschlossene Ländereien und auch gerodete Waldgebiete besser bewirtschaften. Ein Drittel der Felder lag dabei brach, während ein weiteres mit Winter- und der Rest mit Sommergetreide bestellt wurde. Zur Schonung der Pferde erfolgten eine Anpassung des Geschirrs, die Entwicklung des Hufeisens und die Aufspannung mehrerer Tiere vor den Pflug. Innerhalb kürzester Zeit konnten mehr Leistung und ein besserer Ertrag erbracht werden als noch wenige Jahrzehnte zuvor. Viele der einstigen Leibeigenen waren nun in der Lage, sich freizukaufen, Pachtlehen zu erwerben und in den aufstrebenden Städten ihre Erzeugnisse selbst feilzubieten.

Dennoch erhoben sich die meisten unter ihnen noch mit dem Hahnenschrei von ihren flachen Holzgestellen, die ihnen als Liegestatt dienten, während die Kinder noch auf Stroh gebettet waren. Die von der Sonne verbrannte Haut der Bauern war gemeinhin bedeckt von grauen oder braunen Leinenhemden und wollenen Hosen, darüber zudem ein Rock, der über den Kopf zu ziehen war und bis zu den Hüften reichte. Ihre Haartracht war für gewöhnlich oberhalb der Ohren abgeschnitten. Über den gestampften Lehmboden verließen sie ihre aus behauenen Baumstämmen errichteten, mit Strohlehm abgedichteten Behausungen und schritten zur Scheune, während die Spitzen der Satteldächer hinter ihnen im Wind schaukelten. Sofort schirrten sie ihre Ochsen an. Das gepolsterte Joch, zum Teil auch Lederriemen um das wund gescheuerte Fell an Hals und Brust, wurde dabei mit der Deichsel des Pfluges verknüpft. In aus Holz geschnitzten oder einfachen aus Leder gefertigten und am Knöchel zu bindenden Schuhen machten sie sich allmorgendlich auf zu den Feldern und beteten demütig darum, Gott möge sie von schweren Unwettern, Überfällen bewaffneter Horden und Seuchen verschonen. Murrte das Vieh auf dem Acker, wurde es sogleich mit Rufen und auch Stockschlägen angetrieben. Auf dem Brachland grasten derweil die Ziegen im frischen Grün. Mit der Hacke lockerten die Bauersfrauen das Erdreich im Gemüsegarten, während Bauer und Ochse Furche um Furche zogen. Ebenso wie der Bauer auch, schuftete sein Weib bei Wind und Wetter bis zum Sonnenuntergang.

In dieser Weise gestaltete sich der Alltag auf nahezu jedem der Gehöfte, die Nathan beobachtete, egal ob sie einzeln, in geringer Zahl oder in Dorfgenossenschaften gelegen waren. Einzig sonntags führte der

Weg der Bauern geradewegs am Acker vorbei, hin zur Predigt in die Kirche, die meist nur durch stundenlangen Fußmarsch zu erreichen war. Ihr schlechter gesellschaftlicher Stand und ihre Bereitschaft, die Dreckarbeit für andere zu erledigen, befand der Balg erfreut, gründete eindeutig in ihrem Willen zur Knechtschaft. Sie würden ihm keinerlei Schwierigkeiten bereiten, wenn die Zeit reif wäre, sie zu unterjochen. Nur selten gönnte sich der Junge weitere Pausen auf seiner Reise durch die deutschen Länder und verweilte. So aber machte er Halt in der damals mit über vierzigtausend Einwohnern bevölkerungsreichsten Stadt Deutschlands, in Köln, am Wasserwege des Rheins gelegen. Um wahrheitsgetreu erzählen zu können, lasen wir uns in die Geschichte der Stadt ein und erfuhren, dass Köln schon unter römischer Herrschaft mit dem höchsten Stadtrecht des Heiligen Römischen Reiches bedacht war. Die wirtschaftliche Blüte der Stadt dauerte seit der Antike an. Mit der Christianisierung wurde sie zum Bistum, noch zu Lebzeiten Karls des Großen im Jahre 785 Erzbistum und der Erzbischof zu einem der mächtigsten Feudalherren des Reiches. Papst Stephan V. überließ der Stadt später bedeutende Reliquien für die neu errichteten Kirchen. Als vierte christliche Metropole führte Köln seit dem zwölften Jahrhundert die Bezeichnung Sancta im Stadtnamen, wie wir erstaunt feststellten. Unsere Nachforschungen ergaben gar, dass dieses Vorrecht bis dato nur Jerusalem, Byzanz und Rom zuteilgeworden war. 1150 wüteten ein Großbrand und eine Pestwelle, ehe bis 1225 die gewaltige Stadtmauer fertiggestellt wurde, die selbst diejenige von Paris, wo zweihunderttausend Einwohner gezählt wurden, in den Schatten stellte. Die sieben Doppelturmtorburgen, drei Turmtorburgen und zwei Doppelturmpforten sollten an die Heilige Stadt Jerusalem erinnern. Der Wohlstand der Kölner Bürgerschaft war dem 1259 verliehenen Stapelrecht zu danken, welches ihr ein Vorkaufsrecht aller auf dem Rhein verschifften Waren zubilligte. Mit der 1288 in der Schlacht von Worringen gegen das erzbischöfliche Heer errungenen Stadtfreiheit war gar das Machtgefüge im gesamten Nordwesten Mitteleuropas verändert worden. Im Zuge des sogenannten Schöffenkrieges, einer Machtprobe zwischen Stadt und Erzbischof, verhängte Kaiser Karl IV. die Reichsacht über Köln. 1388 wurde die erste hiesige Universität begründet, die nach Prag, Wien und Heidelberg die viertälteste im Heiligen Römischen Reich Deutscher Nation war. In jüngerer Vergangenheit beschloss eine unblutige Revolution 1396 die Herrschaft der Patrizier, an ihre Stelle trat eine ständische Verfassung. Der Verbundbrief aus dem gleichen Jahr konstituierte einen neunundvierzigköpfigen Rat mit sechsunddreißig Ratsherren und dreizehn Gebrechtsherren, die fortan die Geschicke der Stadt regelten.

Der wahre Beweggrund für Nathan, in Köln zu bleiben, war der Moment, als er aus der Ferne den

Dom der Stadt erspäht hatte, dessen Grundsteinlegung im Jahre des Herrn 1248 erfolgt war und der als Grabeskirche für die Reliquien, auf die wir in Kürze noch zu sprechen kommen, dereinst das größte Bauwerk nördlich der Alpen werden sollte. Selbst von Weitem konnte Nathan unschwer erkennen, dass sich auf dem unvollendeten Südturm ein durch Treträder angetriebener Baukran befand, der schon seit dem vorherigen Jahrhundert dort stand. Rund zweihundertfünfzig Meter vom Rheinufer entfernt, an der nördlichen ehemaligen römischen Stadtgrenze, erblickte er jetzt die Kathedrale gotischen Baustils, die noch immer ihrer Vollendung harrte. Sie hatte im Laufe der Zeiten, so teilte man uns mit, bereits etliche Vorgängerbauten gesehen: römischer, merowingischer und nicht zuletzt karolingischer Art in Gestalt des Alten Doms, der einst 873 geweiht wurde, aber dem großen Pilgeransturm nicht mehr länger gewachsen war. Vorbild für den neuen Dom war die Kathedrale von Amiens in Frankreich. Trachyt vom Drachenfels aus dem Siebengebirge war dazu ausersehen, den zukünftigen fünfschiffigen Grundriss zu stützen, der zur Ruhestätte aller Kölner Erzbischöfe werden sollte. Der Dom zog Nathan an, er wollte ihm nahe sein, ihn zur Gänze verinnerlichen, ihn erforschen. Nach dem Gang in die Stadt durch das Hahnentor musste er zunächst gewaltig schlucken. Unter einem sich rasch zuziehenden Himmelszelt aus immer dichteren Wolken schauten ihn, als er nur noch wenige hundert Meter von dem Bauwerk entfernt war, von den Fenstern des Oberchores Abbilder von achtundvierzig Königen an, die abwechselnd mit Bart ausgestattet oder aber bartlos waren. Die Bärtigen waren die vierundzwanzig Ältesten der Apokalypse, die Bartlosen wiederum die Vorgänger Christi, die alttestamentarischen vierundzwanzig Könige von Juda. Im sich anschließenden Achsenfenster fiel sein Augenmerk dann auf eine Darstellung der Heiligen Drei Könige, die der Mutter Gottes und ihrem göttlichen Kinde huldigten.

Augenblicklich verfiel er in herablassendes Gelächter. Soeben hatte sich ihm erschlossen, was eine derartige Anziehungskraft auf ihn ausgeübt hatte: Die Reliquien der Heiligen Drei Könige, seinem Reichskanzler als Geschenk vermachte Kriegsbeute Kaiser Friedrichs I., die 1164 vom Kölner Erzbischof Rainald von Dassel aus Mailand überführt und seither in einem goldenen Schrein hinter dem Hochaltar des Doms verwahrt wurden. Sie bildeten bereits seit dem zwölften Jahrhundert in drei Kronen auf dem Stadtwappen das Hoheitszeichen der Stadt.

Nathan machte sich einen Spaß daraus, das Gedenken an die Weisen aus dem Morgenland aufs Übelste zu verunglimpfen, indem er rastlos um den Dom schritt, alle paar Meter Halt machte und seine grünen Gallebatzen zu Boden schleuderte, während ihn die Menschen auf dem Platz vor der Kirche mit Befremdung über sein Gebaren betrachteten. Keiner hatte jedoch den Mut einzuschreiten und ihm Einhalt zu gebieten, geschweige denn, ihn seines unsittlichen Benehmens wegen zu maßregeln. Zu groß war die unterschwellig verspürte Furcht um das eigene Leben und vor dem, was Nathan an Gewaltlust und Unberechenbarkeit ausstrahlte.

Wiederholt erregte sich der Balg auch verbal.

»Drei Könige der Gottessohn konnte blenden, das Mirakel aus eines Menschen Lenden! Der aber zu sein, mir ist verkündet, der Erde und Hölle schon bald verbündet!«

Nach etlichen Stunden, als es stockfinstere Nacht geworden war, stellte der Junge endlich sein verabscheuenswertes Treiben ein und folgte den einsetzenden Menschenströmen auf den Neumarkt, dem unter Erzbischof Anno II. entstandenen weitläufigen Handels- und Marktplatz, der zugleich auch einer der großen Hinrichtungsplätze von Köln war. Vom Stadtkern aus marschierte er inmitten der Menge an einer vierbödigen Turmwindmühle vorbei, die um 1400 anstelle einer Bockwindmühle errichtet worden war. Jahre später sollte der Rat Kölns noch eine Tränke angelegt und den Viehmarkt auf den Platz verlagert haben, an denen der Balg jetzt vorbeikam. An diesem Tag hatte zur Ertüchtigung der Schützen, zu deren Waffenausrüstung Pfeil und Bogen genauso wie die Armbrust gehörten, ein vom Rat veranstalteter Schützenwettbewerb am Neumarkt stattgefunden, erzählten ihm Leute aus dem Gesindel bereitwillig. Im Rahmen großer Volksfeste hatten sich nicht nur die in den Gaffeln versammelten Verteidiger der Stadt in ihrer jeweiligen Disziplin geübt, sondern auch der Pöbel.

Nathan lief bis zum Westende des Neumarkts in unmittelbarer Nähe des Römerturms, dem Eckturm der römischen Stadtmauer aus dem zweiten und dritten Jahrhundert. In nordwestlicher Richtung kam er schließlich in die Nähe eines Konvents und der dazugehörigen dreischiffigen Kirche eines Benediktinerinnenordens, die auf einem erzbischöflichen Hofgut errichtet waren. Außerdem befanden sich dort ein Hospital und eine Kapelle, rings um den Platz noch vier Baumreihen sowie eine große Anzahl von Kaufmanns- und Handwerkerhäusern. Für Nathans Zeitgenossen, hätten sie etwas von seiner Vorliebe für alle erdenklichen Arten der Gewalttätigkeiten gewusst, stünde außer Frage, was ihn dessen ungeachtet hierher getrieben hatte: Wie wir im Lesefluss bereits erahnten, war es ein gewaltiger Scheiterhaufen, mittlerweile nur noch wenige Meter vor seinen Füßen entfernt und an die drei bis vier Meter hoch, sodass selbst den hintersten Reihen der versammelten Gaffer nichts des dargebotenen Schauspiels entgehen konnte. Er erblickte dort eine Frau mit schimmernd rötlichem Haar und in einem Büßerkleid, die an einem Pfahl inmitten des Scheiterhaufens festgebunden war. Das Volk kürte sie lauthals zur Hexenmeisterin. Der Balg schaute sich um und rief sich Abschnitte aus der zeitgenössischen Literatur ins Gedächtnis. Der aufkommende

Hexenwahn gründete und wurde geschürt im herrschenden Klerus, so zog er für sich seine Schlüsse. Die Vorstellung der ungezügelten Frau, ihrer sexuellen Freizügigkeit, konnte nur satanischen Einflüssen unterstehen. Die Dämonisierung der Frau als Hexe war die logische Folge, die im christlichen Aberglauben nur zu gern aufgegriffen wurde. Scharenweise wurde den Frauen angedichtet, Feldfrüchte und damit ganze Ernten zu verderben, im Verborgenen geheimnisvolle Riten zu vollziehen, unliebsamen Personen die fürchterlichsten Krankheiten anhexen zu können und den Liebeszauber zu gebrauchen. Bald waren alle unerklärlichen Begabungen oder Erscheinungen allein auf die Hexerei oft alleinstehender Frauen zurückgeführt und die Hexenverfolgungen gipfelten ebenso schnell in grausamen Misshandlungen zur Erzwingung von Geständnissen und der Entwicklung immer neuer Proben zur Erlangung der benötigten Gottesurteile – der Ordalien. Kam dann die erwähnte Inquisition, das Prinzip ihrer Anwendung und ihres Prozesses, mit dem Zeitenlauf ins Spiel, waren die Ausmaße der Willkür sehr schnell nicht mehr abzusehen. Unverfängliches genügte dem Inquisitor nicht selten zur Vollstreckung der Folter, wenn nicht gar zur kirchlich abgesegneten Todesstrafe: die lose Bekanntschaft eines der Ketzerei Verdächtigten, ein körperliches Gebrechen, eine im Auge des sicherlich nicht weniger seltsamen Betrachters liegende Merkwürdigkeit der Wesensart einer Person, eine Mahlzeit mit ihr in derselben Wirtschaft, die Gabe von Almosen. Ganz egal, was man der Frau auch ankreidete, der Augenschmaus einer Hinrichtung stand ihm unmittelbar bevor, ergötzte sich Nathan.

Ein Mann trat nun langsam aus der Schar der Schaulustigen hervor, in seiner rechten Hand trug er eine Fackel mit sich. Die Frau indes rüttelte an ihren Fesseln und schrie um ihr Leben, beharrte mit zunehmender Verzweiflung darauf, sie wäre sich keiner Schuld bewusst. Der widerliche Balg war jetzt mehr als angestachelt, stimmte ein in die Verzückung des Pöbels und forderte ebenso wie Hunderte anderer Kehlen ihren Feuertod.

Die Fackel wurde an den Holzstoß gelegt. Sie entfachte Stroh, Stroh Geäst und Geäst Holzstöße. Funken blitzten auf, zogen wilde Bahnen durch die Nacht. Die Flamme tanzte gespenstisch um die Frau. Lodernd griff die Glut über, rasend schnell zuckte und knisterte das Feuer. Mit zunehmender Nähe der Flammen gebärdete sich die Frau noch sterbenselender. Aufgeregte Schwestern des Benediktinerinnenordens traten nun an die Fenster ihres Konvents und bekreuzigten sich, ehe sie wiederholt die gerechte Sühne der Hexe für ihre schwarze Magie einforderten. Stroh und Geäst schlugen bereits meterhohe Flammen. In der Hitze der Feuersbrunst verschwammen für die Menge die Umrisse der rothaarigen Frau mehr und mehr. Nicht mehr lange und sie würde brennen.

Unerwartet ergriff den Jungen ein über die Maßen

schlechtes Gefühl, ihm anfangs unerklärlich, warum und weshalb. Der Balg schüttelte sich vor lauter Unbehagen, so lange, bis er die Kraft einordnen konnte, die sich seiner bemächtigte und die ihm derart widerstrebte. Vorausahnend, was sich sogleich ereignen sollte, schaute er hoch gen Himmel. Schlagartig schien sich dieser nur für seine Augen allein sichtbar zu weiten, ehe ein gleißendes Licht sich durch einen Spalt innerhalb der dichten Wolken schob. Von oben herab schwebten drei strahlende, geflügelte Wesen voller Anmut und Schönheit auf den Scheiterhaufen nieder. Eines streichelte der Frau mit dem roten Haar die Wange, während die anderen beiden ihr den Strick im Rücken lösten. Gleich darauf geleiteten sie die Gerettete über die Flammen, bis sie selbst wieder zur Erde schreiten konnte.

Die überraschte Menge derweil sah nur die Frau wie durch eine himmlische Fügung aus der Glut schweben und war ebenso überwältigt wie sprachlos. In ihrem grenzenlosen Gottvertrauen kletterten die Nonnen auf die Simse der Fenster und versuchten leichtsinnig, das Wunder, welches sich gute fünfzig Meter von ihnen entfernt abspielte, zu fassen zu bekommen. Mit ausgestreckten Armen stürzten sie sich tollkühn vom ersten Stockwerk herunter. Knochen knackten. Erbärmliche Schmerzensschreie wurden laut.

Erst nach einer Weile stimmten einzelne Stimmen im Pöbel lauthals ein:

»Ein Wunder! Ein Wunder! Sie schwebt wie mit Engelsflügeln aus dem Zunder! Sie kann keine Hexenmeisterin sein, Gott ließe sich niemals auf eine solche ein!« Die Wortführer bemühten so lange ihre Kehlen, bis alle einstimmten. Außer sich vor Wut, schritt der Balg jetzt nach vorn und forderte unnachgiebig die Vollstreckung des Hexentods, gleichwohl er insgeheim durchschaute, dass die Frau gänzlich reinen Gewissens war.

»Die Hexe gehört verbrannt, ich habe ihre schwarze Magie sofort erkannt!«

Das versammelte Volk jedoch ließ sich nicht verleiten und die Engel führten ihre Hände vor den Mund, als wollten sie ihr heimliches Lachen und Spotten über den teuflischen Balg tunlichst verbergen. Der Grimm und der Wahn der Leute schienen sich zudem jeden Augenblick gegen Nathan richten zu können. Äußerste Vorsicht war geboten.

Unschlüssig stand der Junge vor dem Gesindel, das ihn unverhohlen voller Angriffslust anstarrte, die sich bei jedem weiteren Wimpernschlag entladen konnte. Er musste die Worte abwägen, selbst wenn sich in seinem Leibe alles gegen die ungekannte Gnade der Menschen auflehnte. Allerdings hatte er längst begriffen, es nutzte nichts, weiter sinnlos ihren Hass zu schüren. Wollte er nicht selbst zum Opfer ihrer Willkür werden, musste er sie zur Genüge in Wohlwollen ihm gegenüber wiegen. Also lenkte er missmutig ein.

»Sie soll leben! Ein Wunder hat ihr recht gegeben!«

Die Leute zögerten noch einige Sekunden, ehe sie es ihm gleichtaten.

»Sie soll leben! Ein Wunder hat ihr recht gegeben!«

Es sei an dieser Stelle vermerkt, dass keine einzige der verwirrten Nonnen aus dem Konvent den Tod infolge des Sturzes aus gut und gerne vier, fünf Metern Höhe fand. Sie alle kamen auf wundersame Art und Weise mit leichteren Verletzungen und Brüchen davon. Es war, als hätte der Herrgott seine schützende Hand über jede von ihnen gelegt, ehe keine fünf Minuten später die nächste Frau, die ebenso nachdrücklich wie die erste ihre Unschuld beteuerte, den Flammentod fand. Der Balg, nachdem er seinen Willen nicht bekommen hatte, war längst wütend und missgelaunt weitergezogen.

XI

Nur wenige Meilen war Nathan weiter gen Südost gelaufen. Die seit frühen Kindheitstagen vorherrschende Sehnsucht nach seinem höllischen Vater trieb ihn nun mit aller Macht nach Osten, an einen Ort, der ihm von Herumtreibern beschrieben worden war, an dem er das Band zum Teufel aufleben lassen wollte. So streifte er durch die Ausläufer des rechtsrheinischen Schiefergebirges, das Bergische Land, das Sauerland und das Siegerland mit dem Rothaargebirge sowie den Westerwald, ehe ihn sein Weg durch das Weserbergland führte. Der böse Junge war noch immer schwer getroffen. Am Scheiterhaufen des Kölner Neumarkts hatte er seine Lektion lernen müssen, eine überaus schmerzliche Erfahrung, die selbst in seinem Wesen, welches für menschliche Regungen eigentlich nahezu unempfänglich war, Spuren hinterließ.

Er hatte sich fügen müssen, um mit heiler Haut davonzukommen, auch wenn er damit einen Großteil seiner Selbstachtung verloren hatte. Immerhin hatte er seinen Blutdurst nicht stillen können, sich gar vor dem verwahrlosten Stadtgesindel kleiner machen müssen, als er war, sehr viel kleiner sogar, was an ihm zehrte. Mit jedem Atemzug ein bisschen mehr. Die vermeintliche Allmacht seines Herrn hatte ihn getrogen. Umso mehr sehnte er nun den väterlichen Rat herbei, während er durch unberührte Natur schritt, durch scheinbar endlose Landschaften und immer auf der Suche nach Anerkennung für seine wenig vorzeigbaren Taten, für sein vom Grunde auf verdorbenes Wesen. Obgleich er sehr wohl wusste, er müsste sich in Geduld üben, wünschte er sich herbei, was im Höllenfeuer doch so fern war – die Nähe des wahren Vaters. Fast konnte man glauben, der geltungssüchtige Junge übte sich auf seiner Reise, die ihn momentan vom ursprünglichen Ziel entfernte, in kindlicher Tagträumerei.

Nach Wochen erreichte er den Ort, der ihn so magisch angezogen hatte: den Brocken im Harz, auch Blocksberg oder Hexenstieg genannt. Der höchste Berg Norddeutschlands erhob sich unmittelbar vor ihm, ein Ort außerordentlicher Wetterbedingungen, an dessen Ausläufern zu jener Zeit Bergbau betrieben wurde. Umgeben von seinen in dichten Nebelschwaden um den Gipfel liegenden Nebenkuppen Heinrichshöhe, Königsberg und Kleiner Brocken, war der Berg zugleich Quellgebiet von vier Flüssen: Bode, Ecker, Ilse und Oder.

Bei seinem Aufstieg bis oberhalb der natürlichen Waldgrenze gelangte Nathan schnell in den Nebel, der im Jahresmittel an mehr als dreihundert Tagen vorherrschte und regelmäßige Sichtungen des sagenhaften Brockengespenstes förderte. Er stapfte bald durch völlig aufgeweichten Schneematsch, als allmählich Niederschlag einsetzte und eiskalt über seine

Haut glitt, und näherte sich, während die Schneedecke unter seinen Füßen immer fester wurde und der Regen in Schneefall überging, stetig dem teilweise eisigen Gipfel. Gleichzeitig fielen die Temperaturen unweigerlich gegen und bald unter null, sodass der Junge zunehmend vor Kälte schlotterte. Kleine Böen, die ihn anfangs begleiteten, wandelten sich, je höher er gelangte, in schwere Stürme mit Geschwindigkeiten von über hundert Kilometern die Stunde. Nathan trotzte allen widrigen Umständen und lief unverzagt voran, als erwarte ihn etwas, wofür es sich lohnte, weiterhin der rauen Witterung zu trotzen. Als könnte er der harten Prüfung, derer das Wetter ihn unterzog, letztlich etwas abgewinnen, das die Beschwerlichkeiten meilenweit überwog und seiner eigenen Natur entsprach. Nicht umsonst würde er sich sonst fast bis auf den Gipfel hochquälen.

Unterhalb der Bergkuppe, unweit des Brockenteiches, um welchen sich vielerlei Sagen rankten, erreichte der Balg den Hexentanzplatz, wie der Volksmund den Platz der Hexenversammlung oder des Hexensabbats nannte, der beispielsweise in der Walpurgisnacht stattfand. Nathan fühlte sich jedoch nicht wesentlich anders als zuvor, was ihn sehr verwunderte. Er hatte sich mehr erhofft. Von Landstreichern hatte er auf seiner Reise schließlich wiederholt gehört, hier erwarteten die allerorts verfolgten Hexen die Ankunft des gehörnten Gottes, um sich mit ihm in einem rauschenden Fest zu vereinigen. Diese Aussagen hatten ihn bestärkt, seinen Umweg trotz aufkommender Zweifel an dessen Berechtigung in den Augen seines teuflischen Vaters fortzusetzen.

Es war auf die Stunde genau die Nacht vom 30. April auf den 1. Mai, der Zeitpunkt, an dem sich der Hexensabbat ereignen sollte. Das Schauspiel wurde zu jener Zeit auch als Synagoga diabolica bezeichnet, was einen antisemitischen Ursprung aufwies. Der für Christen nicht sichtbar praktizierte jüdische Gottesdienst musste als heimliches Geschehen teuflische Merkmale haben, war die landläufige Meinung. Diese unbeobachtet ausgeübten Bräuche übertrugen sich auf die Befürchtungen und Fantasien der Menschen dieser Zeit, in der seltsame Vorstellungen von Morden und Abscheulichkeiten im Aberglauben fest verankert waren. Die große Angst vor dem Unbekannten hatte allerorts um sich gegriffen. Der Junge jedenfalls scherte sich nicht auch nur im Ansatz darum, für ihn war es nichts weiter als ein weiteres Anzeichen für das baldige Erscheinen seines Vaters. »Mal sehen, ob sie recht behalten sollten mit ihrem Hexenglauben«, flüsterte Nathan in sich hinein, derweil der Wind um seine Ohren pfiff. »Mit der Furcht, der Teufel könnte ihnen hier oben ihre Seelen rauben.«

Wo sonst, wenn nicht hier und heute, könnte er seine Nähe spüren und lernen, wie er ihn allzeit anrufen könnte, ermutigte er sich selbst, während ihm vor lauter Müdigkeit immer wieder die Augen zufielen. Die Anstrengungen des nicht enden wollenden Fußmarsches hatten bald ihren Tribut gefordert und der verfluchte Junge gelangte dem Gipfel nahe mit einigem Widerwillen ins hartnäckig, aber erfolglos verschmähte Reich des Unterbewussten, nachdem er sich auf einem flachen Steinquader ausgestreckt und sein Haupt auf seinen Proviantsack gebettet hatte. Bevor sich seine schweren Lider schlossen, glaubte er, sich inmitten eines beispiellosen Getöses zu befinden, wie er es in seinen kühnsten Träumen nie für möglich gehalten hätte: Siedend heißer Dampf aus dem Brockenteich wehte ihm um die Nase; auf hölzernen Besen und verwachsenem Hexengetier reitende Frauen schrien Arien der Verzückung und vollführten am blutrot verfärbten Nachthimmel die schier unglaublichsten Flugkünste; um ein Feuer herum tanzten Heerscharen rothaariger Weiber in ausschweifendem Gebaren mit ihren Hexenmeistern, während wiederum andere Hexen in meterhoch dampfenden Kesseln und unter Verwendung von schwarzer Magie Flugsalbe zubereiteten. Auf einmal bebte der Erdboden unter ihren Füßen und aus der Mitte der zuckenden Flammen im Zentrum des Tanzplatzes sprühten riesige Funken, bis sie sich allmählich teilten und ein übermannsgroßes, gehörntes Wesen aus ihnen emporstieg.

»Vater mein, wo sonst könntest du sein! Nimm mich mit zu dir, nichts hält mich hier!«, entfuhr es dem in seiner Begeisterung kaum zu bremsenden Balg. Nathan konnte kaum mehr an sich halten. Geradezu entzückt über den Augenschmaus, der sich ihm darbot und ihm so unwahrscheinlich vertraut erschien, hätte er in diesem Moment die ganze Welt umarmen können. Je mehr er sich allerdings begeisterte, desto undeutlicher und verworrener wurde alles um ihn herum: Die Besenreiterinnen stürzten allesamt zu Boden und ihre Knochen zerbarsten beim Aufprall, die Hexenmeister fielen auf die Knie und lösten sich in wirbelnden Rauchschwaden zur Gänze auf, der Sabber aus ihren Kesseln rann unaufhaltsam davon. Das Wesen, das Nathan für seinen Vater hielt, drehte sich nach ihm um, schnaubte wild aus den schwarzen Nüstern und musterte ihn mit blitzenden Augen. »Du Bastard, du Halbblut, stell dich auf die Füße geschwind! In meinem Reiche ist kein Platz für ein Kind! Deine Bestimmung ist es, die dich zum Verweilen auf Erden zwingt, sieh zu, dass dein Weg dich endlich an sein Ziel bringt!«, verschmähte es aufgebracht die seiner Ansicht nach unangemessenen Gefühlsanwandlungen des Jungen.

»Vater, nein. Ich will doch nur bei dir sein!«, schrie Nathan lauthals, ehe sich die Welt, die er im Traume gesehen, endgültig verflüchtigte und für alle Zeit entschwand.

Seiner Zuversicht beraubt, streckte der Balg seine Arme aus, versuchte verzweifelt, das Trugbild festzuhalten, während er um sich herum nichts mehr sah als strahlendstes Weiß, das ganz allmählich in dichten Nebel überging. Wieder riss er die Augen auf, diesmal jedoch blieb alles beim Alten: Er fand weit und breit keinen Menschen, kein Tier, kein Nichts vor. Einzig dichte Nebelschwaden lagen in der Luft rings um ihn. Mit einem Ruck stemmte Nathan sich hoch und rannte, als wäre der Teufel hinter ihm her, zurück, den Brocken hinunter und dann nach Südwest, seiner Bestimmung entgegen. Kein weiteres Mal würde er sich eine derartige Rüge einhandeln, kein weiteres Mal sich seines Vaters unwürdig zeigen.

XII

Wochen waren vergangen, seit der Balg am Brocken verzweifelt die Nähe des teuflischen Vaters gesucht hatte, und aus den Wochen waren Monate geworden, seit sich Nathan einer Gruppe umherziehenden Gesindels aus Landstreichern und Taugenichtsen angeschlossen hatte. Mit seinem Erscheinen ward er sogleich, wen wunderte es, als der neue Anführer bestimmt, und als sie die Himmelsrichtung Südwest durch den Thüringer Wald, die Rhön und den Spessart einschlugen, konnte er sich zur Genüge an den Missetaten der Wegelagerer und Raubritter ergötzen, die allerorten ihr Unwesen trieben. Rasch hatte er großen Gefallen daran gefunden, ihren Plünderungen, Brandschatzungen und Schändungen beizuwohnen. Auch die zu diesen Zeiten zuhauf ausgetragenen Fehden zwischen verfeindeten Parteien zur Klärung ihrer Streitigkeiten, die sehr schnell in größere Scharmützel ausarteten, stießen bei ihm auf großes Interesse und so hielt er stets aufmerksam Ausschau danach. Seit dem verhängnisvollen Zeitpunkt, als der Junge sich zu ihnen gesellt hatte, war die Gruppe von anfänglich elf Männern auf nur fünf Landstreicher geschrumpft. Man vermisste die fehlenden sechs nicht wirklich, fragte nicht weiter untereinander nach ihrem Verbleib, immerhin bestand der nicht zu leugnende

Vorteil, von nun an einige Mäuler weniger stopfen zu müssen, und eine gewisse Sprunghaftigkeit oder Unbeständigkeit lag schließlich in ihrer Natur – oder wurde einem Landstreicher zumindest nachgesagt. Die Wahrheit sprach, wenig erstaunlich, jedoch eine ganz andere Sprache: Tief in seiner wenig beschaulichen Seele verwurzelt, dürstete Nathans Gier nach Gewalt nach einer stetigen Steigerung, wobei die im Traum durch seinen wahren und zutiefst verehrten Vater übermittelte Maßregelung ihn zusätzlich anspornte.

In den Waldgebieten des Taunus, die er bald erreichte, trafen sie auf Wall- und Grabenanlagen des Obergermanisch-Raetischen Limes, einer Grenzbefestigung aus Zeiten der Römer. In Schutt liegende Ruinen von Wachtürmen zeugten von der sich vom Rhein bis zur Donau erstreckenden Außengrenze ihres Reiches, dessen Ausmaße der Junge einst auf Landkarten studiert hatte. Ein Schweinehirte, dessen grunzendes Getier ohne Unterlass furzte, kam des Weges. Einige der Sauen und Eber koteten gar ungehemmt auf die Schutthügel, als wollten sie das verfallene Menschenwerk bis in alle Ewigkeit entweihen. Je länger er darüber nachdachte, desto mehr Gefallen fand Nathan an diesem Gedanken.

»Dein Getier, alter Hirte, ist nur allzu weise, verteilt direkt vor deinen Füßen seine Scheiße!«, rief er dem Mann entgegen, der den Balg jetzt erst wahrnahm.

Wütend drohte ihm der Schweinehirte mit der

geballten Faust. Aus seinem Maul blitzten drei faulige Zähne auf, als er zwei Ebern und einer Sau kräftige Tritte in die Lendengegend versetzte. Zu seiner eigenen Überraschung hatte Nathan allerdings für die Gebärden des Alten nichts weiter als ein müdes Lächeln übrig. Vielleicht lag es aber auch daran, dass sich sämtliche Landstreicher seiner Gruppe in diesem Augenblick auf und davon machten – seltsamerweise allesamt in die Richtung, in die der Hirte entschwunden war. In ihren Gesichtern, die vom Hunger eingefallen waren, stand buchstäblich das Verlangen nach Mundraub geschrieben. Wie auch immer, dem Jungen war dies vollkommen gleichgültig. Zunehmend gelangte er in die Nähe seines Zielorts und traf, nachdem er die großteils noch in der Errichtung befindliche Landwehr aus Dornen, Buschwerk und etlichen Warttürmen hinter sich gelassen hatte, in der zweiten Dezemberhälfte des Jahres 1449 durch den Eschenheimer Turm in der Freien Reichsstadt Frankfurt ein. Deutsche Könige und Kaiser wurden hier erwählt und gekrönt, was seit 1356 durch die Goldene Bulle festgeschrieben war, wie wir in vielen historischen Quellen nachlesen konnten. Mit der Krönung Kaiser Friedrichs I. nahm ab 1152 die Stellung Frankfurts als Wahlort der deutschen Könige seinen Anbeginn. Unter der Herrschaft der Staufenkaiser erlebte die Stadt eine wirtschaftliche Blüte und das Stadtgebiet wurde erheblich ausgedehnt. In dieser Zeit liegen die Ursprünge der Staufenmauer, des Marktes, der Mainbrücke, der Messe und des Münzrechts. Das Privileg der Herbstmesse wurde 1240 von Friedrich II. bestätigt und 1330 von Ludwig dem Bayer noch um die Frühjahrsmesse erweitert. Zusammen mit dem Recht des Bündnisschlusses, der Anlegung neuer Zölle im Umkreis von zehn Stunden, einer Erweiterung des Messeprivileges und einer Neuordnung des Pfandrechts führte dies zu einem enormen Wachstum – Frankfurt wurde zur Handels- und Messestadt, galt mit seinen rund zehntausend Einwohnern bereits früh als Zentrum des Tuchhandels. Über dreihundert Mitglieder der Weberzunft fanden sich seinerzeit zu den großen Messen in der Stadt ein. Streitigkeiten um die Besetzungen der Ämter regelte Kaiser Karl IV. durch eine Drittelung des Stadtrates in Bänke der Schöffen, der Gemeinde und der Zünfte. Die von uns genannte Goldene Bulle schließlich bestimmte unter der Voraussetzung für die Stadt, den Wahlakt ordnungsgemäß zu schirmen, Frankfurt als ständigen Wahlort deutscher Könige.

In der Mitte der Altstadt, am Römerberg mit dem Rathaus Frankfurts angelangt, nahm der Balg angeödet das rege Treiben am Messeplatz zur Kenntnis und verschnaufte für einige Momente, während sich wiederholt vereinzelte Schneeflocken ihren Weg vom bedeckten Himmel bahnten und den Platz in eine verträumte, winterliche Stimmung hüllten. An etlichen Marktständen mit schneeweißen Dächern boten Händler ihre Waren feil, Schausteller, Gaukler und Bänkelsänger zeigten ihre Fähigkeiten zur Zerstreuung und Belustigung ihrer Zuschauer und Zuhörer. Nathan ließ sich von der vorherrschenden Heiterkeit nicht beeindrucken. Er sah nicht nach rechts und nicht nach links. So entging ihm der östliche Teil des Platzes, der eine Reihe ansehnlicher Häuserbauten und einen Brunnen aufwies, und auf dem bereits zu Zeiten der Karolinger jeden Sonnabend unter freiem Himmel öffentlich Gericht gehalten wurde. Genauso wenig Aufmerksamkeit widmete er der Südseite, die durch die frühgotische Alte Nikolaikirche geschmückt wurde, dem Wehrturm aus staufischer Zeit wie auch dem Rathaus der Stadt auf der Westseite. Dieses setzte sich aus den ehemaligen vorzeigbaren Bürgerhäusern Römer und Goldener Schwan, die der Rat 1405 für insgesamt achthundert Gulden und die Zahlung von Leibrenten erworben hatte, sowie dem westlich gelegenen Neubau des einstigen Hauses Frauenrode zusammen. Letzteres wurde 1424 für zweihundert Gulden hinzugekauft. Schräg gegenüber St. Nikolai konnte somit die im damaligen Städtebau übliche Nähe von Kirche, Rathaus und Marktplatz für den Zuwachs an Verwaltungsaufgaben gewahrt bleiben. Der Römer mit der östlich dahinter befindlichen, von Handwerkern und Händlern besiedelten Altstadt wurde indes Mittelpunkt des Handels, insbesondere während der regelmäßigen Messen, bei denen man sich für den Transport von Waren und Personen unter anderem der Wasserverkehrsstraße des Mains bediente. Im neuen Rathaus entstand derweil eine große Kaufhalle, die Berühmtheit als Kaisersaal erlangte, wie wir aus Büchern erfuhren und nicht müde wurden zu lesen. Dahinter befand sich für einen Zeitraum von rund drei Dekaden die große Ratsstube, dereinst Wahlzimmer der Kurfürsten. In den über drei spitzbogige Eingangsportale zu betretenden Erdgeschossen war des Weiteren ein Kreuzrippengewölbe zu sehen, hinlänglich bekannt als Römer- beziehungsweise Schwanenhalle. Im östlichen Teil des ehemaligen Hauses Frauenrode wiederum ragte ein steinerner, mit Schiefer gedeckter Archivturm in die Höhe. Die neue Ratsstube im westlichen Teil ersetzte 1438 diejenige im Römer, drei Jahre darauf schließlich wurde die Fassade mit einer großen Laterne mit dreiundsiebzig Scheiben aus venezianischem Glas verziert. Nathan schaute nun doch mit müdem Blick in Richtung Römer. Eine aufgesteckte Fahne an den Türen der Schwanen- und Römerhalle erweckte kurz sein Interesse. Sie deutete, wie er ahnte, auf das darin vorgehende Feilbieten von Waren hin. Dann traten zu bereits vorgerückter Stunde einzelne Männer in kurzen Abständen auf den Platz. Ihren wie Augäpfel gehüteten, augenscheinlich schweren Beuteln und Schmuckschatullen nach zu urteilen, gehörten sie wohl dem Gold- oder Silberschmiedehandwerk an. Auch der emporragende Westturm des Frankfurter Kaiserdoms St. Bartholomäus, an dessen zweitem Turmgeschoss gerade gebaut wurde, konnte

Nathan nicht sehr lange fesseln. Die südlich an den Chor angeschlossene Wahlkapelle der früheren Pfalzkapelle und Stiftskirche diente seit einiger Zeit als Ort der Königswahlen. Nach einleitenden Verhandlungen im Römer begaben sich die vier weltlichen und drei geistlichen Kurfürsten am Folgetag zur Bartholomäuskirche. Im Anschluss an den Empfang durch das Stiftskapitel wurde die weitere Zeremonie mit einer Heiliggeistmesse eingeleitet und Gottes Segen für eine weise Entscheidung erbeten. Es folgte die Ablegung eines Eids vor dem Altar, woraufhin der Reichsmarschall die Wahlkapelle verriegelte und das Konklave zu tagen begann. Daran schlossen sich die feierliche Verkündigung des Ergebnisses im Dom und die Vereidigung des Erwählten durch den Erzbischof der Stadt Mainz an. Ehe das Te Deum gesungen und die Wahl öffentlich bekannt gegeben wurde, erhoben die Kurfürsten den neuen König auf den Kreuzaltar. Dem Dom selbst waren zu dieser Zeit bereits vier Vorgängerbauten vorangegangen: die merowingische Pfalzkapelle, die karolingische Palastkapelle und Salvatorbasilika, der romanische Umbau und schließlich das frühgotische Bartholomäuspatrozinium. Mit dem Abriss des romanischen Chors sowie des karolingischen Querhauses kam es zur Errichtung einer hochgotischen Choranlage sowie zur Entstehung des, so stellten wir fest, längsten Querhauses der europäischen Gotik mit großzügigen Portalen am Nord- und Südende. Nach Abriss des alten Rathauses und des karolingischen Westwerks wurde dann 1415 der Grundstein für den dreigeschossig entworfenen Westturm gelegt, der dereinst zur Krone der Stadt werden sollte. Die wertvollste Reliquie des Doms, die den Balg seltsamerweise nicht anzog, war im Übrigen wohl die Schädeldecke des Apostels Bartholomäus, die sich seit 1215 im Dom befand. Ebendieser sollte der Legende nach zur Mission in Indien und Armenien geweilt, Kranke geheilt und den armenischen König Polymios bekehrt haben, woraufhin dessen Bruder Astyages den Apostel gefangen nahm und schinden ließ.

Derweil konnte man fast meinen, der Junge sammelte, so kurz vor dem Ziel seiner Bestimmung, aufs Neue seine Kräfte, nachdem er sich bereits auf dem Wege vom Brocken bis hierher nach Lust und Laune in seiner bevorzugten Disziplin, dem unstillbaren Verlangen, auf heimtückischste Art und Weise zu morden, ausgetobt hatte. Bemerkt man jedoch das genaue Datum des Tages, das mit der Geburt des Heilands übereinstimmte, würde sein Verhalten sehr schnell einleuchtender erscheinen: Es war der 24. Dezember 1449, der alljährliche Tag der Christnacht, der Vortag der Menschwerdung Gottes, der Tag, den Nathan wie auch sein höllischer Vater verständlicherweise seit rund eineinhalb Jahrtausenden verdammten. Nicht umsonst war der gesamte Platz voller Marktstände, wie es hier alljährlich der Brauch zu sein schien, das begriff er erst jetzt.

Um ihn herum frohlockte und jauchzte alles im übergreifenden Glücksgefühl der Weihnachtszeit, allein die der Ketzerei Verdächtigen auf der Seite des Samstagsberges im Osten des Römerberges mochten höchstwahrscheinlich ganz andere Empfindungen verspürt haben. Das Standgericht hatte soeben erst zu tagen begonnen und die Unglückseligen konnten nicht ahnen, dass ihr Prozess den Inquisitoren der Abschreckung diente, denn in Ermangelung ihrer durch Ordalien erwiesenen Gotteslästerung sollten sie schon sehr bald den Tod durch den Strick finden. Gerade an diesem Tag und gerade in einem öffentlichen Prozess würde das Urteil es nicht an Härte fehlen lassen, wovon sich jeder, den es beiläufig interessierte, überzeugen konnte. Einige Zeit später, als drei Kinderchöre sich vor dem Römer gruppierten und anhuben, ihren Gesang in der voranschreitenden Nacht laut werden zu lassen, hatte Nathan fürs Erste genug. Zugegeben, Inquisition und Kinderchöre in unmittelbarer Nachbarschaft mochten auch für den unvoreingenommenen Betrachter nicht zusammenpassen; bei ihm freilich lag der Fall ganz anders: Es gehörte zu seiner böswilligen Natur, dass er mit derlei beseelendem Liedgut nichts anzufangen wusste. Doch wohin er auch zu flüchten gedachte, die liebreizenden Sängerscharen schienen überall zu sein. So musste er sie ein Lied nach dem anderen anstimmen hören, während er zunehmend zerstreuter wurde.

»Alle Jahre wieder kommt das Christuskind auf

die Erde nieder, wo wir Menschen sind. Kehrt mit seinem Segen ein in jedes Haus, geht auf allen Wegen mit uns ein und aus. Steht auch mir zur Seite still und unerkannt, dass es treu mich leite an der lieben Hand. Sagt den Menschen allen, dass ein Vater ist, dem sie wohlgefallen, der sie nicht vergisst.«

»Stille Nacht, Heilige Nacht! Alles schläft, einsam wacht. Nur das traute, hochheilige Paar. Holder Knabe im lockigen Haar, Schlaf in himmlischer Ruh, Schlaf in himmlischer Ruh. Stille Nacht, Heilige Nacht! Gottes Sohn, o wie lacht lieb aus deinem göttlichen Mund, da uns schlägt die rettende Stund, Christ, in deiner Geburt, Christ, in deiner Geburt.«

»O du fröhliche, o du selige, gnadenbringende Weihnachtszeit! Welt ging verloren, Christ ist geboren: Freue, freue dich, o Christenheit! O du fröhliche, o du selige, gnadenbringende Weihnachtszeit! Christ ist erschienen, uns zu versühnen: Freue, freue dich, o Christenheit! O du fröhliche, o du selige, gnadenbringende Weihnachtszeit! Himmlische Heere jauchzen Gott Ehre: Freue, freue dich, o Christenheit!«

In seinem geistigen Wirrwarr drangen nur unverständliche Sätze ohne Zusammenhang in Nathans Gehör, die zu verarbeiten er nicht imstande war. Unaufhaltsam vermischte sich Bewusstes mit Unbewusstem: »Holder Knabe! Holder Knabe! Christ ist erschienen in der Heiligen Nacht, da uns schlägt die rettende Stund, wenn die Welt ist verloren! Freue dich, o Christenheit!«, meinte er nun fälschlicherweise eine

Nachricht an niemanden sonst als sich selbst herausgehört zu haben und schaute sich angespannt um. »Sagt den Menschen allen, dass ein Vater ist, dem sie wohlgefallen, der sie nicht vergisst«, meinte er nun, einen Hinweis auf seinen teuflischen Erzeuger in den ihres Sinngehalts beraubten Sätzen entdeckt zu haben. Erneut schnellte sein Kopf herum.

Dieses Schauspiel sollte sich noch über eine Stunde hinziehen, so lange, bis den Balg die Kräfte verließen. Übermannt von seinen nahezu geisteskrank anmutenden Schüben, entging ihm ein sich in seinem Rücken anschleichender Gauner, der es wohl auf den Proviantbeutel des Jungen abgesehen hatte. Schritt für Schritt kam er näher und näher und griff sich flugs, was er begehrte. Der Balg erfasste den Diebstahl erst viel zu spät. Ein zufällig des Weges kommender, am Stock gehender Pfaff mit überlangem Backenbart kam ihm zu Hilfe, indem er den Spitzbuben mit seiner Gehhilfe in Schach hielt. Nathans Hab und Gut fiel zu Boden. Der betagte Geistliche bückte sich, stöhnte auf, mühte sich zurück in den Stand und händigte dem vermeintlich hilflosen Knaben sein Eigentum aus, während der geschlagene Missetäter so schnell er konnte das Weite suchte.

»Ein Frevel, am Heiligen Abend zu bestehlen ein Kind, wahrhaft in der Stadt nur Schufte unterwegs sind!«, beschwerte sich der Pfaff grundsätzlich über die Vorkehrungen der Stadtoberen in Bezug auf die Sicherheit. Verärgert schaute er zum Standgericht beim Römer. »Hauptsache, der Inquisition Verhandlung tagt, warum nur ausgerechnet heut, man sich schon fragt! Nichts als scheinheilig zur Schau gestellte Gerechtigkeit, die diesem heiligen Tag etwas Unschönes verleiht!«

Nathan nickte und pflichtete ihm mit freundlichem Gesichtsausdruck bei. Noch immer war er etwas benommen von der Weihnachtsstimmung, die um ihn herum herrschte.

Der Alte kraulte sich jetzt am Kinn und grübelte.

»Bub, du bist sicher Waise, heute ohne Anhang zu sein! Komme mit mir, aber hab acht, es geht nicht so gut mit meinem Bein!«, entschloss er sich zu einer guten Tat.

Rund zwanzig Minuten später fanden sich die beiden im Wohnhaus des Alten neben einer kleinen Pfarrkirche kurz vor den Grenzen der Stadt ein. Mit einem herzlichen Lächeln bedeutete er Nathan, auf einer Bank Platz zu nehmen. Der Balg folgte willig seiner Einladung.

»Dieses Möbel ist nicht allzu behaglich, musst du wissen, mein Sohn, aber meinen bescheidenen Ansprüchen genügt es schon. Hier abends gemütlich zu sitzen, ist für mich der vielen Predigten verdienter Lohn«, ließ er seinen Gast wissen, eilte aus der Stube und kam erst vierzig Minuten später wieder. In der Zwischenzeit hatten in den Räumlichkeiten, in die er sich verzogen hatte, Schranktüren gescheppert, Glas geklirrt und waren dem Geräusch nach wohl ganze Inventaransammlungen verrückt worden.

In den Händen trug er jetzt, während er selig lächelnd hereinstolperte, eine große, bauchige Flasche Messwein und einen Zinnkelch.

»Ich muss mich für deine Geduld bedanken, mein kleiner Freund, doch in netter Gesellschaft mich häufig die Müdigkeit dahinrafft. Warten wir einmal ab, ob sie es auch heute schafft. Damit dies an diesem schönen Tage erst gar nicht geschieht ...«, holte er auf die Flasche schielend aus, »labe ich mich gerne an diesem Tröpfchen, das so schnell in die Kehle flieht. Du musst wissen, meine Zugehfrau neckt mich stets damit, in meiner Abwesenheit den Wein zu verstecken oder nimmt ihn sich einfach selbst mit.«

Nathan mühte sich, er wusste selbst nicht warum, ein verständnisvolles Lächeln ab.

Eine weitere halbe Stunde darauf, nach dem siebten bis zum Rande gefüllten Kelch, konnte der Greis sich nicht länger beherrschen. In gehässiger Tonlage rügte er seine Kirche:

»Das Schisma, das Abendländische, war der Stein des Anstoßes, ein Unding, ein Hirnloses ...«, erregte er sich, »bis 1417, wenn ich mich recht entsinne, hatten zeitweise drei Päpste die Herrschaft inne. Der französische Einfluss auf die Kurie wurde uns fast zum Verhängnis, denn er brachte uns Christen in größte Bedrängnis, das Machtspiel von Avignon und Rom die Autorität des Papsttums fast zum Verfall.

Irgendwann, Junge, so sag ich dir, tut es einen großen Knall! Immerhin ernteten die Lehren Jesu hinsichtlich der vorherrschenden Sitte von allen Seiten immer nur Tritte!«

Der Balg horchte auf jedes Wort, immerhin schien er unerwartet zumindest in einem Punkt auf einen unter Alkoholgabe redseligen Gleichgesinnten getroffen zu sein, einen Bruder im Geiste, im Aspekt der Beanstandung der Kirchengeschichte zumindest. Das Abendländische Schisma, so wusste er aus verschiedenen Veröffentlichungen aus Tanners Büchersaal, war in der Tat mitnichten eine Sternstunde der Kirchengeschichte. Er erinnerte sich in Gedanken an das Erlernte. So wusste er noch, dass sich nach dem Ende des Avignonesischen Papsttums und der Rückkehr Gregor IX. nach Rom mit seinem Tod und der Wahl Urban XI. die Kurie entzweit hatte. Clemens VII. wurde auf Drängen Frankreichs ebenfalls zum Papst gewählt. Im Zuge eines ersten Konzils in Pisa spitzte sich 1409 die missliche Lage noch weiter zu, erst im Jahre 1417 konnte ein zweites Konzil in Konstanz unter Kaiser Sigismund das Schisma auflösen und zur Wahl eines rechtmäßigen Pontifex in Person Martin V. beitragen.

Drei dieser Heuchler führten zu Hochzeiten gar der Kirchen Zepter, belustigte sich Nathan immer noch in Gedanken, drei dieser Heuchler als Servus servorum Dei, als Diener der Diener Gottes. Sie alle predigten nicht das Wort ihres Gottes, nein, sie predigten mit Feuer und Schwert allein für die Vergrößerung des Einflussbereichs ihrer Macht. Nach seinem Wutausbruch über die Päpste fiel Nathans Augenmerk wieder auf den Pfaff an seiner Seite. Er hat einen Hang für die Kirchenhistorie, nicht nur für sein vorgekauertes Glorie, erklärte sich Nathan den Redeschwall des Mannes, der noch immer kein Ende gefunden hatte.

»Die Kriege mit den Hussiten folgten alsbald …«, verkündete er, genüsslich an seinem Kelch nuckelnd, nachdem er sich reichlich nachgeschenkt hatte, »man hatte Jan Hus' freies Geleit unaufrichtig beendet mit Gewalt. Seine Anhänger predigten nur der Bibel Gültigkeit, lehnten sich auf, der erste Prager Fenstersturz war nicht mehr weit. Martins V. Kreuzzugsbulle von 1420 brachte den Krieg von vierzehn Jahren, viele Menschen, viele Christen haben dadurch den Tod erfahren.«

Wieder erinnerte sich Nathan an seine Kenntnisse, auch darüber hatte er einst gelesen. Der Theologe und Reformer Hus hatte den Reichtum des Klerus infrage gestellt. Einzig und allein die Bibel sollte zählen, zudem zog er die Unfehlbarkeit des Papstes, des Stellvertreters Christi auf Erden, in Zweifel. Trotz der Zusage des freien Geleits wurde er auf dem Konstanzer Konzil zum Tode verurteilt und 1415 verbrannt. Ausgehend von den wesentlichen Thesen Hus' organisierte sich nach dessen Verbrennung eine böhmische Freiheitsbewegung, die den Schuldspruch nicht billigte. Der böhmische König Wenzel betrieb daraufhin den Ausschluss der Hussiten aus Kirchen- und Staatsämtern, was zu einem Aufstand und dem ersten Prager Fenstersturz führte. Der neue Regent und Bruder Wenzels, Sigismund, wurde von den Hussiten nicht akzeptiert, sogar als Mörder Jan Hus' angesehen. Mit Papst Martins VI. Kreuzzugsbulle verschärften sich die fortgeführten Aufstände zu einem Krieg, der sich bis 1434 hinziehen sollte. Wenn sie sich schon untereinander bekriegten, befand Nathan, wenn sie schon ihre Kräfte spalteten, würde er sie in Bälde unter der Herrschaft seines Gebieters einen, schwor er sich. Nathan war so vertieft in seine Gedanken und seine Erinnerungen an Gelesenes, dass ihm entgangen war, dass der alte Mann längst eingeschlafen war. Eine gute Gelegenheit, ihn sanft ins Jenseits zu befördern. Er griff sich eines der Kissen in seinem Rücken und führte es über das Antlitz des Schlafenden. Unerwartet hielt ihn aber etwas zurück. Lange begriff er nicht, noch immer sein Mordwerkzeug in der Hand haltend, was es war. Mit einem Mal jedoch leuchtete es ihm ein: Er konnte den Alten nicht hinterrücks ermorden, denn dieser hatte sein Herz berührt. Nathan hatte Gefallen an der ausschweifenden Kirchenschelte des Greises gefunden. Seine Worte hatten ihn angeregt, hatten seinen Geist genauso wie das verschwindend geringe bisschen Menschlichkeit, das ihm auf diese Erde mitgegeben wurde, zum Klingen gebracht. Widerwillig entschied er sich dafür, seine

Grausamkeiten für den Moment zu unterlassen. Vielleicht, so malte er es sich aus, würde die Zugehfrau des Alten ihn morgen im Zustand des Unwohlseins als Nachwirkung des Rausches vorfinden, vielleicht jedoch, und dieser Gedanke gefiel ihm wiederum eindeutig besser, auch tot gesoffen. Angesichts der vier leeren Flaschen, denn im Anschluss an die erste hatte der Pfaff drei weitere geholt und geleert, die der Balg jetzt mit breitem Lächeln betrachtete, lag dies durchaus im Bereich des Möglichen.

Also packte er seine Siebensachen und machte sich auf, die letzten Meilen hinter sich zu bringen, die über Wohl und Weh der Menschheit entscheiden würden. Mit einem Mal allerdings röchelte der Alte, würgte erst und brabbelte dann im Halbschlaf vor sich hin.

Als Nathan sich im Anflug aufrichtiger Besorgtheit um sein Befinden über sein Haupt beugte, öffneten sich die Augen des Tattergreises für die Dauer eines Wimpernschlages und gewahrten die Brandmarkung hinter dem linken Ohr des Balges. Sechshundertsechsundsechzig. Zum Glück des Greises bemerkte Nathan es nicht. Dann pfiff die Lunge des Alten schräge Laute und ehe Nathan sich versah, waren seine Lider wieder verschlossen. Daraufhin verließ der Junge das verfallene Pfarrhaus und damit die Freie Reichsstadt Frankfurt.

Einige Tage später hatte er den Ort, der das Ziel seiner Reise durch das Heilige Römische Reich Deutscher Nation darstellte, vor Augen, einzig der

Strom des Rheins trennte ihn noch davon. Mehrere hundert Meter musste er dem Ufer folgen, bis er an eine Anlegestelle gelangte, an der ein Fährmann mit seinem Floß auf zahlungsfähige Kundschaft wartete. Außer ihm war weit und breit keine Menschenseele zu sehen. Plötzlich stoppte der Balg. Bislang hatte er für den Gang über Brücken stets Umwege in Kauf genommen, nie hatte er ohne festen Boden unter den Füßen ein Gewässer überquert. Und dies nicht ohne Grund. Urplötzlich fühlte er sich von Neuem zurückversetzt in seine ersten Lebensjahre, als er im Büchersaal Tanners hauste. Damals war sein kleiner Körper jedes Mal aufs Neue erzittert, wenn er in den zahllosen Büchern geblättert hatte und auf Stellen gestoßen war, die Überlieferungen der Sagenwelten alter Völker behandelten. Insbesondere diejenigen, in denen vom Übersetzen ins Totenreich die Rede war, dem Gang aus einem Leben, welches verwirkt war. Sein vorhergesagtes Schicksal jedoch sollte die unbedingte Unsterblichkeit sein, die ewige Herrschaft des Bösen.

Als ihm die Sagen von Mahaf und Charon einfielen, erschauderte Nathan. Mahaf einerseits war in der ägyptischen Mythologie unter Aufsicht des Gottes Cherti der Führer der Seelen der Toten ins Totenreich. Über den Totenstrom Acheron andererseits brachte in der griechischen Sagenwelt Charon die Verstorbenen in den Hades – die Unterwelt. Die Bezahlung für die Dienste des Fährmanns bezeichnete man als Obolus; dabei handelte es sich um eine Münze, die unter der

Zunge der Toten platziert wurde. Der Rhein, der an dieser Stelle leichte Wirbel zog, erschien ihm in seiner Breite endlos. Jedes Rauschen des Wassers verängstigte ihn, jeder Schritt dem Ufer entgegen ließ ihn die Vergänglichkeit des Seins spüren.

»Schreite herbei, mein Junge, scheue dich nicht, solche wie dich überzufahren ist meine Pflicht!«, holte der Fährmann Nathan johlend und ihn herbeiwinkend aus seinen Gedanken, während Flößer an der Anlegestelle vorbeikamen und ihre Staken zum Antrieb ihres Warentransportes aus Holzstämmen und Korbwaren gen Köln ins Wasser trieben. Kurz nachdem er sie erblickt hatte, schrie der Fährmann ihnen nach: »Den Körben nach seid ihr vom Obermain.« Dann bemerkte er die Bekleidung eines der Männer und sah sich bestätigt: Eine rote Weste, darunter ein weißes Hemd, eine schwarze Kniebundhose, verbunden mit weißen Kniestrümpfen und schwarzen Trachtenschuhen. Nicht zu vergessen die markante weiße Zipfelmütze. »Es kann gar nicht anders sein!«

Vergeblich wartete der Fährmann auf eine Antwort. Als er sich schon damit abfand, außer entgeisterten Blicken keine andere Regung der Flößer zu erkennen, kam nun etwas weiter flussabwärts lautstarkes Gelächter und abwertendes Gerede auf. Der wissbegierige Fährmann schüttelte verständnislos den Kopf. Für sich ordnete er ihren Spott als Eigenart der Männer ein, jedweden, auf den sie auf ihrer Fahrt trafen, zu verhöhnen.

Etwas missmutig wandte sich der Mann daraufhin wieder Nathan zu. Als er sah, dass dessen Leib von oben bis unten bebte, zeugte sein einsetzendes Gelächter von einigem Schalk auf Kosten Nathans. »Hohoho, hast du Angst vor dem Wasser, du halbe Portion? Denkst du, wenn du noch länger wartest, wird der Rhein sich für dich teilen schon? Hohohooo!«

Auf der Stelle wich Nathans Furcht großer Wut, so wie seine Bedenken über das Übersetzen zur anderen Uferseite in Rachegelüste umschlugen, in Gier nach Vergeltung für den Spott. Mit einem Mal machte er einen Satz von weit mehr als fünf Metern vom Ende des Trampelpfades, der ihn zur Anlegestelle hergeleitet hatte, über den überraschten Fährmann hinweg bis ans gegenüberliegende Ende des Floßes. Die vertäuten Baumstämme gerieten dabei gehörig in Wallung, sodass der Fährmann große Mühe hatte, sich auf seinem Wassergefährt zu halten.

In seinem Rücken legte Nathan Hand an seinen Nacken an. Nur ein kleiner Knacks und des Fährmanns Genick wäre gebrochen, seine Halswirbel entzwei, Nathans unverhältnismäßiger Gegenschlag vollbracht. Noch immer bemühte sich der Fährmann auf dem schwankenden Floß um sein Gleichgewicht, nicht ahnend, dass es um ein Haar das Letzte gewesen wäre, was er täte.

Gerade wollte der Balg mit seinen flinken Fingern Druck aufbauen, als er zwei Männer des Weges kommen sah, die offensichtlich ebenfalls übersetzen wollten. Nathan störte mitnichten, dass sie Zeugen seines Mordes werden könnten. Sich zweier weiterer Erdlinge zu entledigen, wäre ihm egal gewesen. Nein, der Junge hatte eine Vorsehung gehabt: In den Herzen der beiden Männer hatte er gesehen, sie würden ihm einen Dienst erweisen, sie würden ihm nur zu gerne die Arbeit abnehmen. Während er den Fährmann beharrlich und eisern im Griff hielt, stellte er anerkennend fest, dass die beiden in mehreren Ansiedlungen entlang des Rheinverlaufs gesuchte und gefürchtete Raubmörder waren.

Unverzüglich entließ er den Fährmann aus seiner Umklammerung.

»Verflucht, Junge, kannst du hexen? In der Stadt wüsste diese Auskunft manch einer zu schätzen«, rang der Mann stotternd nach Luft.

»Nur wirst du die Stadt nie wiedersehen! Also tu dein Werk und lass deinen Stock auf den Grund des Flusses gehen! Halte hier keine großen Reden, oder hängst du nicht an deinem Leben?«

Eine Weile noch versuchte der Fährmann, im unergründlichen Gesichtsausdruck des Balgs etwas auszumachen, das ihm Menschlichkeit bescheinigte und nicht nur ein Zusammenspiel von rücksichtsloser Rohheit und verächtlicher Verschlagenheit vermittelte.

Unterdessen waren die zwei anderen Männer auf das Floß gesprungen.

In aller Lässigkeit ließ Nathan ab von dem Fährmann und trotzte ihren berechnenden Blicken. Er tat dies so lange, bis sie sich verunsichert gegenseitig musterten. Für gewöhnlich hatte derlei Gesindel keine Bedenken, ein hilfloses Kind auf dem Gewissen zu haben, nun jedoch musste jemand, der nicht wie Nathan eine derartige Unberechenbarkeit ausstrahlte, daran glauben. Der Balg war sich zu Recht mehr als sicher, seine Überlegenheit ausreichend dargelegt zu haben: allein schon durch das Böse, das Schändliche, das aus seinen Augen sprach. Sich mehr oder minder in sein Schicksal fügend, hatte der Fährmann sein Floß vom Ufer weg in den Rhein geschoben. In einem Säckchen am Hosenbund tönten seine Tageseinnahmen hell und metallisch bei jedem Stoß unter den gierigen Blicken der anderen Männer.

Nachdem sie am anderen Ufer angekommen waren, ging Nathan, unbekümmert über das Los des Fährmanns, an Land. Hinter sich hörte er bald, während plötzlich starker Regen einsetzte, Gestöhne und markerschütterndes Geschrei, das sehr schnell wieder verstummte.

Die Raubmörder sollten dem vorlauten Fährmann nicht einen einzigen Obolus aus seinem eigenen Verdienst vergönnen. Er würde den Acheron nicht überqueren können, witzelte der Balg in sich hinein.

XIII

Im trostlosen Wintermonat Januar des Jahres 1450 erreichte Nathan den Ort, der ihm vorhergesagt worden war und ihm Heimat bis zur Vollendung seines ruchlosen und grausamen Werkes sein sollte: die Freie Stadt Mainz, die zum einen durch die von Ludwig dem Bayer verhängte Reichsacht, daraus folgende Schadensersatzleistungen als Mittel des Freikaufs, eine Pestwelle im vorangegangenen Jahrhundert und zum anderen von den fortwährenden Streitigkeiten über die Besetzung des vormals allein aus Patrizierhäusern gewählten Stadtrats gebeutelt war. Einst, auch das erfuhren wir, ein Mittelpunkt des politischen und kirchlichen Geschehens im Reich und von hervorragendem Ruf, nicht zuletzt durch den Rheinischen Städtebund.

Mainz gehörte zu den ältesten Städten Deutschlands und entwickelte sich nach der Römerherrschaft mit dem Stift St. Alban vor den Toren zur größten Kirchenprovinz nördlich der Alpen und zum reichspolitischen Tagungsort. Der Erzbischof, der den Titel ›Erzbischof des Heiligen Stuhls von Mainz‹ trug, wurde zum Reichserzkanzler des Heiligen Römischen Reiches Deutscher Nation und zum Stellvertreter des Papstes jenseits der Alpen. Wie wir feststellten, fand das größte jemals in deutschen Landen abgehaltene Fest, der Hoftag zu Pfingsten, Überlieferungen zufolge im Jahre 1184 mit über vierzigtausend Rittern, allen Fürsten und der geistlichen Elite anlässlich der Schwertleite der Söhne Friedrichs I. Barbarossa in Mainz statt. Die Stadtfreiheit und der Rheinische Städtebund, ein sowohl politisches, wirtschaftliches als auch militärisches Bündnis unter Führung der Städte Mainz und Worms, begründeten die Glanzzeit der Stadt, die nachhaltig geschwächt wurde durch den Mainzer Bistumsstreit und die daraus folgenden Schadensersatzleistungen. Armut und die Abwanderung vieler vermögender Familien aus der zu Hochzeiten über zwanzigtausend Einwohner zählenden Stadt, zum Großteil ins durch die Messeprivilegien aufstrebende Frankfurt, waren nicht zu vermeiden.

Nathan vergeudete keinerlei Zeit, sondern machte sich mit Straßen, Gassen und Gebäuden vertraut. Nachdem er über eine Brücke den breiten und schlammigen Stadtgraben überwunden hatte, hielt er durch ein großes Doppeltor Einzug in Mainz und wunderte sich über die Vielzahl an Klöstern – in Blütezeiten sechsundzwanzig an der Zahl – und Kirchen des am Rhein gegenüber der Mainmündung angesiedelten Erzbistums.

Am Mainzer Dom St. Martin und St. Stefan angelangt, schüttelte er verständnislos den Kopf und erinnerte sich an die Legende über den Patron des zu den Kaiserdomen zählenden Kirchenbaus, Martin von

Tours, einen der bekanntesten Heiligen der Katholischen Kirche: In den halben Mantel eines Bettlers gewandet, soll ihm nach der Überlieferung eines Nachts Christus erschienen sein, nachdem von Tours zuvor seinen mit Schaffell gefütterten Überwurf, mit dem Schwert in zwei gleiche Hälften geteilt, einem armen, unbekleideten Manne als Behelfsmantel zum Geschenk gemacht hatte.

»Was du einem meiner Geringsten getan hast, hast du mir getan«, habe ihm der Messias erklärt.

»Seid niemand nichts schuldig, als dass ihr euch untereinander liebet; denn wer den andern liebt, der hat das Gesetz erfüllt. Denn was da gesagt ist: Du sollst nicht ehebrechen; du sollst nicht töten; du sollst nicht stehlen; du sollst nicht falsch Zeugnis geben; dich soll nichts gelüsten, und so ein anderes Gebot mehr ist, das wird in diesem Wort zusammengefasst: Du sollst deinen Nächsten lieben wie dich selbst. Die Liebe tut dem Nächsten nichts Böses. So ist nun die Liebe des Gesetzes Erfüllung«, gab Nathan nun völlig unverhofft lauthals Kapitel dreizehn, Absatz acht bis zehn des Römerbriefes wieder.

Sollte er bekehrt worden sein, mochte man sich da fragen. Das christliche Gebot der Nächstenliebe findet sich in ähnlicher Form in mehreren Abschnitten des Alten wie auch des Neuen Testaments, der Evangelist Johannes schreibt sogar ausdrücklich von einem neuen Gebot, das Gott seinen Jüngern als Erkennungszeichen gegeben habe. Aber warum verlautbarte dies ausgerechnet Nathan und weshalb gerade zu diesem Zeitpunkt? Wir glauben, der Balg erachtete es als Gottes wichtigstes Gebot, das einem Menschen in seiner Vielfältigkeit zuteilwerden konnte. Man konnte sogar sagen, Nathan maß der Nächstenliebe augenscheinlich eine ebenso große Bedeutung zu, jedoch unter umgekehrten Vorzeichen: Sie machte ihm Angst, er fürchtete, sie könnte letztlich sein Scheitern bewirken, sie war die Botschaft, die er zuletzt austilgen wollte.

Kaum hatte Nathan die biblischen Worte ausgesprochen, verweilte er einen Moment tief in sich versunken, um sich gleich darauf zu vergewissern, ob sein Auftritt Aufsehen erregt hatte. Jedoch beobachtete ihn niemand, und so eilte er kleinlaut davon.

Willens, einen vorzeigbaren Staatsdom im Mittelpunkt des geistlichen Lebens des Reiches zu errichten, veranlasste Erzbischof Willigis den Dombau zum Ende des ersten Jahrtausends, lasen wir in Abhandlungen über den Bau des Kirchenhauses nach. Es entstanden eine geschlossene Vorkirche im Osten, der Doppelchor und das dreischiffige, basilikale Langhaus mit weit ausladendem Querhaus. Den großen Kathedralen Roms entsprechend und im Gegensatz zu den meisten damaligen Kirchenbauten, zielte die Ausrichtung des Domes seit jeher mit dem Hauptchor direkt nach Westen. Umbauten der Erzbischöfe Bardo, Konrad von Wittelsbach, Siegfried III. von Eppstein und Kaiser Heinrich IV. folgten durch alle

Stilabschnitte der Romanik. Vorbild beim Neubau des Langhauses mit Kreuzrippengewölben war dabei der Dom zu Speyer; beim Westbau wiederum gesellten sich zur spätromanischen Baukunst auch frühgotische Elemente. Unter Siegfried III. von Eppstein fand die feierliche Weihe des Neubaus im Jahre 1239 statt. Mit dem Anbau von Seitenkapellen am Langhaus und des doppelgeschossigen Kreuzganges sollte dann auch die Gotik Einzug in den Mainzer Dom halten. An den Vierungstürmen im Osten waren Baumaßnahmen zur Aufstockung mit Glockenstuben im Gange, erkannte Nathan. Auch die östlich dem Dom vorgelagerte Liebfrauenkirche und die westliche St. Johanniskirche erblickte er nun. Sie bildeten, wie uns erläutert wurde, gemeinsam mit dem Kaiserdom und den umliegenden Plätzen die erzbischöfliche Pfalz der Stadt.

Als er sich wieder in die Stadt aufmachte, säumten etliche weitere Kuppeln der Stadtkirchen und Kapellen seinen Weg, ebenso kam er an zahllosen Turmbauten vorbei, die verfallene oder die Zeiten überdauernde Überreste alter Befestigungsanlagen darstellten. Binnenmauern, die unregelmäßig mit Erkervorsprüngen verbaut waren, trennten die Altstadt von neueren Stadtteilen, zuhauf durch Tore unterbrochen und durch quadratische und auch runde Wehrtürme untergliedert, die, so bemerkte Nathan, zumeist mit Schiefern und Ziegeln gedeckt waren. Über ihren Zinnen wehten an metallenen Masten angebrachte und mit dem Stadtwappen versehene Fahnen, die gelegentlich mit goldenen Kreuzen bestückt waren, im Spiel des Windes. Auf dem Stadtwappen erkannte er abermals den Heiligen Martin, zudem das Mainzer Rad. Dieses Rad wies auf den Patron der Stadt und des Doms hin und ging wohl zurück auf den Propheten Ezechiel und seine Eingebung der Gestalt des Gotteswagens, wie Nathan später hörte. Ebenso erzählte man ihm, dass der Erzbischof und Kurfürst der Stadt als Reichserzkanzler und damit oberster Kirchenführer des Reiches dieses Wappen führte.

Allerlei Stadtvieh, das von Bürgern auf Weiden, Wiesen, Weinbergen und Äckern der Stadtflur zum Zwecke des Landbaus gehalten wurde, kam ihm entgegen, in vielen Häusern sichtete er enge Hofräume, die als Viehstall oder Schuppen genutzt wurden. Unentwegt musste er den großen Misthaufen auf dem Pflaster ausweichen. Mönche, Franziskaner und Dominikaner, die vor sich hinmurmelnd und in braune Kutten gewandet an ihm vorbeistolzierten, würdigten ihn keines Blickes. Söldner zogen im Auftrag der Stadt aus in den Kampf gegen Wegelagerer und Raubritter. Von den Semmelbäckern, den Roggenbrotbäckern über die gediegeneren Schuhmacher und die weniger vermögenden Altflicker bis hin zu den Metzgern stellten vielerlei Vertreter des einheimischen Handwerks in Auslagen ihre Erzeugnisse zur Schau. Mitglieder der Gerbe- und Färbezunft, die fließendes Wasser für ihr Tagesgeschäft benötigten, fanden sich nicht im Stadtkern, wie Nathan feststellte. Hin und wieder liefen ihm Missgestaltete und Aussätzige über den Weg. Letztere mühten ihren Klappern, so man ihnen zu nahe zu kommen drohte, armselige Töne ab. Die Bevölkerungszahl zeigte sich, den Behausungen nach zu urteilen, in der an den Rhein grenzenden Seite als höher, während die vom Fluss entferntere Seite, welche von einer starken Mauer umgeben war, weit weniger Einwohner vorzuweisen hatte. Die prächtigen Kirchenbauten und Gebäude fanden sich zudem weit häufiger auf der Rheinseite, so wie sich der westlich gelegene Stadtteil vermehrt über Weingärten und andere Nutzanlagen auszeichnete.

Nathans Aufmerksamkeit galt im Folgenden völlig der Stadtbevölkerung und zunächst den Handwerkern: den Schmieden, Schustern, Zimmerleuten und Drechslern sowie den Netz-, Schild- und Gewandmachern, den Seifensiedern und Wagenbauern, den Gold- und Garnspinnern, Wappenstickern, Beutelmachern, Webern sowie den Müllern, Bäckern, Brauern, Fleischhauern. Sie hatten aus dem Aufstieg der Städte ihren Nutzen gezogen, genauso wie sie von neuen Materialien, Fertigkeiten und Arbeitsgeräten, die nach den Kreuzzügen ins Land gelangt waren, profitierten. Aus den Unfreien und Hörigen der Klöster und Königshöfe waren freie Stadtmenschen geworden, ihre auf Vorrat ausgelegte, an sechs Tagen der Woche zu zwölf bis vierzehn Stunden bewerkstelligte Warenproduktion hatte aber schnell den Unmut der alteingesessenen Kaufleute erregt. Gegen den Willen der Stadträte organisierte sich daraufhin das Handwerk in Zünften und behauptete, zuhauf auch im blutigen Zwist, nicht nur seine Stellung, sondern war in Bälde selbst in vielen Stadtregimenten vertreten. Sein Interesse galt den Kaufleuten, die, wie ihm schon bekannt war, in sich eine eigene Rangordnung aufwiesen: Die unterste Schicht bildeten die Hausierer, die von Tür zu Tür zogen, um ihre Ware anzubieten. Die Höker wiederum versorgten ihre überwiegend ärmliche Kundschaft auf Märkten oder vom Straßenrand aus. Krämer, die große Warenmengen der Fernkaufleute, beispielsweise orientalische Gewürze und exotische Stoffe, in Stadt und Land verteilten, wurden auch Detail- oder Kleinhändler genannt. Zur Gewährleistung ihres eigenen Schutzes reisten sie mit ihren Planwagen oder Karren in Gruppen auf den zumeist unbefestigten Wegen. Ihre Schwurbrüderschaften zur gegenseitigen Hilfeleistung waren mit der Zeit in den Kaufmannsgilden aufgegangen, oft waren in einer Stadt nur Mitglieder derselben zum Handel in ihrem Gewerbe berechtigt. Die Macht der Gilden wuchs mit ihrem Kapital und nahm auch in den Räten kräftig Einfluss. Den zuvor beschriebenen Bauern, den Handwerkern und Kaufleuten war gemein, dass sie ihre Erzeugnisse und Waren auf den Märkten und Messen der Städte vorführten und auch zum Verkauf anboten, wie der Junge jetzt zur Kenntnis nahm. Sie reisten von nah und fern an und bauten auf den Marktplätzen, gerne bei Volks- oder Kirchenfesten, Zelte und Stände auf oder ließen sich als sogenannte Pfahlbürger gar längerfristig nieder. Ihre Ware, dies war von den Stadtoberen angemahnt, musste stets angemessene Preise haben, denn der Wucher war des Teufels. Der Balg, nachdem er seine Beobachtungen auf sich hatte wirken lassen, sah neben den Bauern, selbst wenn er dem einen oder anderen unter ihnen unumwunden die sprichwörtliche Bauernschläue zugestehen musste, auch in der Stadtbevölkerung keine Gefahr. Vielleicht, meinte er, könnten sie sich eines Tages sogar als nützlich erweisen, schließlich wussten sie mittlerweile um die Vorzüge des Wohlstandes. Wenn sie sich seiner Sache würdig zeigen sollten, könnte er sie reich entlohnen.

Glockengeläut setzte jetzt ein. Es war Mittag. Die Sonne schickte eisig kalten Lichtschein durch die vereinzelten Wolkenfetzen über der Stadt. Im Gedränge auf den Straßen der Altstadt hielt der Balg jetzt mit mehr als hellwachen Augen Ausschau nach zwei bestimmten Personen, deren Konterfeis und Namen sich genauestens in seinen kühlen Verstand eingebrannt hatten, und zwar genau in dem Moment, als er in der Hütte der verhassten Tante ins lodernde Feuer geblickt und die verschlagene Stimme seines Vaters erstmalig vernommen hatte. Eine der beiden Personen war unbedingt vonnöten, um Hand anlegen zu können an die wegweisende Erfindung der anderen und sie zugunsten des Teufels zu missbrauchen, sie auf übelste und schändlichste Art und Weise zu zweckentfremden. Die Auskünfte seines teuflischen Gebieters waren an erwähntem Abend in London reichhaltig gewesen, dachte er sich. Es würde sich nun bald zeigen, wie er sie, so es sich als notwendig erwiese, gegen die beiden einsetzen könnte, auch wenn dies bedeutete, sie zu entzweien. Der eine, so wusste er, entstammte einer wohlhabenden, ursprünglich in Frankfurt am Main ansässigen Familie. Drei Jahre lang machte dessen Vater als Richter von sich reden, später auch als Rat. Sein Bruder stand dem Rat gar vor, er war Bürgermeister der Stadt Mainz. Allesamt waren sie in der Goldschmiedezunft vertreten und Unternehmer, Besagter zudem Fürsprech. Er war verheiratet und hatte zwei Kinder.

Der andere Mann, den der Balg mit seinen Lügen umgarnen musste, war wiederum Patrizier, ebenso ein Kind der Stadt wie der erste. Hinzu kam, dass beide ungefähr im gleichen Alter sein mussten. Die Unsitte des Taufens ließ er in der nahe seines Geburtshauses gelegenen Kirche St. Christoph über sich ergehen, spottete Nathan bei sich. Eine Zeit lang lebte er dann in Eltville, nachdem mehr als eine Hundertschaft an Patriziern aus Mainz ausgefahren war, um ihre Privilegien der Steuer- und Zollfreiheit zu betonen. Zwei Jahre später wiederholte sich dieses Druckmittel infolge von Hungerkrawallen. Im Stift St. Viktor, wie Nathans wahrer Vater ihn aufgeklärt hatte, besuchte der zweite Mann eine Klosterschule, später trat er in deren Bruderschaft ein. Seine weitere Bildung erwarb er an der Universität Erfurt. Bis zu seinem Aufenthalt in Straßburg von 1434 bis 1444 verloren sich seine Spuren. Sein Groll über die Rechtsauslegungen in Prozessen, an denen er beteiligt war, ließ ihn bis zum Ende der 1440er-Jahre abermals verschwinden, ehe er in Mainz Verbindung mit Geldgebern aufnahm. Wertvolles Wissen, welches sich nicht jedem erschloss, resümierte der Balg voller Verehrung für die undurchsichtigen, jedoch unzweifelhaft wohlunterrichteten Quellen des Satans. Es würde ein Leichtes, seiner Bestimmung gerecht zu werden, schmunzelte der überhebliche Junge vor sich hin, alles andere käme einer großen Überraschung gleich.

Und am siebenten Tag, den er in Mainz weilte, wurde Nathan zu allem Unglück fündig. Am Rathaus der Stadt fand sich unter unzähligen in ihren Inhalten bunt zusammengewürfelten Aushängen einer der gesuchten Namen. Der Text, in dem er genannt wurde, klang zudem für den Balg äußerst verheißungsvoll und sprach für die sofortige Inangriffnahme seiner Machenschaften. Sein Auftrag sollte sich rasch abwickeln lassen, denn der Wortlaut des Textes machte eine unverfängliche Bekanntschaft mit einem der beiden Männer möglich. Für Sekundenbruchteile bemerkte Nathan, als er zuerst noch den Aushang las, aus dem Augenwinkel heraus einen Jungen in seinem Alter, der auffällig unauffällig wiederholt aus einer Häuserschlucht hervorlugte und ihn mit großen Augen musterte. Mehr abwesend als bewusst fragte sich Nathan, ob er ihm womöglich wohlgesonnen war, ihn vielleicht zum Spielen mit Glasmurmeln einladen oder mit ihm albernen Unfug auf den Straßen aushecken wollte. Warum sonst starrte er ständig herüber? Nathan befand, dass der Bengel derart unbedeutend war, wie er es nur sein konnte. Nichts lag dem Balge ferner, als mit einem Altersgenossen bekannt zu werden oder gar dessen selbst geschnitztes Holzspielzeug zu bestaunen. Wer war er denn, dass er sich mit Menschenkindern einließe, die ihm zu nichts nutze waren? Der Bursche konnte ihm gestohlen bleiben.

So warf Nathan einen letzten Blick auf den Aushang und vergewisserte sich, dass er alles richtig erfasst hatte.

Verlässliche und redliche Zeugen gesucht für den Fall schweren Raubes und der Unzucht an der angesehenen und ehrenwerten Marktfrau Elisabeth Fallersleben, wohnhaft Berberitzenstraße

Gezeichnet Fürsprech Johannes Fust,
27. Januar 1450

Stehenden Fußes machte Nathan kehrt, scherte sich nicht weiter um den seltsamen Jungen am Rathaus und bewanderte eilends die Straßen und Gassen auf direktem Wege zur Berberitzenstraße. Von Haustür zu Haustür schritt er, bis eine ungewaschene Alte mit fettem Bauch vor ihn trat. In dem Augenblick, als sie ihre Haustür öffnete, kam dem Jungen eine Wolke übelsten Gestanks entgegen. Nur mühsam konnte er sich beherrschen, nicht zur Seite hin, der Frischluft entgegen, auszuweichen.

Mit überaus argwöhnischem Blick betrachtete ihn die Alte und rümpfte kurz die Nase, ehe sich unter vor Speichel triefendem Schmatzen ihre Lippen voneinander lösten. Während sie warnend den Zeigefinger hob, der starr und steif wirkte, raunzte sie ihn schlecht gelaunt an.

»Verdammte unsägliche Gicht ...«, erregte sie sich, auf ihre Hand blickend, »... ich warne dich, du kleiner Wicht! Ich kenne die Kniffe von deinesgleichen, sich Hab und Gut der Alten zu erschleichen!«

Heuchlerisch setzte der Balg alsdann entgegen: »Gute Frau, gute Frau, bitte verzeiht! Der Pfaff mich zur Seelsorge an die Bedürftigen leiht!«

Ein schiefes Lachen verzog seine Mundwinkel, gleichsam funkelte in Nathans Augen etwas Dämonisches, dem sich die Alte nicht zu entziehen vermochte. Von seinen makellosen Gesichtszügen und seinem stechenden Blick gefesselt, kam der Frau der eigene Wille zur Gänze abhanden.

»Elisabeth Fallersleben mein Name, gegrüßt seiest

du! Was kann ich für dich tun, während deine wunderschönen Augen in den meinen ruhen?«, stammelte sie jetzt ohne Sinn und Verstand.

»Berichtet mir nun genau und auf der Stell von angezeigtem Raube und Vergewaltigung schnell!«, antwortete der Balg in gebieterischem Ton.

In der alten Fallersleben regte sich etwas. Es wollte heraus, doch sie ließ es zunächst nicht zu. Es sollte unbedingt im Geheimen bleiben, niemand, wirklich niemand durfte es wissen.

Der Balg hatte sie derweil durchschaut. Ohnmächtig, wie sie Kraft seines Einflusses auf ihre vernebelten Sinne war, verstrickte sie sich nicht weiter in Ausflüchte. »Von wegen besprungen hätte dich einer, glaub mir, den Wunsch verspürt bei dir keiner! Und nun, alte Lügnerin, setzt du deinem Leben ein Ende, vorher mir jedoch noch nennst von Anwalt Fust die Anschrift behände!«

Nachdem der verdorbene Nathan die Alte, die er nun nicht mehr brauchte, in die Stube zum Selbstmord geschickt hatte, beschritt der unverbesserliche Bewunderer seiner Selbst mit neuem Ziel die Straßen der Stadt Mainz.

Indes aber verschaffte sich eine unscheinbare Gestalt, die aus einer Häuserschlucht kam, unbefugt Zutritt zum Hause Fallersleben, nachdem sie sich vorsichtig anschleichend versichert hatte, dass keiner ihr heimliches Tun bemerkte. Sie trug einen im bögen

Winde flatternden schwarzen Umhang und eine tief ins Gesicht gezogene Kapuze.

Für die Winzigkeit eines Augenblickes meinte man, aus der Ecke, aus der die Gestalt erschienen war, die Umrisse einer weiteren Person mit schwarzem Hut und tiefem, gleichfarbigem Schleier erkennen zu können.

Keine Dreiviertelstunde später erreichte Nathan die Adresse des Fust, ein stattliches Anwesen in Hügellage. Auf einem Schild am Eingangstor prangte der Name des Besitzers:

Johannes Fust
Examinierter Fürsprech und Unternehmer

XIV

Nachdem ihn sein für gewöhnlich ohne Fehl und Tadel auftretender, eben gerade jedoch aus ihm unerfindlichen Gründen äußerst verstörter Diener gerufen hatte, schaute der in edlen Zwirn gewandete Mann mit schläfrigem Blick, in Erwartung eines Gastes auf der Türschwelle seines Anwesens stehend, in den trüben Mainzer Abend hinaus. Das üppige Mahl und der Genuss edler Tropfen aus seinem Weinkeller hatten ihn müde gemacht. Im kahlen Gesicht des Fünfzigjährigen hatte ein offensichtlich ungeübter Barbier etliche Spuren in Form kleiner Narben hinterlassen. Mithilfe von Schminke versuchte der Mann recht erfolgreich, diesen Umstand zu verbergen, wobei ihm seine blasse Gesichtshaut zugutekam. Sein kurzes braunes Haar trug er links gescheitelt, seine Augen erschienen im schwachen Mondlicht dunkelgrün. Sein unverschlossener, knapp bis über das Gesäß reichender dunkelbrauner Umhang verhüllte fast zur Gänze die ockerfarbene Tunika und das darüberliegende beigefarbene Wams, an dem eine dunkelgrüne Hose angebracht war. Den unteren Abschluss seiner äußeren Erscheinung bildeten schwarze Schnabelschuhe aus dünnem schwarzem Leder.

Sein Gegenüber musterte ihn, nicht auf Augenhöhe, aber mit erhobenem Haupt, voller Interesse und zugleich mit der ihm eigenen Hinterhältigkeit. Der verschrobene Lakai des Mannes oder seine Wohlgesonnenheit waren gänzlich unwichtig, der Täuschung einstudierter erster Akt konnte beginnen. Als Fust, der sich dem Trugschluss hingab, niemand begehre Einlass, sich schon abwenden wollte, seinen Kopf senkte und im Begriff war, zurück in die wohlig warme Wohnstube zu schreiten und die Türe hinter sich zuzuziehen, blieben seine mit großen Ringen untermalten Augen an etwas hängen, das sofort seine Aufmerksamkeit erregte. Es war ein nach damaligem Verständnis unwahrscheinlich holder Knabe, schätzungsweise noch im Alter von unter zehn Jahren, der in ziemlich abgetragener Kleidung vor ihm stand. Sein Gesichtsausdruck verriet große Trauer und Hilfsbedürftigkeit, wovon der Mann sich sofort täuschen ließ.

Der Junge, der Nathan war, zauberte ein vermeintlich freundlich gesinntes Lächeln auf sein Gesicht, was nicht ohne Eindruck blieb. Sein niederträchtiges Vorhaben nahm Gestalt an.

»Ich melde mich hier als Zeuge, auf dass niemand das Gesetz beuge, zu angezeigten Straftaten an der alten Fallersleben, die mir schon so oft großherzig Speis und Trank gegeben!« Nathan sprach nur deshalb so offen, weil er die Alte schon als tot ansah. Sollte sie lebendig sein und ihn in einem Gerichtsprozess erleben, hätte sie ihn in der Hand. Der dann erwiesene Meineid des Balgs brächte ihn unweigerlich in den Kerker. Nathan freilich kannte zur Genüge Mittel und Wege, dies zu verhindern. Kein Richter könnte erahnen, dass er einzig der Bekanntschaft Fusts halber log. Ihm etwas vorzugaukeln, sich durch arglistige Täuschung sein Vertrauen zu erschleichen, war Nathans Absicht. Dies aber frühzeitig zu offenbaren, missfiel ihm sehr. Aus diesem Grund war der Tod der Alten unvermeidlich gewesen, um frei schalten und walten zu können, ohne eine hinderliche Last, die ihm das Leben erschweren könnte. Aus dem Antlitz des Mannes, Abkömmling einer Familie mit langer Tradition in der Goldschmiedezunft, der Unternehmer, Verleger und Anwalt in einer Person war, sprach währenddessen pure Verwunderung. Johannes Fust wusste, dass es in erwähntem Fall außer der Aussage der Alten, die geprägt war von Widersprüchen, keinerlei Spuren gab. Umso mehr stellte ihn der Junge geistig vor ein Rätsel, also musste er genauer nachfragen, seine Berufung als Anwalt kam nun zum Tragen.

»Ehe ich im Einzelnen zu Protokoll nehme, was du sagst, verpflichtet mich mein Beruf dazu, dass ich mir ein gründliches Bild deiner Glaubwürdigkeit mache. Also: Nicht, dass du zu lügen wagst! Wer ist dein Vater, wer deine Mutter, jetzt sag! Und wieso bist du allein unterwegs so spät am Tag?«

Wieder blinkte, für Fust nicht sichtbar, ein kurzes, verwegenes Lachen in den Zügen des verlogenen Balgs auf, während seine großen Augen sich dem

Fürsprech voll aufgesetzter Güte anbiederten. »Meine arme Mutter starb, als sie mich gebar. Mein Vater, ein ehrenwerter Richter, ihr folgte, als ich im sechsten Lebensjahr war!«

Diese wohlüberlegten Worte Nathans stießen Fust regelrecht vor den Kopf. So viel Liebenswürdigkeit und Unschuld, gepaart mit ungebrochenem Lebenswillen, wähnte er sich gegenüber, dass sein soziales Gewissen geweckt wurde. Ein kleiner Mensch, dem in seinem jungen Leben so viel Leid widerfahren war, dachte sich Fust, der ohne Anhang war, ohne Beistand in diesen finsteren Zeiten. Ein Schicksal wie dieses hätte ihm selbst widerfahren können, wenn ihm in mancherlei Gefahrenlage das Glück nicht hold gewesen wäre, holte er in seiner gedanklichen Entscheidungsfindung unnötig weit aus und handelte dabei ganz im Sinne von Nathans bösen Absichten. In seinem Verstand, der weitgehend längst durch den Balg gelenkt wurde, drängten sich die Ähnlichkeiten im Lebenslauf förmlich auf. Immerhin war auch der eigene Stiefvater lange Zeit ein angesehener Richter gewesen, und eine Krankheit hatte Fust monatelang ans Bett gefesselt, als er ungefähr im Alter des Knaben war. Selbst wenn er seinen Kindern nicht die kleinste Kleinigkeit nachgesehen und er, was niemand wusste, an Schlägen und Tritten nie gespart hatte, war er Fusts Stiefvater. Es war sein gutes Recht gewesen, meinte der Fürsprech.

Fust konnte ja nicht im Entferntesten erahnen, dass

sich dieser für Nathans verwerfliches Lügengespinst glückliche Zufall gerade in diesem Augenblick zu der überzeugend vorgetragenen Kunst der Selbstverstellung des Balgs gesellte. So war Fusts Entscheidung darüber, wie mit ihm weiter zu verfahren war, bereits so gut wie gefallen. Ein Geheimnis, das im Anwesen Fust seit sieben Wintern totgeschwiegen wurde, von dem außer der Familie nicht einmal Vertraute des Hausherrn wussten, spielte bei der Abwägung Fusts eine ebensogroße Rolle wie die Überschneidungen seines Lebenslaufes mit dem des Jungen vor ihm. Er wäre besser beraten gewesen, sich noch weiter zu erkundigen und sich in Distanz zu üben, so viel sei hier verraten. Eine ausholende Geste folgte nun.

»Draußen sind Heere von Tagedieben auf den Straßen, darum tritt ein, mein Kind, für dich weht heute ein zu rauer Wind!«

Vorgeführt ins Esszimmer Fusts, aus dem sich bis in den Flur hinein liebliche Dünste von Wildfleisch verbreiteten, erwartete den Balg mehr Gesellschaft als gedacht. Verwandte hatten sich offensichtlich zu einem Familientreffen eingefunden, daneben Fusts Eheweib Margarete, die Nathan wie gebannt beäugte, seine Kinder Christine und Johannes sowie sein Bruder Jacob, der Bürgermeister der Stadt Mainz. Den Grund für Nathans Erscheinen in dieser Runde jedenfalls erwähnte der Hausherr mit keiner Silbe, sodass sich selbst der Junge über Fusts Handeln wunderte.

Je weiter der Zeiger der edlen Elfenbeinuhr über

der Tür des mit mehreren großen Kerzenhaltern und einem Ebenholztisch üppig ausgestatteten Zimmers vorrückte, desto mehr missfiel Nathan das traute Zusammensein. Mit steigender Zahl der Verwandtschaft summierten sich schließlich auch die Unwägbarkeiten, trotz der Möglichkeiten der Einflussnahme. Eigentlich hatte er sich ausgemalt, nur einen unter den Anwesenden anzutreffen und dann – ganz in seinem Sinne – zu bearbeiten, ihn dazu zu bewegen, ihm Zutritt zu einer bestimmten Werkstatt zu verschaffen, wobei die Wahl der Mittel selbstredend im gesitteten Rahmen bleiben musste, immerhin brauchte er Johannes Fust noch einige Zeit. Die Werkstatt, von der wir sprechen, so sei hier mit Nachdruck betont, in der er endlich seine Tatkraft einbringen könnte, fernab der Aufsicht eines zweiten, mit dem man sich zu allem Überfluss gütlich einigen müsste. Sollte jemand hinter des Balgs Geheimnis kommen, könnte dies sein Todesurteil bedeuten. Nicht am Tag würde er diese Gelegenheit zu ergreifen bekommen, so viel war ihm klar, nein, zur Schlafenszeit würde er sein Werk in Angriff nehmen, dann, wenn die anderen sich ihren Feierabend im Schoße ihrer Frauen oder sonstiger Weibsbilder versüßten. Zunächst allerdings, stellte der Junge angeregt fest, während ständig Besteck aneinandergewetzt wurde, musste er noch den Fürsprech von seiner Tugend überzeugen. Er hatte bemerkt, dass ihn alle Anwesenden mit misstrauischen Blicken begafften.

Johannes Fust grübelte. Er hatte aus der Einladung des unbekannten Jungen zum Essen für seine Verwandtschaft ein großes Rätsel gemacht. Nicht ohne guten Grund war er so verfahren, denn unterschwellig war in ihm ein nicht zu leugnender Rest Misstrauen verblieben. Nun wollte er den Eindruck, den seine Familie und insbesondere sein Eheweib von Nathan gewinnen würde, abwarten, ehe er eine endgültige Entscheidung traf. Er zählte dabei auf die Menschenkenntnis derer, die ihm am Herzen lagen, mit denen er sein Leben teilte. Er selbst neigte jedenfalls dazu, ihn bei sich aufzunehmen. Endlich brach der Erste das Schweigen und ließ ab vom Wildschweinbraten, der in Rotweinsoße schwamm und dem Geschmatze nach köstlich munden musste. Es war Jacob Fust, der Nathan wiederholt gemustert hatte, nachdem diesem vom Hausherrn ein Platz zugewiesen worden war. »Sag, Junge, wo ist dein Heim? Dem Akzent nach musst du Engländer sein!«, knüpfte er an den Moment an, als der Balg die Runde gegrüßt hatte.

»London, mein Herr!«, gab sich Nathan freundlich, aber wenig redselig.

»Hauptstadt des großen Reiches Heinrich VI. …«, bediente sich Jacob Fust seiner politischen Kenntnisse und scherzte gleich darauf, leicht berauscht aus seinem Becher Wein schlürfend, wenig geistreich, »… die man entschied, direkt an die Ufer der Themse zu setzen!«

Gelächter kam im Raum auf.

Erneut beschaute Jacob Fust seinen Gesprächspartner. »Wie kommt es, dass du des Deutschen so mächtig bist? Einer Sprache, die der Herkunft nach nicht die deine ist.« Er machte eine Pause und sprach aus, was sich bis dahin keiner traute. »Johannes sagte anfangs, dass er dich mutterseelenallein an der Türe vorfand! Also erzähl, was verschlug dich in unser Land?«

Die weiteren Unterhaltungen zu Tische verstummten, so als wäre allen plötzlich der Gesprächsstoff ausgegangen. Der wahre Hintergrund war freilich, dass aller Interesse jetzt dem geheimnisvollen Jungen galt, den Fust überraschend mitgebracht hatte. Alle lauschten gespannt, was nun über seine Lippen kam.

Nathan wusste indes, dass sein Lügengebilde ohne jeden Makel sein musste. Es musste ihre Herzen erweichen, ihren Zwiespalt aus gegebenen Bedenken und übergroßem Zweifel begleichen.

Er setzte an: »Mein geliebter, Jahre nach der Mutter verstorbener Vater lehrte mich die Sprachen Europas und vieles mehr …«, Nathans blaue Augen wurden wie Minuten vorher für Fust allein immer größer, »er machte mich begreifen, wie ich mich Kraft des Geistes der Ungerechtigkeit dieser Welt erwehr. So lange, bis ihn für ein paar Münzen ein Mörder hinterrücks niederstach, als er, wie so oft, für die Bedürftigen zwei Laib Brot in kleine Stücke brach.« Der heuchlerische Balg blickte sich, seine ach so schlimme Lebensgeschichte vortragend, vermeintlich ergriffen um, gleichzeitig liefen bereits Tränen der Rührung die Wangen der Gäste Fusts herunter. Nathan erklomm eine weitere Stufe auf der Leiter der Heuchelei: »Der Mörder wollte auch mir an die Kehle, fürwahr, nicht viel fehlte! Doch eine herbeieilende Nonne, unbeeindruckt und ohne Angst, trat ihm mit der Spitze ihres Schuhwerks in den Wanst. Später folgte ich ihr als Waise aufs Festland, vielerlei Erinnerungen, bis zum Ausbruch ihres Wahnsinns, ich mit ihr verband«, fuhr er fort, wehmütig in die Weite des Raumes blickend. Schließlich gab er der gefühlsduseligen Runde den Rest: »Seither streife ich durch die teutschen Lande ohne schützende Hände, immer in der Hoffnung, dass ich bald eine neue Familie fände. Räuber stahlen mein letztes Geld, schlugen und traten nach mir, oh, was ist das nur für eine Welt!«

Einhelliges, geradezu dümmliches Schluchzen war nun am Tisch zu vernehmen, das Ammenmärchen über scheinbar ach so leidvolles Schicksal erschütterte die Fustfamilie. Margarete Fust und ihr Gatte tauschten einvernehmliche Blicke, nickten einander zu. Tief bewegt ließen die Anwesenden den Jungen für Sekunden außer Acht, als sich dessen Gesicht für Momente boshaft lachend verzog.

Das Talent der Täuschung und Blendung des unverbesserlichen Lügenbeutels war ohnegleichen, es war ihm offenbar in die Wiege gelegt worden. So erstaunte es keineswegs, dass auch der zweite Akt seines Schauspiels vollends aufging und die Fusts sich vor Angeboten der Hilfestellung in allen nur erdenklichen Lebenslagen förmlich überschlugen. Die Einladung der Kost und Logis im Anwesen Fust akzeptierte er nur zu gerne, diejenige der Beschäftigung als Übersetzer und Schreiber im Rathaus durch Johannes' Bruder lehnte er nach vorgeheuchelter Bedenkzeit dankend ab. Das ersehnte Angebot der Lehre als Buchdrucker in einer Werkstatt, die Johannes Fust bezuschusste und deren Erzeugnisse er verlegte, nahm er sofort mit siegessicherem und überheblichem Lächeln an.

XV

Zwei Tage später, während derer der verteufelte Balg seine Ungeduld kaum zügeln konnte und sich zugleich beim Hausherrn lieb Kind machen musste, führte Fust ihn in seine Arbeit ein. Nathans Vorfreude kannte keine Grenzen. Endlich konnte er seine Tatkraft beweisen, endlich war er der Erfüllung seiner Bestimmung so nahe, dass er sie greifen konnte. Wie ein gesegnetes Kind strahlte er pure Glückseligkeit aus, wie man sie bei ihm nicht für möglich gehalten hätte. Frühmorgens waren sie in den Stadtkern des verschneiten Mainz aufgebrochen und nach einer halben Stunde Fußmarsch vor einem Holzverschlag angekommen, der als Vorraum der sich anschließenden gemauerten Werkstatt im Humbrechthof diente. Als sie über die drei Stufen einer brüchigen Treppe hoch zur morschen Tür des Verschlags stiegen, diese öffneten und eintraten, kamen sie an zwei klapprigen Stühlen und einem schlichten Holztisch zu ihrer Rechten vorbei, ehe sich ihnen nach einer zweiflügeligen Tür mit eisernen Beschlägen ein erster Blick auf die zu dieser frühen Stunde noch von trüben Ölfunzeln erleuchteten Arbeitsräume darbot. Zu ihrer Linken erhob sich ein etwas schmächtiger Mann mit schwarz verschmiertem Gesicht und hellbrauner, barettartiger Mütze mit Sendelbinde, unter der lockiges, grau meliertes Haar hervorquoll, von seinem Stuhl. Seine eng anliegende Arbeitskleidung bestand aus einem einfachen weißen Hemd, einem dunkelblauen Wams mit Stehkragen, einer braunen Hose mit niederem Bund, einem schmalen Gürtel mit Tasche und darüber geschnürtem Latz. Löchrige Ledertripper bildeten sein Schuhwerk. Wohl der eisigen Temperaturen wegen trug er zudem Beinlinge.

Fust schenkte ihm zunächst keinerlei Beachtung, obgleich er sah, dass der Mann mit seinem Erscheinen regelrecht strammstand und alles, was er in Händen hielt, unverzüglich stehen und liegen ließ. Im hinteren Bereich der Werkstatt verrichteten einige Gesellen in ihrer Zunftkluft aus dunklem Schlapphut mit breiter Krempe, der kragenlosen weißen Staude, brauner Weste, Hose und Jackett mit Perlmuttknöpfen sowie schwarzen Schuhen ihr Tagwerk. Gedankenlos ging Fust nun einige Schritte voraus, während dem selbstgefälligen Balg im Übermut ein folgenschwerer Irrtum unterlief: Ihn als weiteren Lakai Fusts wähnend, warf er dem Mann mit der Druckertinte im Gesicht seinen von Fusts Dienstmädchen notdürftig geflickten Mantel zu. Kein Meister würde sich wie ein Mohr anmalen, zumindest keiner, der etwas auf sich hielt, meinte der Junge, den Rang des Mannes richtig eingeschätzt zu haben. Dann belächelte er ihn auch noch abfällig und erhob warnend den Zeigefinger, als wollte er ihn anmahnen, das gute Kleidungsstück ja sorgfältig zu verwahren.

Mit entgeistertem Gesicht nahm der Mann mit Mütze den Mantel an sich und warf Nathan daraufhin erboste Blicke aus seinen graublauen Augen hinterher, ehe Fust sich mit einiger Verzückung über den Anblick seiner Druckerwerkstatt umwandte und die Geschehnisse hinter sich gerade noch im Augenwinkel einfing.

»Mein guter Johannes, ich war nun lange nicht zugegen, doch ich sehe, meine achthundert Gulden sind bei dir in guten Händen …«, holte er aus, »ich meine, es bleibt noch etwas an Zeit, bis ich die Apparaturen muss …« Jetzt erkannte Fust Nathans Fehleinschätzung, auf ganz und gar unhöfliche Weise des Mannes Lakaiendienste in Anspruch zu nehmen, »… pfänden!«, vollendete seine scherzhafte Bemerkung, die mit ihrer kleinen Spitze durchaus beabsichtigt war, dennoch.

Aus dem Antlitz des Mannes mit Hut sprach indes große Verärgerung über das unflätige Gebaren des Jungen, ebenso wie über Fusts seiner Ansicht nach völlig unpassende Anzüglichkeit. Schließlich war er nicht irgendwer. Er schwenkte seinen Blick nun, nach wie vor sprachlos, weiter zu Fust, ohne dass sein Gesichtsausdruck einen merklichen Wandel vollzog.

Fust aber hatte längst begriffen. »Verzeih, Johannes, er ist ein Junge und ungeschliffen in seinem Betragen«, versuchte er, die Wogen zu glätten. Sein Gesichtsausdruck war nun zugleich ernsthaft und mahnend, »von heute an jedoch unter deiner Obhut, also müsst ihr euch auch vertragen!«

Der andere Mann wirkte mit einem Mal noch verärgerter, insbesondere über Fusts Eigenmächtigkeit, sodass er ihn beiseitenahm und sich ein Wortgefecht zwischen ihnen entspann. So lange, bis die Erklärungen Fusts ihre Wirkung zeigten und der andere sich gehörig am Riemen riss. Langsam gingen sie zurück zu Nathan, den das Schauspiel nicht auch nur im Geringsten zu beunruhigen schien, obwohl er sich etwas wunderte, dass Fust den Mann überhaupt besänftigen wollte. Dem ersten Eindruck nach konnte er jedenfalls in seiner Stellung nicht mehr als ein einfacher Handlanger sein.

»Johannes, über Nathans Fehlschluss musst du hinwegsehen!«, hörte der Balg Fust noch immer auf seinen Gesprächspartner einreden. »Er ist vertrauenswürdig, darauf hast du mein Wort. Fahren wir also nun endlich mit einer gebührlichen Begrüßung fort!«

Erst jetzt, mit diesen Sätzen, reifte in Nathan ein leiser Verdacht, um wen es sich bei der Person handelte, und er streckte dem Mann gedankenschnell und um weiteres Ungemach zu vermeiden die Hand entgegen. Wenn er der war, für den der Balg ihn nun erachtete, durfte er es sich nicht mit ihm verscherzen. Seine Einschätzung hatte den Jungen wohl im ersten Moment getrogen. Mit seinem mitreißendsten Lächeln strahlte er den Mann jetzt an, als Fust die beiden einander vorstellte. Währenddessen sah sich der

Balg bei genauerer Betrachtung bestätigt: Das überaus dreckverschmierte Antlitz des Mannes war dasselbe wie in seiner Vorhersehung.

»Johannes, dies ist Nathan, Nathan Tanner, Dein neuer Lehrling. Keine Schande mir Deinem neuen Herrn, Meister Gutenberg bring!« Fust lächelte dem Jungen zu, beugte sich zu ihm hinunter und flüsterte: »Kommt mir nur eine Klage, gezählt sind Deine Tage! Gehorche ihm immer und uneingeschränkt – was er Dich wird lehren, Dein Können wahrlich wird mehren.«

Sofort umschloss der Junge die Hand Gutenbergs erst mit seiner Rechten und dann mit der Linken. Die Bedingungen erforderten es unbedingt, dass er jetzt Reue und gute Absichten erkennen ließ – oder zumindest überzeugend vorgaukelte. »Vergebt mir, Herr! Vergebt! Diese Schmach habe ich mitnichten angestrebt.«

Nach einer Weile, als sich die Gemüter abgekühlt hatten, beschloss Fust, die beiden alleine lassen zu können, und zog, nachdem er an der Tür Halt machte und einen letzten stolzen Blick in seine Räume warf, von dannen.

Daraufhin wollte Gutenberg den Jungen in die Arbeitsabläufe einweisen. Vorher allerdings mahnte er ihn zur Verschwiegenheit: »Junge, das Fachwissen, das du nun erlernst, darf diese Räume nicht verlassen. Ich warne dich, bereits in meiner ersten Werkstatt in Straßburg zog einer der Meinen damit durch die

Gassen. Solltest du es ihm gleichtun, wirst du vor Kummer nicht mehr ruhen! Denn dann erhältst du keinen Lohn, dafür aber viele Pfändungen schon!«

Eifrig nickte Nathan, der von seinem Vater eingeweiht war, dass der Erbe eines verstorbenen Straßburger Geschäftspartners von Gutenberg entgegen seiner Pflicht des Stillschweigens Wissen über Betriebsabläufe ausgeplaudert hatte.

Der Meister nahm ihn sich hernach zur Brust. »Sag, schwörst du bei deinem Leben?«

»Ja, Herr, ich würde es für Euer Geheimnis geben!«, versicherte der Balg im Trug, während er die linke Hand an sein Herz führte.

Der Buchdrucker beließ es dabei und unterwies Nathan im Verfahren des Druckes, das er durch die Entwicklung eines Handgießwerkzeugs entscheidend verbessert hatte und welches die Herstellung der in Metall gegossenen Druckbuchstaben, die zudem beweglich waren, beschleunigte und eine einzelne und feinere Gestaltung ermöglichte. Zu Gutenbergs Neuerungen zählten zudem eine verbesserte Druckfarbe sowie Abwandlungen der gängigen Druckerpressen.

»Die Buchstaben erhalten wir durch ein Metallgemisch aus Zinn, Blei, Antimon und Wismut, wobei es aus hartem Metalle von jedem Zeichen erst einmal eine seitenverkehrte Form, die Patrize, tut. Diese muss, in Kupfer geschlagen, die negative Form oder auch Matrize in sich tragen. Im Guss kannst du sehen, wie mit unserem Handgießwerkzeug die verwendeten Metalle des Gemisches in die Matrize übergehen«, führte Gutenberg, das hölzerne Werkzeug mit zwei metallenen Backen nutzend, vor. »Die Matrize wird vor dem Erkalten durch einen Metallbügel gehalten«, erläuterte er anhand seiner Apparaturen. »Hat man die gegossenen Buchstaben gleich lang gemacht, werden sie anschließend in Setzkästen untergebracht.«

Jede noch so kleine Bewegung seines Lehrmeisters verinnerlichte Nathan sofort. Immerhin sah er durch die Handhabung der Gerätschaften seine Bestimmung näherrücken. »Die Buchstaben werden beim Satz und Druck mit Hilfe eines Winkelhakens zu Zeilen zusammengeruckt. Ein weiterer Handgriff ergibt hieraus Seite oder Spalte mit dem Setzschiff.« Zeile um Zeile seines Musterdrucks baute Gutenberg nacheinander auf, bevor er ein mit Pferdehaaren gefülltes Säckchen aus Hundeleder einer Ablage entnahm. »Jetzt gibt man die Farbe auf diesen Lederballen und lässt den Satz behutsam in die Presse fallen. Das Papier muss bereits gut befeuchtet sein, ansonsten ist der Raum in den Poren für die Farbe leider zu klein.« Hernach befestigte er das vorbereitete Papier über Anhaftungen am Pressdeckel und richtete darauf einen Holzrahmen aus, der freie Flächen vor dem Druck schützte. »Anschließend findet der eingefärbte Satz mittels Hochdruck auf dem Papier seinen Platz«, erläuterte er, während er eine Spindel mithilfe eines Pressbengels drehte, wodurch eine sinkende Metallplatte den entstehenden Druck gleichmäßig auf die zu bedruckenden Stoffe verteilte. Papier oder Pergament befanden sich in einem mehrfach aufklappbaren Deckel auf einem fahrbaren Druckstock. Die Unterlage selbst war auf einem bewegbaren Karren angebracht, der einen leichten Zugang ermöglichte.

Gleich darauf bot er dem begeisterten Jungen das Ergebnis seines Musterdrucks dar.

»Und dies sind alle Schritte zur Buchproduktion?«, suchte Nathan im Anschluss Gewissheit, die gesamten Arbeitsabläufe des Buchdrucks vorgeführt bekommen zu haben.

»Ein geübter Buchbinder meines Vertrauens bindet es und erhält dafür auch seinen Lohn …«, erklärte Gutenberg, »dann haben wir das fertige Buch auch schon!«

Mit einem Ausdruck des ungespielten Erstaunens betrachtete Nathan den Musterdruck. Dieser Anblick erinnerte fast – und wir betonen aufgrund unserer Kenntnis der Vorgeschichte und dessen, was allen noch bevorstand, fast – an ein Kind, das die mannigfaltigen Wunder der Welt begreifen lernte.

Mit einem breiten Lächeln musterte Gutenberg den Jungen, der, so glaubte er, sein Glück kaum fassen konnte. Er war Vollwaise, hatte ihn Fust während ihres Zwiegesprächs ins Vertrauen gezogen. Ein Kind, das die Schattenseiten dieser Erde schon sehr früh hatte erfahren müssen, wie sein Geldgeber versichert hatte. Ein Kind, das er führen und lehren mochte mithilfe seines Werkstattleiters. Gutenbergs Gesichtsausdruck verriet nun große Nachdenklichkeit. Waren nicht die Kinder die wahren Wunder der Welt? War es nicht das größte Geschenk, das einem Menschen widerfahren konnte, nach und nach ein kleines Leben heranwachsen zu sehen? Wehmütig gestand er sich ein, diese Seite des Daseins seinem Handwerk vollkommen untergeordnet, sich mit Haut und Haaren der Druckerkunst verschrieben zu haben. Seine Beweggründe, so gehandelt zu haben, stufte er stets als edel ein, war doch sein Verdruss darüber, dass sich nur die Mächtigen des Einflusses bedienten, der vom geschriebenen Wort ausging, berechtigt, wie er glaubte. Manchmal verzweifelte er über die Umstände seiner Zeit, steter Quell des Antriebs waren dann seit jeher sein Erfindungsgeist und sein Wille, in jeder Hinsicht Dämme des Stillstands zu brechen. Es mochte sein, dass er aus diesen Gründen schon immer Dinge, so wie sie sich gemeinhin darstellten, prüfender und strenger beurteilte als manch anderer.

Derweil er über sein Lebenswerk grübelte, konnte der Lehrmeister ja nicht wissen, dass sich Nathan weniger für die großartige Erfindung des Mannes oder die Kunst des Buchdrucks selbst begeisterte, als vielmehr für das Handwerk an sich, das er soeben in Windeseile vorgeführt bekommen hatte, und das er für das abgrundtief Böse missbrauchen würde. Plötzlich schaute der Balg Gutenberg erwartungsvoll an. Erst hatte er ihn mit Geschick besänftigen können und dann andächtig seinen Ausführungen gelauscht. Die Bedenken des alten Mannes hinsichtlich seiner Verschwiegenheit hatte er ebenfalls, wie er meinte, zur Genüge zerstreuen können. Von nun an war der Meister nichts weiter als ein Erfüllungsgehilfe, so er ihn überhaupt noch brauchte. Jetzt allerdings wollte er jede einzelne von Gutenbergs Apparaturen berühren, sich vertraut machen mit den Werkzeugen, mithilfe derer er das Verderben über die Menschheit bringen würde, allein durch seiner Hände Arbeit. Der Drang, die Gerätschaften zu spüren, sie zu gebrauchen, sich an ihnen zu berauschen, beherrschte seine Sinne. So nah war er in diesem Moment der Erfindung, die zu missbrauchen er auserwählt worden war. Im Auftrag seines wahren Vaters hatte er einzig und allein für diesen Augenblick eine sehr weite Reise auf sich genommen. Jetzt hing alles von seinem Meister ab. Kurz dachte sich der Junge im Überschwang, sich den verbliebenen Weg gegen alle Widerstände frei zu bahnen, entschied sich jedoch dagegen. Seine Täuschungskünste würden ihn ohnehin ans Ziel bringen.

Gutenberg beäugte seinen neuen Lehrling derweil mit wachsender Beklemmung. Für Sekundenbruchteile meinte er, etwas zutiefst Unredliches in dessen ansonsten undurchsichtigem Blick erspäht zu haben. Eine Winzigkeit aus Unverfrorenheit und Gemeinheit hatte sich seinem Empfinden nach darin widergespiegelt, seinen philosophischen Ausflug in den Sinn des Daseins jäh beendet und den Herzschlag des gestandenen Mannsbildes beschleunigt. In dem Moment, da Gutenbergs Verstand sich darüber klar gewesen war und anhub, sie geistig zu greifen, war sie bereits wieder verflogen. Dennoch, diese Feinheit brannte sich förmlich in das Bild, das er sich von dem Jungen machte, in seinem Gedächtnis ein. Im Anschluss überwog der Tatendrang, den Nathan an den Tag legte, und Gutenberg gab sich einen Ruck. Der kleine Junge, der offenbar nur auf seine Erlaubnis wartete, sollte in seiner Schaffenskraft nicht gebremst werden. Außerdem, und dieser Gesichtspunkt überwog nach Gutenbergs Dafürhalten, konnte er sein Talent und seinen Fleiß sogleich unter Beweis stellen. Mit gutmütigem Blick legte der Lehrmeister seine rechte Hand auf die linke Schulter Nathans, als wollte er den keinesfalls scheuen Balg in seinem Tun bekräftigen. Gleichwohl wusste Gutenberg insgeheim, der Junge würde mit an Sicherheit grenzender Wahrscheinlichkeit scheitern, denn er hatte sich eine Aufgabe einfallen lassen, die zu erledigen eine Großzahl seiner Gesellen nicht ohne geduldige Anleitung befähigt war. Der Meister wusste ja in seiner grenzenlosen, wenn auch in diesem Falle eher fahrlässigen Güte nicht, dass er den Verführungskünsten des Balgs zu verfallen drohte und damit bereits seiner zerstörerischen Willkür ausgesetzt war.

»Junge, nun versuch dein Glück, gehe die Arbeitsschritte durch Stück für Stück!«, verlautbarte er mit sanfter Stimme. »Hier hast du den Lederballen!«

Nathan schien sich für einen Augenblick unschlüssig zu sein, woraufhin Gutenberg dem Balg spaßhaft in die Backe kniff. »Aber verzage nicht, es ist noch kein Meister vom Himmel gefallen!«

Kaum hatte Gutenberg seinen Satz zu Ende gesprochen, da werkelte Nathan schon voller Eifer an den Lettern und dem Handgießwerkzeug und allem, was ihm gezeigt worden war. Gerade so, als beherrschte er das Gewerbe bereits wie aus dem Stegreif, fügte sich ein Handgriff in den nächsten und eine Weile später hatte er seinen Musterdruck zur Verwunderung seines Lehrmeisters mit überragender Geschicklichkeit fertiggestellt.

Der Druck war kurz und bündig in seinem Inhalt, doch es fehlte ihm nicht an Aussagekraft. Gutenberg staunte mächtig, als er ihn in Augenschein nahm. Es waren nur zwei einzelne Worte in lateinischer Sprache:

Deus vult!

Die Frage, auf welchen Gott sich der verfluchte Nathan mit der Ausrufung des Gotteswillens, der während der verdammenswerten Kreuzzüge erstmalig aufkam, bezog, erübrigte sich im eigentlichen Sinne. Selbstredend war es sein eigener, den er ehrte und dem er diente, ihm allein galten seine Worte.

Indessen wusste der Meister nicht, wie ihm geschah. Der Junge steckte voller Überraschungen, wobei weniger die Tatsache erstaunte, dass er des Lateinischen mächtig war, vielmehr hatte er soeben in atemberaubender Zeit vollbracht, was für ihn nach geltenden Maßstäben nicht zu bewerkstelligen war. Im Besonderen nicht für ein siebenjähriges Kind ohne jeden Einblick in die Praxis des Berufes, den es zu erlernen gedachte. Mit dieser Fertigungszeit machte er Gutenberg höchstselbst Konkurrenz.

Es war nun genug. Gutenberg vermischte die Eindrücke über Nathan zu einem zutiefst beunruhigenden Gesamtbild. Seine Vernunft wehrte sich erfolgreich gegen die Mächte des Jungen. Im Anschluss war er sich mehr als sicher, dass hier etwas wahrlich nicht mit rechten Dingen zuging. Der geltungssüchtige Balg erwartete zugleich ein überschwängliches Lob für seine Anstrengungen. Doch dieses blieb aus. Gutenbergs Zweifel stellten sich weitaus stärker als das Zutrauen in Nathan heraus, sodass er dem Jungen fortan äußerst misstrauisch begegnete. Womit er, wie man sich mittlerweile denken kann, sehr gut beraten war.

Dritter Teil

XVI

In Nathans verdorbener Gedankenwelt war ein Prozess im Fall der alten Fallersleben in weite Ferne gerückt, während er sich in der Herstellung von Kurzgrammatiken, Wörterbüchern, Ablassbriefen, Kalendern und ähnlichen Kleindrucken versuchte. Diese machten sich für die aufstrebende Mainzer Werkstatt durch vergleichsweise geringe Geldeinsätze und rasche Überschüsse mit kurzer Herstellungsdauer und schnellem Absatz bezahlt. Bereits seit einiger Zeit jedoch hatte Nathan das ungute Gefühl, eine Angelegenheit von großer Tragweite für die Druckerwerkstatt und nicht zuletzt auch für seine finsteren Absichten würde ihm wissentlich vorenthalten. Am Morgen eines verregneten Donnerstags, kurz nach Arbeitsbeginn, war er in seinen Mutmaßungen noch bestärkt worden: Fust hatte Gutenberg einen Beutel Geld zugesteckt. Gleichwohl sich die beiden alle Mühe gegeben hatten, im Rücken eines gut einen halben Meter breiten Schaukastens mit Druckerzeugnissen unbeobachtet zu bleiben, hatte Nathan das Geschehen erfassen können.

Mit hoher Wahrscheinlichkeit handelte es sich, der Größe des Beutels nach zu urteilen, um mehrere Hundert Gulden.

Sorglos über das Bekanntwerden seiner wahren

Beweggründe, verschaffte er sich in der folgenden Nacht über einen mit Kies zugeschütteten Einstieg, der von dichten Büschen umgeben war, Zutritt in ein unter der Werkstatt gelegenes Kellergewölbe. Dort stieg er durch eine unter einem Teppichläufer verborgene Falltür in die Arbeitsräume empor. Er durchsuchte sämtliche Unterlagen Gutenbergs, ohne genau zu wissen, wonach. Mittlerweile fühlte er sich in seiner Rolle des unschuldigen kleinen Jungen dermaßen sicher, dass er die Gefahr, seine Tarnung könnte durch einen Zufall auffliegen, billigend in Kauf nahm.

Wie es das Schicksal wollte, hatte Nathan Glück und wurde bei seinen Nachforschungen sehr schnell fündig, als er die Schubladen des wackeligen Schreibtisches seines Meisters durchwühlte: Auf einem losen Blatt Papier standen ein einzelnes gedrucktes Wort und darunter eine handgeschriebene Notiz, teilweise mit Anführungszeichen versehen. Das Wort und die Notiz allein genügten ihm schon, um die richtigen Schlussfolgerungen zu ziehen. Mit diesem Wort, der lateinischen Bezeichnung der gleichsprachigen Bibelübersetzung, wusste er um die Wahrhaftigkeit seiner Bestimmung. Ergriffen drückte er den Zettel an seine Brust und lächelte selig in sich hinein. Er konnte sich von nun an völlig gewiss sein, dass sein Dasein eine tiefere Bedeutung hatte. Seine Existenz hatte einen Sinn, denn einzig er war auserkoren, genau an diesem Wendepunkt der Geschichte, in dieser Stadt und als Druckerlehrling in genau dieser Werkstatt ein Werk zu vollbringen, das die Welt dem Höllenfürsten untertan machen würde. Für Momente berauschte sich Nathan an dessen Genialität, während der Stolz um seine Abstammung wuchs und wuchs.

Nochmals blickte er auf das Papier, als wollte er den Vermerk in sich aufnehmen, ihn auf ewig festhalten.

Vulgata
Vorhaben »Das Werck der Bucher«

Urplötzlich, als der Junge noch immer von den Zeilen wie gebannt war, hörte er draußen Schritte und schrak zusammen. Dann rüttelte es für einige Momente an der Tür des Humbrechthofes.

Fusts Stimme erklang: »Da bestellt er mich zur Geisterstunde hierher, und wer ist nicht da? Ja, wer? Ja, wer? Wer riss mich aus den süßesten Träumen und lässt mich jetzt hier warten vor den verschlossenen Werkstatträumen?« Eiligst machte Nathan Ordnung auf dem Schreibtisch, verwischte seine Spuren und eilte durch die Falltür zurück ins Kellergewölbe. Vorher jedoch richtete er den Teppichläufer wieder fein säuberlich aus. Sogleich wurde der Schlüssel gedreht. Dumpfe Geräusche drangen nach unten. Vorsichtig hob er die Falltür ein Stück weit an und horchte gebannt. Gutenberg war jetzt ebenfalls zugegen, wie Nathan am Klang einer zweiten Stimme erkannte. »Der Durchbruch! Der Durchbruch!«, rief der Druckermeister immer wieder. Anschließend füllte er eine der Funzeln an der Decke mit Öl auf, entzündete sie und zog die Türen der Werkstatt zu.

»Was war denn eigentlich der Grund, mich aufzuwecken? Mir im Schlaf herunterzuziehen die Decken?«, begegnete Fust Gutenbergs Überschwang äußerst gelassen. Er war noch zu ermattet, um sich von der Hochstimmung seines Werkstattleiters anstecken zu lassen. Gutenberg aber schien es spannend machen zu wollen. Lächelnd stand er vor seinem Geldgeber.

»Nun sag schon! Oder willst du erregen meinen Argwohn?«

»Also schön! Ich sehe ja, du bist bei Weitem zu verschlafen, das Rätsel, obgleich es sehr einfach ist, zu erraten! Verquollene Augen, müde Blicke, besser, wenn ich nachts keinen Boten mehr zu dir schicke!«, erheiterte sich der muntere Gutenberg, ehe er ein Kästchen mit Ampullen, die Gemische verbesserter Druckfarbe beinhalteten, aus einem Wandschrank neben der von ihm abgewandelten Spindelpresse hervorholte.

Als Fust sah, was Gutenberg ihm darreichte, ging ihm endlich ein Licht auf. »Willst du sagen, du hast es vollbracht? Die Mischung der Flüssigkeiten vervollkommnet heut Nacht?«

Der Druckermeister reckte eilends seine Arme in die Höhe. »Monatelang habe ich Versuche gemacht. Mein Können Stück für Stück nach vorne gebracht, um eine zähflüssige und schnell trocknende Flüssigkeit zu mischen, die in Jahrhunderten nicht wird erlischen, die sich mit keiner anderen deckt. Eine solche, nach der man sich noch in Hunderten von Jahren die Finger leckt! Eine solche, die den Druck auf Vorder- und Rückseite eines Bogens erlaubt, und mir nicht mehr länger die Nächte raubt!«

»Wie hast du es geschafft? Einzig dank deiner Ausdauer Kraft?«, begeisterte sich nun auch Fust. »Mein Gott, ich wusste, du würdest nicht verzagen, die Mischung einer Wundertinte anzustreben. Was hast du im Einzelnen verwendet, was hat dir neuen Antrieb gegeben?«

»Als Hauptanteile nutzte ich Leinölfirnis und Ruß, Gott zum Gruß!«, konnte Gutenberg kaum mehr an sich halten. »Der Rest ergibt sich aus Anteilen von Harzpech, Zinnober, Harz, Galläpfeln, Schellack und Schwefelkies! Glaub mir, ich war am Verzweifeln, bis ich letztlich auf die richtige Mischung stieß!«

Fust reichte seinem Druckermeister anerkennend die Hand. »Es ist nun so, dass ich dich nur beglückwünschen kann! Spätestens heute weiß ich, ich holte mir mit dir eindeutig den richtigen Mann. Du wirst sehen, wir kommen noch zu Ruhm und Ehren. Ich erhöhe dein Gehalt, kann dich hier nicht mehr entbehren!«

Nach kurzem Händedruck zog Fust Gutenberg an seine Brust, während der Balg, der alles mitverfolgte, scheinbar von dieser aufkeimenden Männerfreundschaft berührt, lächelte. Freilich in Wahrheit nur deshalb, weil er die Zubereitung der Druckerfarbe heimlich und unbemerkt aufschnappen konnte und damit alles Wissen in sich vereinte, das er für sein Teufelswerk brauchte. Gleich darauf schloss er die Falltür wieder und schlich sich über das Kellergewölbe nach draußen. So, als wäre nie etwas vorgefallen, arbeitete Nathan am nächsten Tage weiter – unter den seit Wochen zunehmend argwöhnischen Blicken seines Meisters. Er wähnte sich noch immer im festen Glauben, die Bedrohung der verlogenen Fallersleben durch ihren unter abhanden gekommenen Willen verübten Selbstmord für alle Zeit gebannt zu haben. Dies jedoch war ein überaus voreiliger Schluss, wie sich im Frühsommer des Jahres 1450 herausstellen sollte.

XVII

Es war ein herrlich milder Sonnabend, als mit dem unangekündigten Besuch Fusts in der Werkstatt für Nathan Ungemach einzog.

»Mein Nathan, mein kleiner Freund, keine Hast …«, setzte Fust an, während er dem Jungen auf die Schulter tippte, »dich zur Pause zu holen, reut mich fast. Man berichtete mir, du hättest dein Handwerk regelrecht in dein Herz aufgenommen. Aber in Bälde steht die Verhandlung im Fall Elisabeth Fallersleben an, ist mir zu Ohren gekommen!« Der Balg fiel buchstäblich aus allen Wolken. Kalter Schweiß rann ihm über die Stirn, unbeholfen wischte er ihn hinfort. »Ich frage kurz bei deinem Meister an, ob er dich am Dienstag entbehren kann«, vollendete Fust seine Hiobsbotschaft, ohne die Wirkung seiner Worte auf den Jungen zu bemerken.

Während sich der Anwalt an Gutenberg wandte und das Einverständnis seines Ziehsohnes zur Aussage ohnehin voraussetzte, arbeitete Nathans Hirn fieberhaft. Ungekannte Sorgen, Zweifel und Ängste beherrschten nun seinen kindlichen Geist, derart vor den Kopf geschlagen war er von dieser Nachricht. Die Alte war doch tot, meinte er steif und fest, dessen war er sich sicher gewesen – bis zu Fusts Auftauchen. Sie war ausgetilgt und mit ihr die Bedrohung, die von ihr ausging in einem Prozess, in dem sie ihn als ihren Peiniger wiedererkennen würde. Sie würde ihn benennen als die Person, die sie dazu brachte, sich den Lebensatem durch eigene Hand aushauchen zu wollen. Mit ihrem Erscheinen vor Gericht würde ein unüberschaubares Wagnis entstehen, das Nathan und die Verwirklichung seiner arglistigen Pläne ernsthaft gefährden könnte. Keine halbe Stunde später, nachdem Fust wieder gegangen war, war auch Nathan nicht mehr in der Werkstatt vorzufinden. Unter Gebrauch fragwürdiger Ausreden hatte er sich für den Rest des Arbeitstages freigenommen. Gutenberg hatte ihm dabei nicht wirklich Glauben geschenkt, machte sich der Junge rückblickend bewusst. Dieses Ärgernis jedoch war im Moment zweitrangig. Er war unterwegs in die Berberitzenstraße, zum Heim der Lügnerin, um sich zu vergewissern, ob sie tatsächlich noch unter den Lebenden weilte und in der Tat in der Lage war, sich seinem unmissverständlichen Befehl zu widersetzen. Vielleicht stand ihr jemand bei, der sie rechtzeitig aufgefunden hatte? Kurzum, er wollte sich Gewissheit verschaffen, ob er auf ganzer Linie versagt hatte.

Vor der Tür angekommen, holte er Schwung und trat sie mit einem einzigen Fußtritt aus den Angeln. Sie flog in hohem Bogen bis an die gegenüberliegende Wand, wo sie zerbarst.

»Fallersleben!«, schrie er wutentbrannt. »Wo hast du dich versteckt?«

In seinen leblosen und tiefschwarzen Augen spiegelte sich wie dereinst bei der Begegnung mit Sylvie DeGaart das Böse wider. Aus ihnen sprach der Tod, den über die Fallersleben zu bringen er gekommen war.

Nathan stieß alle Küchenschränke auseinander, rannte rasend vor Zorn nach oben, zerlegte alles zu Kleinholz, was ihm im Weg stand, verwüstete das Schlafgemach, eilte zurück nach unten und stieß die Dielen entzwei.

»Fallersleben!«, grunzte er nun in durchdringenden, hellen Tönen. »Komm raus, der Tisch für deinen Leichenschmaus ist längst gedeckt!«

Dann riss er eine Falltür in Stücke und steckte in seiner Wut den Kohlekeller in Brand. Doch die Fallersleben konnte er nicht finden. Die Alte weilte nämlich in Gesellschaft ihres Lebensretters weit vor den Toren der Stadt in einer Waldhütte und zählte die Stunden bis zum Tag des Gerichtsprozesses. In ihrer Unerbittlichkeit gewann ein Gedanke stetig an Bedeutung: An einem unscheinbaren Knaben Rache zu üben, der es faustdick hinter den Ohren hatte und dessen Schuld in allen Anklagepunkten sie schon zu erweisen wissen würde. Sie hatte es sich hoch und heilig geschworen. Verrotten sollte dieser Ausbund an Falschheit in den Kerkern der Stadt, die er besser nie zu betreten gewagt hätte. An den zwei darauffolgenden Tagen ließ Nathan nichts unversucht. Bei sämtlichen Bewohnern der Berberitzenstraße wurde er vorstellig. Tatsächlich schaffte er es, jeden Einzelnen unter ihnen mit einem Ammenmärchen auf seine Seite zu ziehen, wie es ihm schon mit Fust und dessen gutgläubiger Verwandtschaft gelungen war. Er wäre ihr einziger Neffe, erzählte er, und in großer Sorge um den ungeklärten Verbleib der Alten nach dem verheerenden Brand, der ihr Haus in Schutt und Asche gelegt hatte.

Es stellte sich jedoch heraus, dass die Leute neben dem Feuer nichts Auffälliges am Tag der Tat bemerkt hatten und sogar höchst erfreut über das Verschwinden der Alten waren. Sie wähnten sie bereits dort, wo sie ihrer Ansicht nach schon längst hingehörte: im höllischen Fegefeuer. Manche überschlugen sich gar in ihren Verunglimpfungen die Fallersleben betreffend und verliehen ihrer Abneigung ungehemmt Ausdruck. Andere bezeichneten sie als gottlose Hexenmeisterin, die nun in den Schoß ihres gehörnten Herrn gefahren sei, was Nathan unumwunden schmunzeln ließ. Eine Gruppe Jungspunde blies ebenfalls ins gleiche Horn und beging zudem den Fehler, auch die Blutsverwandten der Fallersleben aufs Übelste zu beschimpfen. Die vier Halbwüchsigen waren hernach niemals wieder gesehen. Nicht in der Berberitzenstraße, nicht in einer der anderen Mainzer Straßen noch sonst irgendwo. Gezwungenermaßen verwarf Nathan seine bisherigen Überlegungen. Mit einer überzeugenden Ausrede musste er dem Prozess fernbleiben, sollte er die alte Lügnerin nicht mehr auftreiben können, wonach es, sehr zu seinem Missfallen, aussah. Besagten Grund für seine Abwesenheit sollte ihm jetzt Fust, der redliche Rechtsgelehrte, liefern, selbst wenn Nathan ihm androhen musste, seinen Kindern oder seiner Frau Schaden zuzufügen. Zurück im Anwesen des Fürsprechs, begab sich Nathan sofort auf die Suche nach dem Hausherrn. Zu seiner bösen Überraschung allerdings weilte dieser, wie man ihm mitteilte, bis zum Verhandlungstag auf einer dringenden Geschäftsreise. Nathan konnte sich kaum noch beherrschen. Seine Zwangslage duldete wahrlich keinen weiteren Aufschub mehr. Er musste nun seinem Sekunde für Sekunde wachsenden Verdruss Luft machen. Aus seiner Stube im Haus drangen Laute nach außen, die man am ehesten ganzen Horden von sich zerfleischenden Raubtieren zugeordnet hätte.

Fusts Dienstpersonal, eine Köchin und zwei Reinemachfrauen, erschrak zutiefst. Die Frauen waren von einer Todesangst überwältigt, wie sie sie noch nicht erlebt, geschweige denn für möglich gehalten hatten. Sie rührten sich unabhängig voneinander nicht von dem Fleck, an dem sie sich befanden, als könnten sie die Gefahr so aussitzen. Sie zitterten vor Angst in der Gewissheit, jeden Moment wie von messerscharfen Reißzähnen eines blutgierigen Untiers zerfleischt zu werden. Nach drei für sie schier endlos langen Stunden verließ Nathan das Anwesen wieder. Alle atmeten erleichtert auf. Der Junge machte sich auf direktem Weg in die Stadtmitte auf. Sein zerstörerischer Geist hatte sich ein neues Ziel ersonnen.

Unterdessen begann Gutenberg in der Druckerwerkstatt, die Kaufmannsbriefe in Augenschein zu nehmen, die ihm seine Warenlieferer überlassen hatten. Kaufleute nutzten diese Briefe als Auskunftsquelle über Orte, wo sie geschäftliche Kontakte pflegten. Um möglichst unvoreingenommen Nachrichten zu verbreiten, entwickelte sich zur Erstellung der Schriften, die die Empfänger der Briefe kostenpflichtig auf den neuesten Stand brachte, ein neuer Berufszweig. Auf den ersten Seiten überflog Gutenberg wenig verfängliche Nachrichten wie Ankündigungen bevorstehender Festlichkeiten oder amtliche Erlasse.

Die fünfte Seite aber sollte einen Bericht zu einem Brand in der Mainzer Berberitzenstraße beinhalten. Eine Straße in der Gegend, in der er seinen zwielichtigen Lehrbuben kurz vor dem zeitlich genannten Ausbruch des Feuers aus den Augen verloren hatte, nachdem er ihm unter böser Vorahnung unbemerkt gefolgt war. Es war der Tag, als Fust um die Freistellung des Jungen gebeten und Nathan gleich im Anschluss an den Besuch des Anwalts um vorgezogenen Feierabend ersucht hatte.

XVIII

Die Verhandlung im Fall Fallersleben nahm an einem Dienstagmorgen im Juni des Jahres 1450 im Gerichtsgebäude der Freien Stadt Mainz ihren Anbeginn. Die Domglocke hatte eben zur neunten Stunde geschlagen.

»Es betritt den Saal der ehrenwerte Richter Gottfried Moltanger, alles erhebe sich, wer nicht folgt, wird an den Pranger gestellt, noch ehe ein Urteil fällt!«, verkündete ein Gerichtsdiener mit ärgerlichem Blick in den Zuschauerraum. Zwei Burschen in zerlumpter Kleidung schienen sich nicht im Geringsten um die angedrohte Maßregelung zu scheren, während die übrigen Zuschauer der öffentlichen Sitzung aufstanden. Eine Tür öffnete sich knarrend, als das ungehörige Gesindel in der ersten Reihe von drei weiteren Bütteln abgeführt wurde. Ein betagter Mann in Robe und mit zerzauster Perücke kam herein, setzte sich an den Richtertisch und leerte seine Nase rechts und links hinter sich. Zwei volle Ladungen Rotz landeten auf dem Boden.

»Die Anklage durch den Fürsprech zur Verlesung!«, raunzte der Richter zum Rechtsbeistand der Klägerin Elisabeth Fallersleben, die links des Richterpodiums neben Fust Platz genommen hatte. »Dieser unflätige Unsinn – meiner Zeit reinste Verschwendung!«, flüsterte er in sich hinein. Gleichzeitig wurden drei heruntergekommene, vollbärtige Halunken zur Anklagebank vorgeführt. Seufzend begleitete Moltanger ihr Erscheinen.

»Diese drei, Ferdinand Kallert, Adalbert Rieger und Edelhard Seitz, werden im Namen des Gesetzes in unserem Habsburgerischen Reiche angeklagt, die anwesende ehrsame Marktfrau Elisabeth Fallersleben – hier zu meiner Rechten – geschändet und um ihre gesamten Monatseinnahmen in Höhe von dreiundzwanzig Gulden erleichtert zu haben!«, legte Fust pflichtgemäß und mit einiger Abscheu beim Anblick der ihm gegenübersitzenden Gestalten dar.

»Wir hören also nun in diesem Sachverhalt die Klägerin selbst. Also schnell, Fallersleben! Was hast du uns Wichtiges zu sagen?«, mahnte der Richter, der einen angespannten Eindruck machte, zur Eile.

Elisabeth Fallersleben wurde von ihrem Fürsprech der Weg zum Zeugenstuhl gewiesen. Ihre Hüften schwangen beim Gehen von Seite zu Seite. »Herr Richter, ich kann mein Leid noch heute kaum ertragen ...«, setzte die Alte weinerlich an, wurde jedoch jäh unterbrochen.

»Ich alleine bestimme, wer redet, und ich alleine stelle die Fragen!«, fauchte der Richter sie an. »Also erkennst du in den dreien deine Vergewaltiger, frag ich dich, oder die Opfer deiner Mär an sich?«

Die Alte wusste einen Moment lang weder ein noch aus. So lange, bis sie sich an die neue Fassung ihrer

Lügengeschichte erinnerte, in der die wahllos aus dem Pöbel herausgegriffenen drei Angeklagten keinerlei Rolle mehr spielten, sondern vielmehr derjenige, der sie in den Selbstmord hatte treiben wollen, der sich die Ungeheuerlichkeit geleistet hatte, sie willenlos in den Abgrund zu schicken. Genau so hatte sie es mit ihrem Lebensretter, der bald im Zuschauerraum Platz nehmen würde, vereinbart.

»Die drei sind in diesem Sinne nicht die Schuldigen, außer in dem solchen, dass sie zu sehr dem Alkohol huldigen!«, begann sie.

»Wie recht Ihr habt, die sind doch ständig besoffen! Aber wer ist es denn dann, gute Frau? Diese Frage ist noch offen«, belustigte sich Moltanger über die zur Schau gestellte Wandlungsfähigkeit der Aussagen der Alten.

»Der elende Balg, der zugegen als mein Zeuge gemeldet ist! Wahrhaft, sein Geist jeden Anstand vermisst!«

Fust war überrumpelt von der unabgesprochenen Verdächtigung. Immerhin zielte ihre Hetze zweifellos auf seinen Ziehsohn Nathan ab, den Jungen, dem er Heim und Arbeit gegeben hatte. Eine solche Anschuldigung rückte folgerichtig auch ihn in ein schlechtes Licht. Das konnte er nicht auf sich sitzen lassen.

»Nein, nein, für ihn leg ich meine Hand ins Feuer!«, warf er entschieden ein.

»Was Euch teuer zu stehen kommen kann. Sehr teuer«, gebot Moltanger zornig. »Fünf Gulden Ordnungsgeld für unseren Fürsprech zur Linken! Lasst Euch gewarnt sein, mein guter Fust! Euch könnte noch mehr winken!«

Fust unterließ weitere Gegenworte. Der Richter hatte ihm die Machtverhältnisse soeben deutlich aufgezeigt.

»Holt ihn herein, Büttel!«, befahl Moltanger. »Bevor die Alte noch jemanden aus dem Ärmel schüttelt!«, witzelte er, die Fallersleben nicht aus den Augen lassend.

Nathan Tanner erschien.

»Auf die Anklagebank!«, ordnete der Richter eilends beim Anblick des Jungen an. Verdammt, umso näher kommt mir der Gestank, dachte er sich dabei.

Die Fallersleben fühlte sich siegessicher. Der Richter schien ihr die falsche Verdächtigung abzukaufen. Die drei Halunken wurden abgeführt. Einer der Büttel packte Nathan am Ellenbogen und wollte ihn zur freien Anklagebank geleiten.

»Doch nicht ihn!«, erboste sich Moltanger. »Die Klägerin führt dorthin!«

Der Büttel war einen Moment lang überfordert. Nathan riss sich los und schaute sich im Saal um. Die Rechtssprechung, sinnierte der Balg, unterlag seinerzeit einzig und allein dem Gottesurteil und, nicht zu vergessen, der herrischen Willkür sowie den Launen des Justizvertreters, einem zumindest der Annahme nach unvoreingenommenen Richter, der sich der Eidesschwüre des Klägers und des Angeklagten mittels

Anwendung höchst fragwürdiger Verfahrensweisen versicherte. Als harmlos einzustufen war noch diejenige, die sich des Armstreckens vor einem Kreuze bediente, wobei es selbstredend nicht gottgegebene Regelmäßigkeit war, dass der Ausdauerndere auch wie von selbst die Wahrheit sprach. Weit drastischer waren Begegnungen mit siedend heißem Wasser oder der zerstörerischen Glut des lodernden Feuers. Bei der Feuerprobe wurde der Unschuldserweis durch eine nicht beigebrachte oder aber schnell abklingende Verletzung infolge des barfüßigen Gangs über bis zu zwölf rot glühende Pflugscharen, des Tragens eines glühenden Eisens über eine Distanz von neun Fuß oder mehr, auch durch das Strecken der Hand in die Flamme erbracht. Die lange gebräuchliche Wasserprobe wiederum war in zwei Unterarten eingeteilt. Erstere beruhte auf dem Ergreifen eines Ringes oder Steines aus einem Kessel mit kochendem Wasser. Waren Hand und verbrühter Arm nach einigen Tagen nicht eitrig, galt der Verdächtige als unschuldig. Die zweite Form unterstellte das gleiche Gottesurteil demjenigen, der, gefesselt in einen Teich gelassen, nicht zu schwimmen begann. Die Strafbemessungen unterschieden sich ebenfalls auf grundlegende Weise. Der Diebstahl eines einfachen Brotlaibs konnte durchaus die Todesstrafe nach sich ziehen – die Höhe der Strafe hing von der Willkür des Richters ab. Ebenso war es ein altgedienter Brauch, den Straftäter für sein Lebtag zu kennzeichnen, was des Öfteren das

Abschneiden von Zunge, Lippen oder Ohren oder auch eine Brandmarkung der Stirn zur Folge hatte. Mal sehen, dachte sich der Junge, wie sich diese Verhandlung entwickelte. Vielleicht käme er noch auf seine Kosten. Geschäftiges Getuschel und Raunen hub unter den Zuschauern an. Der Geräuschpegel erhöhte sich immer mehr. Die Gesichtsfarbe der Fallersleben verfärbte sich augenblicklich trotz ihrer verdreckten Haut kreidebleich, als der Büttel sie zur Anklagebank führte.

Fust wirkte immer ratloser. Die Situation war vollständig aus dem Ruder gelaufen, seine Verhandlungsvorbereitung binnen kürzester Zeit über den Haufen geworfen worden. »Richter Moltanger! Hätten Sie die Güte …«, versuchte er, den unvorhergesehen Lauf der Dinge aufzuhalten.

Von allen unbemerkt, öffnete sich die Eingangstür des Saals, in dem die Sitzung abgehalten wurde. Eine vermummte Gestalt von zierlicher Statur, die wohl von weither stammte, trat ein. Sie war aus einer Stadt jenseits des Festlandes aufgebrochen, ihrer Berufung zu folgen. Dabei stützte sie sich auf zwei Worte, die sie vor Monaten zielgenau hierher geführt hatten: Es waren die Worte Mainz und Buchdruck. Sie ließ sich nun neben Johannes Gutenberg nieder, der, verwundert über das Geschehen, nur die Stirn runzelte. Der Stuhl, auf dem die Fallersleben Platz genommen hatte, knarrte derweil unter ihrem Gewicht. Verunsichert schaute sie sich um. Als Moltanger sah, dass die Alte ihren von vornherein zugedachten Platz in diesem Verfahren erreicht hatte, rümpfte er, von ihren beißenden Ausdünstungen angeekelt, die Nase. Augenblicklich hatte er sich jedoch wieder in der Gewalt und fuhr, mit sich selbst zufrieden, fort. Seine Stimme war nun voller Sanftmut und Wärme. Keine Spur mehr von seiner Gereiztheit.

»Auf, auf, zum Zeugenstuhle, mein Junge voller Anmut, die dir ist zu eigen!«, ermunterte er Nathan, der darauf nur gewartet zu haben schien und sich ohne Zögern in Bewegung setzte. Der Richter konnte nicht auch nur eine Sekunde die Augen von ihm lassen. »Oh, der Schöpfung Schönheit seltener Reigen!«, stammelte er wie von Sinnen leise vor sich hin.

Während das Gemurmel unter den Zuschauern weiter an Lautstärke gewann, versuchte Fust abermals, vermittelnd einzugreifen. »Richter Moltanger!«, appellierte er erneut an die Vernunft des Vorsitzenden. Vergeblich. Die Verhandlung nahm ihren Lauf. Nachdem Nathan ausschweifend geschildert hatte, dass die Alte sich an ihm vergehen hatte wollen, als er sie an besagtem Tag um Essen bat, hatte die Abscheu des Richters endgültig ihren Höhepunkt erreicht. Ohne weitere Beratung mit seinen Schöffen setzte er an, sein Urteil über die Fallersleben öffentlich zu verkünden. In diesem Moment erhob sich ein Mann im Zuschauerraum.

»Ich habe ihn gesehen, Minuten vor dem Brandanschlag auf das Haus! Ich schwöre jeden Eid, er ging aus meiner Werkstatt in diese Gegend hinaus!« Der Mann war Johannes Gutenberg, der genug hatte von der Posse dieses Prozesses.

Völlig aus der Fassung gebracht, musterte der Richter den Druckermeister. Eine ganze Weile verging, ehe er nachfragte: »Habe ich darauf Euer Wort? Eines Ehrenmannes Wort?«

Gutenberg nickte, als wäre er über jeden Zweifel erhaben. An besagtem Tag war er gut beraten, seiner Eingebung zu folgen, sein Gespür hatte ihn nicht getrogen. Auch wenn es ihm widerstrebte, nun gegen ein Kind zu hetzen und damit Fust, dessen gutgläubigen Ziehvater, bloßzustellen. Der von ihm ungeliebte Junge war allerdings bei Weitem nicht so unschuldig, wie er jeden glauben machen wollte. Der Druckermeister war sich sogar sicher, Nathan besaß ein verdorbenes Wesen und die sprichwörtlichen zwei Gesichter. Mit sich selbst im Reinen, blickte Gutenberg jetzt kurz zu Fust. Die Unschlüssigkeit in seinem Blick verriet ihm, dass auch Fust ins Grübeln gekommen war. Moltangers Augenmerk galt nun Nathan. Als wären die Grundfeste seines Weltbildes erschüttert und kurz davor, zusammenzustürzen, schaute er ihn mit einem wenig beträchtlichen Rest an Vertrauen und Achtung an. Aus seinem Gesicht sprach maßlose Enttäuschung. Er resümierte jetzt den Vorabend, der ihn so beseelt hatte wie kein anderer Tag seines Lebens. Der ihm den Glauben geschenkt hatte, einer höheren Bestimmung zu dienen. Gegen acht Uhr war es gewesen, als unverhofft ein kleiner, holder Knabe vor der Tür seines Arbeitszimmers im Gerichtsgebäude stand und Gott das Zwiegespräch mit ihm gesucht hatte, wie er noch immer meinte. Die Stimme, die er zu diesem Zeitpunkt gehört hatte, musste einfach himmlischen Ursprungs gewesen sein, derart schön war es, ihr zu lauschen, derart gekonnt hatte sie es verstanden, seinen Geist zu erhellen, sich in ihrem Wortspiel von der schnöden Umwelt abzuscheiden und ihm in beschwingter Leichtigkeit etwas vorzugaukeln.

Die wohlklingende Stimme hatte ihm geflüstert, der Junge, der da vor ihm stand, sei der lang ersehnte Messias des zweiten Jahrtausends nach Christus, und er, Gottfried Moltanger, höchstselbst auserkoren, ihm zu Diensten zu sein. Welch Mirakel war ihm da widerfahren, hatte er noch im Ruhen zu später Stunde gedacht, ehe er in den Schlaf der Gerechten verfallen war. Eben in diesem Augenblick im Gerichtssaal aber verlor diese Stimme an Einfluss in seinen Gedanken. Jetzt, da ein dem Anschein nach redlicher Zeuge den Messias augenscheinlich weltlicher Rachegelüste bezichtigte, was dessen Aussage mit einem Mal in einem anderen, für ihn weitaus weniger löblichen Licht erscheinen ließ.

Aus des Richters Blick sprach noch immer Unsicherheit, als er in die Gesichter der Zuschauer blickte. Verkommene Gestalten, Menschen, deren Dasein nur als gescheitert anzusehen war, und mitten unter ihnen der Augenzeuge des Brandes, der aus der Menge herausstach wie ein Edelmann unter einer Ansammlung von Bauerntölpeln. Ihm zur Seite saß eine geheimnisvolle, vermummte Gestalt, die Moltanger schon eine ganze Weile genauestens zu mustern schien. Wenige Sekunden später bereitete sie ihrem Versteckspiel schlagartig ein Ende, ließ ihren pechschwarzen Kapuzenumhang von den Schultern gleiten und erhob sich würdevoll. Erst mit einiger Verzögerung stellte Richter Moltanger fest, dass die Person in Nonnentracht gehüllt war. Ein göttliches Zeichen?, fragte er sich verwirrt. Aber wofür nur?

Entsetzt erkannte Nathan die Frau wieder. Es war Gianna Maria. Entschlossen trotzte sie seinem Blick. »Ehrenwerter Richter, die Verderbtheit hat Einzug gehalten auf unserer Welt! In Gestalt des Jungen, nur um uns zu unterjochen, hat er sich zu uns gesellt!«, erklang die Stimme der Nonne sanftmütig und rein, wie nur ein ebensolches Gemüt sprechen konnte. Mit ausgestrecktem Zeigefinger deutete sie auf Nathan. »Er ist des Teufels Bastard, der uns hier alle narrt!« Moltangers Augen schnellten wieder zu dem Jungen hin. Wut kam in ihm auf, als er ihn betrachtete. Sollte seine eigene Stimme ihn betört haben? Er dachte: Bin ich gerade dabei, meiner Pflicht und Schuldigkeit als Richter zu entsagen? Spricht die Fallersleben doch nicht mit gespaltener Zunge? Bin ich geblendet von der Aura des Jungen? Nathan schätzte die Zweifel des Richters sofort richtig ein. Allerdings kannte er Mittel und

Wege, ihn aufs Neue auf seine Seite zu ziehen, nämlich genauso, wie es ihm schon einmal gelungen war. Er wusste, dass eine nennenswerte Gegenwehr auch jetzt nicht zu erwarten war. Also drang der Balg wieder in die verstörte Gedankenwelt des Richters ein, die sich auf einer unterbewussten Ebene sogar danach sehnte, ferngesteuert und befangen keine eigenen richterlichen Entscheidungen treffen zu müssen. Doch nicht hier und jetzt. Willst du erzürnen deinen Gott …

… dann führt dein Weg dich unweigerlich zum Schafott, erklang gleich darauf die vertraute Stimme in Moltangers Geist, der sich zu entziehen er nicht verstand. Ihr lieblicher Klang, ihr unschuldiges Wesen, ihr weites Echo ließen ihn nicht los. Wirst du den Jungen nicht schützen, so wird dies einzig und allein dem Teufel nützen. Ich, dein Herr, beschwöre dich, im Sinne deines Glaubens zu handeln, nicht mit den Dämonen der Unterwelt anzubandeln. Moltanger sprang mit einem Satz von seinem Stuhl hoch. Endlich meinte er, diese Verhandlung und die Menschen wieder klar zur durchschauen. Er glaubte fest daran, mit seinem nun folgenden Rechtsspruch der Gerechtigkeit zum Siege zu verhelfen.

»Die Fallersleben wird wegen Ketzerei am Galgen erhängt, bis ihr Dämon sich aus ihrem geschundenen Leibe zwängt!«, keifte er ungestüm, sich beherzt bekreuzigend. Seine Entscheidung war also gefällt. »Die Nonne ihr ins Irrenhaus verbringt, dort ihr niemandem mehr Unlauteres anzuhängen gelingt!«

Gianna Maria floh eilends aus dem Saal. In dem Augenblick, als sie die Türen aufstieß, gleißte die Sonne von Südosten her durch die Fenster hinter dem Eingang bis in den Raum.

»Schnell, ergreift sie!«, rief der Richter hinterher.

Doch es war zu spät. Die Nonne war bereits außer Sichtweite, als ein Gerichtsdiener ihr durch die Eingangstür des Saales folgte, wo sie Sekunden vorher zwei andere wie ein Rammbock unsanft beiseite gestoßen hatte.

»Und ich verfüge unmissverständlich zu guter Letzt …«, fuhr Moltanger fort, der nach wie vor den Willen Nathans wortwörtlich wiedergab, »dass mir keiner den Jungen von seinem Arbeitsplatz versetzt! Alle Belange ebensolcher Werkstatt werden mit ihm genauestens abgestimmt, niemand ihm von heute an das Recht zur Mitsprache nimmt!«

Der schlimmstmögliche Fall war eingetreten. Bestürzt schaute Gutenberg auf Fust, der angesichts des Prozessverlaufs nur noch ratlos mit den Schultern zuckte und in seinem Zustand der Ohnmacht einen jämmerlichen Eindruck machte. Der Druckermeister verließ den Saal. Sein vordringlichstes Begehr war es nun, eine bestimmte Person in ein Gespräch zu verwickeln, so er sie, bevor sie auf Nimmerwiedersehen verschwand, noch einholen konnte. Der Richter beschloss derweil sein wahnwitziges Urteil.

»Sein göttliches Handwerk zu ehren, darf ihm von jetzt an keine Menschenseele mehr verwehren!«

Nathans altbekanntes falsches und selbstgefälliges Lachen war laut im Gerichtssaal zu hören. Sämtliche Anwesenden tauschten erstaunte Blicke, eine Verhandlung wie diese hatten sie nie zuvor erlebt. Die Büttel waren gar lange unschlüssig, den Rechtsspruch des Vorsitzenden in die Tat umzusetzen.

XIX

Mit Unbehagen und grosser Angst vor Moltangers Strafandrohungen leisteten Fust und Gutenberg am nächsten Tage dem richterlichen Beschluss Folge. Ihnen war deutlich anzusehen, dass sie sich nicht wohl in ihrer Haut fühlten, als sie dem Balg in der Druckerwerkstatt die handschriftliche Vorlage für ihr Vorhaben darreichten: Die zu jener Zeit weitverbreitete lateinische Bibelübersetzung des Hieronymus aus dem vierten Jahrhundert nach Christi Geburt auf Grundlage des hebräischen Urtexts.

»Auf Drängen deines Meisters wollten wir zunächst genauer ausarbeiten, welche Richtlinien für die Herstellung wir dann einleiten!«, versuchte Fust, zwischen Nathan und dem zurückhaltend auftretenden Gutenberg zu vermitteln. »Hier sind die wichtigsten Stichpunkte, zu denen wir kamen überein, lass sie dir für weitere Vorschläge kein Hindernis sein!«

Fust reichte den Entwurf dem eitlen Nathan, der aus seiner diebischen Freude keinen Hehl machte. Ein weiteres Mal hatte er sich als der Stärkere erwiesen, gerade weil er imstande war, auch einem ehrenwerten Richter wie diesem Moltanger seinen Willen aufzuzwingen. Selbst wenn er den Narren glauben machen musste, in Gottes Auftrag gehandelt zu haben.

Gutenberg schüttelte den Kopf. Wäre es nach ihm

gegangen, dann hätte Fust ohne Wenn und Aber eine Überprüfung der Richtigkeit des Urteils beantragen sollen. Zu seinem Entsetzen aber glaubte dieser noch immer an den guten Kern des Jungen. Zudem, so musste Gutenberg sich unumwunden eingestehen, übte Nathan sein Handwerk schnell und zuverlässig aus, was für die reibungslose Abwicklung ihres Druckvorhabens durchaus von Vorteil sein könnte.

Der Balg studierte die ihm überlassenen Aufzeichnungen, obwohl sie eine reine Sammlung von Begriffen der Druckersprache darstellten, mit großem Interesse und fragte, so etwas für ihn im Unklaren blieb, sofort nach. Bei Satzgestaltung und Schriftart wollten sich Gutenberg und Fust eng an die historische Vorlage halten, erklärten sie ihm, und der Druck sollte das Alte und Neue Testament in zwei Bänden zu je sechshundertachtundvierzig und sechshundertdreiundvierzig Seiten umfassen. Durch einmaliges Falzen der Papierbögen erhielte man das gängige Folio-Format, das Raum für einen Satzspiegel von etwa neunzehneinhalb mal neunundzwanzig Zentimetern böte. Dieser wiederum sollte unterteilt werden in zwei Kolumnen – die Satzspalten, die jeweils zweiundvierzig Zeilen in einem gleichmäßigen Blocksatz enthalten würden. Zur Erlangung eines einheitlichen Gesamtbildes wollten sie unterschiedlich breite Druckbuchstaben, Ligaturen und Abkürzungszeichen in rund zweihundertneunzig Abwandlungen nutzen: siebenundvierzig Großbuchstaben, dreiundsechzig Kleinbuchstaben, zweiundneunzig Abkürzungszeichen, dreiundachtzig Buchstabenverbindungen und fünf Arten der Satzzeichensetzungen. Zugunsten einer guten Lesbarkeit auch bei schwachem Licht und insbesondere für den liturgischen Gebrauch in Kirchen entschieden sie sich für die Schriftart Textura, eine Variation der gotischen Minuskel mit großem Schriftgrad.

Durch handgemalte Auszeichnungen im Textverlauf und anschauliche Ausschmückungen mit Blumen- und Blätterranken in den freien Flächen um das Textfeld sollte jede einzelne Bibelausgabe zu einem kunstvollen einmaligen Schriftstück werden. Gutenberg wollte sich zudem darin versuchen, die roten Ausschmückungen probeweise in das Druckverfahren zu integrieren.

Die Satzherstellung sollte anfangs auf vier Setzer verteilt, bei Bedarf allerdings auf sechs erhöht werden. Weiterhin würde der Druck gleichzeitig auf zwei Druckpressen stattfinden, um die Gesamtheit der Metallkörperherstellung bis zu den gedruckten Seiten auf einen Zeitraum von zwei Jahren zu begrenzen. Buchstabenmalerei, Verzierung, Bindung und Einbandgestaltung würde in die Hände vertrauenswürdiger außenstehender Werkstätten verlegt werden. Eine Höhe von etwa einhundertfünfzig Bibelexemplaren auf Papier und dreißig auf Pergament sollte die Auflage insgesamt erreichen. Der Vertrieb, so erhofften sich Gutenberg und Fust, sollte möglichst rasch über die Bühne gehen, bestenfalls wären die Käufer bereits lange vor der Fertigstellung gefunden.

Während die beiden nach ihrer Unterredung mit dem Jungen mit hängenden Köpfen beratschlagten, wie sie ihr Werk nicht vollends der Willkür Nathans aussetzen konnten, war dieser in seinem Tatendrang kaum zu bremsen. Der Meister und der Geldgeber hatten ja nicht die leiseste Ahnung, dass, nimmt man Tag und Nacht zusammen, in den nächsten zwei Jahren sogar die doppelte Anzahl an Bibelausgaben hergestellt werden würde, wie es das der Plan des Jungen von Anbeginn an war. Zudem war ihnen nicht klar, dass Nathan vorhatte, ihre einhundertachtzig Ausgaben durch die seinen zu ersetzen. Diese wären bis zu einem gewissen Grad völlig originalgetreu, allerdings sollte in ihnen mitnichten die Botschaft Gottes und seines Mensch gewordenen Sohnes Jesus Christus verbreitet werden, sondern diejenige des Herrschers der Hölle, Nathans Vaters. Dessen Weisheit würden der Gott der Christen und sein Sohn nicht überbieten können, schließlich würde Nathan in seinem Namen und Auftrag die beiden Testamente auf jeweils sechshundertsechsundsechzig Seiten aufstocken. Achtzehn Seiten für das Alte und dreiundzwanzig Seiten für das Neue Testament als Anhang würden vollkommen genügen, um die Lehren Luzifers in die Köpfe der arglosen Käufer zu verpflanzen. Bedachte man ihre geldlichen Aufwendungen für den Erwerb seines Buches, wären dies zweifelsohne vermögende

Menschen von hohem gesellschaftlichen oder geistlichen Rang, so erträumte es sich der Balg. Ihnen wäre es dann ein Leichtes, den Pöbel aufzuwiegeln und auf ihre Seite zu ziehen, die Herrschaftshäuser zu unterwandern und zu stürzen.

Nicht mehr allzu lange, geiferte Nathan im Stillen ein letztes Mal über Gutenberg und Fusts anfängliche Geheimniskrämerei, und der Keim des Bösen würde die Menschheit dahinraffen. Dies erschien ihm so sicher wie das für ihn frevlerische Amen in der Kirche.

XX

Fust und Gutenberg einigten sich auf ihre weitere Vorgehensweise, nachdem sie – beileibe nicht ganz freiwillig – Nathan in das Wissen um ihr neues, womöglich wegweisendes Werk eingeweiht hatten. Die Mitarbeit des Jungen am Druck der Bibelausgaben sollte weit hinausgeschoben werden. Möglichst ohne dass er Verdacht schöpfte, was den wahren Hintergrund ihrer Vertröstungen anging. Unter der Voraussetzung, dass der Balg erst seine Lehre abschlösse, hatten sie ihm hoch und heilig versprochen, das Vorhaben nur mit ihm gemeinsam anzugehen. Vor allem Gutenberg hatte darauf bestanden, Zeit zu gewinnen. Allerlei Begründungen hatten beide vorgeschoben, um Nathan zum Einlenken zu bewegen. Der Ruf der Werkstatt, gar ihr eigener als Verleger und Druckermeister stünde auf dem Spiel, lautete die eine. Eine andere, dass ein Vorhaben dieser Größenordnung nun einmal erfahrener Hersteller bedurfte. Ein grundsicher abgewickelter Vertrieb wäre nicht möglich, wenn übervorsichtige Geschäftspartner den an der Herstellung beteiligten Lehrlingen Anfängerfehler unterstellen könnten, lautete eine weitere.

Kurzum, Nathan musste, und dies vermittelten sie ihm ebenso unnachgiebig wie einleuchtend, für eine handwerkliche Beteiligung erst einmal einen Gesellenbrief vorweisen können. Für die Glaubwürdigkeit des gesamten Vorhabens beim zu erwartenden akademischen oder geistlichen Kreis der Abnehmer wäre dies schlichtweg unerlässlich. Schließlich musste man auf diese zahlungsfähigen Käufer setzen, da den hohen Einlagen von sage und schreibe achthundert Gulden, die Fust mit geliehenem Kapital vorstreckte, am Ende ein deutlicher Gewinn gegenüberstehen sollte. Nur wenn sich dieser Übertrag für die Druckerwerkstatt rechnete, war der Bibeldruck letztendlich auch ein durchschlagender Erfolg, darum mussten Unwägbarkeiten jeglicher Art, wie es ein fehlender Gesellenbrief zweifelsfrei wäre, bereits vor Herstellungsbeginn ausgeschlossen werden.

Eine gewisse Bedenkzeit hatte der Junge im Anschluss verstreichen lassen, ehe er sich der Übermacht an Einwänden beugte.

Also vergingen die nächsten beiden Jahre, in denen sein Meister nur zu gerne jede Gelegenheit beim Schopfe ergriff, Nathan so weit weg wie nur irgend möglich auf Lehrgänge zu schicken. Gleichwohl bekannt war, dass die Mainzer Druckerwerkstatt europaweit die Maßstäbe des Fortschritts in nie da gewesener Form neu bestimmte, ließ sich der Junge darauf ein und tat dies zu aller Erstaunen ohne jedwedes Murren oder Klagen. Vielleicht, wie Gutenberg und Fust glaubten, hatte auch die Möglichkeit, diese Fortbildungen auf seine Wanderjahre als zukünftiger Geselle anzurechnen, Eindruck bei ihm hinterlassen. In jedem Falle hatten beide beteuert, sich dafür einzusetzen.

So weilte Nathan für Wochen und Monate in Leipzig, Straßburg und Prag, in Wien, Basel, Mailand und Venedig. In eben diesen Zeiträumen der Anwesenheit des Jungen kam es zu erschütternden Mordserien in den besagten Städten, die bis heute ungelöst geblieben sind. Einzig der Schrecken und die Gräuel, die die Bewohner mit ihnen verbanden, wurden von Nachkomme zu Nachkomme weitergegeben, bis sie sich im Laufe der Geschichte wieder verloren. Nachdem seine Aufenthalte außerhalb der Stadtgrenzen der Freien Stadt Mainz im Frühjahr 1452 ein Ende gefunden hatten, stellten sein Meister und sein Hausherr ihm den lange ersehnten Gesellenbrief für den Winter nach seinem zehnten Geburtstag am zweiten August in Aussicht. Jedoch vorbehaltlich einer ordentlichen Prüfung durch die Handwerkszunft und ihren Bestimmungen der geltenden Zunftverfassung für den Beruf des Druckers, die am 27. November des Jahres abgehalten werden sollte.

Im März des besagten Jahres 1452 erfolgte weitab dieses Geschehens die Krönung Friedrich III. zum Kaiser des Heiligen Römischen Reiches Deutscher Nation. Mit Nikolaus V. und der Kurie hatte Friedrich III. bereits vier Jahre zuvor das Wiener Konkordat besiegelt, welches die Beziehungen der Habsburger mit dem Heiligen Stuhl regelte. Die Kunde über den neuen Kaiser wurde schnell in alle Teile des Reiches getragen, so erreichte sie auch Mainz.

Dort fragte sich Nathan noch immer verwundert, ob Gutenberg und Fust ihrer Ausreden müde geworden waren oder ihr Misstrauen durch seine fabelhaften Künste der Selbstverstellung vorerst wieder verflogen war. Hauptsache, der Buchdruck konnte endlich in Angriff genommen werden, schlussfolgerte er ernüchtert angesichts zweier vergeudeter Jahre.

In der verbliebenen Zeit bis zum Hochsommer zeigte sich der verschlagene Junge dann von seiner allerbesten Seite. Er bewies verschrobenen Witz ebenso wie Anflüge von Liebenswürdigkeit und Hilfsbereitschaft. Vor allem Fusts Gemahlin Margarete, die Nathan anfänglich sehr zurückhaltend begegnet war, nahm seinen Wandel mit Wohlwollen zur Kenntnis, begann, ihn mit ihrer Herzenswärme zu umsorgen. Es mag erstaunen, aber er legte über den Zeitraum dieser Monate wirklich keine seiner absonderlichen Unarten an den Tag, sodass man fast meinte, er wäre durch höhere Mächte in seinem Geiste geläutert worden. Natürlich war das keineswegs der Fall. Wieder einmal war Nathans Handeln nur berechnend. Er wollte seine Umgebung in Sicherheit wähnen, um dann wieder zuzuschlagen. Fust jedenfalls war tief beeindruckt von seinem allem Anschein nach gereiften Ziehsohne und registrierte freudig die Annäherung, die sich zwischen seiner Frau und dem Jungen vollzog. Sogar seine Sorge um das Gelingen des Druckvorhabens schien er aufrichtig zu teilen. Nicht selten mahnte Fust, wie der Balg vergnügt feststellte, an, dass das Wagnis ungleichmäßig verteilt wäre. Schließlich streckte er als alleiniger Geldgeber große Summen vor, deren Verzinsung wahrlich nicht einfach war, Gutenberg hingegen kümmerte dies wenig, bescheinigte Nathan seinem Meister wenig Anstand. Wer wusste schon, ob ihm ein Zerwürfnis zwischen den beiden, das sich allmählich anbahnte, nicht noch einmal von Nutzen sein konnte? Schon des Öfteren hatte Nathan Gutenberg über die manchmal hochnäsige Art Fusts klagen hören. Häufig ließ ihn der Geldgeber wissen, wer das Sagen hatte. Also konnte es nicht schaden, Gutenberg auf spitzfindige Art und Weise als jemanden darzustellen, der nur allzu gerne die Hand aufhielt, ohne die leiseste Absicht, den großzügig gewährten Kredit abzuleisten. Nathan wollte das Bild des Mannes derart verzerren, dass Fust glauben musste, Gutenberg beanspruchte den ganzen Ruhm für sich allein. Auch Gutenbergs Hang zur Übertreibung in Bezug auf die schlechten Wesenszüge des Balges verkleidete dieser als reinen Neid, der darin gründete, dass der in die Jahre gekommene Druckermeister in handwerklicher Hinsicht nicht mehr mit ihm und seiner veranschlagten Geschwindigkeit mithalten könnte. Wiederholt unterstellte Nathan ihm gar im Meinungsaustausch mit dem Anwalt, seine leitende Stellung in Fusts Werkstatt zu missbrauchen und dass Gutenberg allein es sei, der wiederholt Unfrieden damit stiftete.

Nathans Worte verfehlten ihre Wirkung nicht. Fust wirkte zunehmend verunsichert. Der Junge wusste, wo und wie er bei dem gutgläubigen Mann ansetzen musste. Er verstand es vorzüglich, Zwietracht zu säen.

Die vermeintlich offenen Gespräche mit Nathan auf dem überdachten Vorplatz seines Anwesens bewegten Fust schon bald dazu, ihm einen unvergesslichen Geburtstag zu bereiten. Selbst Gutenberg, der nach wie vor seinen Groll gegen Nathan hegte, konnte er die Zusage für einen Kurzbesuch abringen. So rechneten nahezu alle mit einem stimmungsfrohen Fest voller Freude und Glückseligkeit.

Doch es sollte ganz anders kommen, wobei dieses eine Mal Nathan durchaus in gewisser Hinsicht in Schutz zu nehmen war. Seine Vorfreude war echt, seine Vorsätze im Gegensatz zu sonst nicht die allerschlechtesten. Vielmehr lag es an einem nicht geladenen Überraschungsgast auf dem Anwesen Fust am zweiten August 1452, der sich das Recht herausnehmen sollte, dem geltungssüchtigen Jungen die Aufmerksamkeit seiner Gäste zu stehlen.

XXI

Geschenk um Geschenk packte Nathan aus. Seine Augen strahlten mit der warmen Augustsonne um die Wette. Blumenranken mit kunterbunten Blüten in voller Pracht umgaben ihn von allen Seiten und warfen ein wohliges Spiel aus Licht und Schatten auf ihn. Entzückt über die reichhaltigen Gaben, lächelte er, war sich gar sicher, diesen Tag niemals aus seinem Gedächtnis streichen zu wollen. Freundlich lachten ihn alle an, erfreuten sich an ihm: Fust, seine Frau, ihre Kinder. Vor allem Christine, die Begehrlichkeiten in ihm weckte. Sogar Gutenberg, an diesem Tag ausnahmsweise nicht in seine Arbeitskluft, sondern in eine edle, offen getragene und bis zum Oberschenkel reichende Jacke mit weiten Seitenschlitzen und eine braune, an ein gelbes Wams angenestelte Hose gehüllt, hatte für Augenblicke ein schiefes Lächeln aufgesetzt. Alles erschien vollkommen, der Glanz in Nathans Augen offenbarte tiefste innere Zufriedenheit. Alles war so, wie er es sich nicht zu erträumen gewagt hätte. Hier zeigte sich, dass zwei Seelen in seiner Brust lebten. Auf der einen Seite lauerte das Böse, auf der anderen Seite war er ein Junge, der wie andere Altersgenossen fühlen und erleben konnte. Seine Ohren lauschten, wie es der Zufall wollte, dann einem Gespräch zwischen seinem Meister und seinem Ziehvater. Beim ersten Redner musste es sich um Fust handeln, erkannte er. »Johannes, wer hätte das gedacht, der Junge hat unzweifelhaft Fortschritte gemacht!«

Sogleich gebot Gutenberg äußerste Vorsicht. »Wie so oft sage ich dir: abwarten! Er könnte heute oder morgen schon zurückverfallen in seine leidigen Unarten.«

Das fortwährende Misstrauen seines Lehrmeisters ließ Nathan jedoch am heutigen Tage unberührt, weit mehr Wert maß er Fusts großer Geste bei, ihm dieses wunderbare Fest auszurichten. Fast konnte man meinen, in dem hinterlistigen Balg ein Kind zu sehen, welches nach vielen dunklen Jahren des Kummers die Lebensfreude und die unstillbare Hoffnung wieder für sich entdeckte. Doch nur fast, denn um bei der bitteren Wahrheit zu bleiben, war er freilich nicht mehr als ein weit vom rechten Weg abgekommener Heranwachsender, der sich für Momente, in denen er allein im Mittelpunkt stand, tugendhaft zeigte.

War dies ein Neuanfang? Sollten nun alle Feindseligkeiten der Vergangenheit angehören? Die steten Zweifel, die Gutenberg ihm entgegenbrachte? Fusts gelegentlich verunsichertes Verhalten in seiner Nähe? Die große Distanz, die die Familie seines Ziehvaters ihm gegenüber in den ersten Jahren seines Aufenthalts bei ihnen zeigte? Sollte alles Übel jetzt vergessen sein? Nichts stand dem von seiner Seite aus mehr im Wege. Sollte er seiner Bestimmung abschwören, dem Versprechen seinem Vater gegenüber wortbrüchig werden? Sollte er sein Werk loslassen und ein neues, ein besseres Leben beginnen? Er musste nur den ersten Schritt tun, glaubte er. Im Hier und Jetzt zu leben, hatte auch seinen Reiz, indem man Momente wie diesen genoss, gemeinsam mit den anderen. Es wäre ein Geben und Nehmen, wobei das Nehmen selbstverständlich im Vordergrund stehen sollte, spaßte er in Gedanken, während ungeahnte Gefühlsregungen in ihm aufstiegen und er die Zeit nahezu vergaß.

Ah, noch ein Geschenk, dachte er, als ihm schlagartig ein rotes Päckchen, das mit einer gelben Kordel verschnürt war, von hinten vor die Nase gehalten wurde, sodass er zuerst nichts als das Päckchen sah. Sein Herz zersprang fast vor Glück, als er sich umschaute.

Freudestrahlend erkannte er Fust in seinem Rücken, nickte höflich zum Dank. Ihm war zumute, als könnte dieser eine himmelhochjauchzende Moment nie vergehen. Bis er bemerkte, dass sein Ziehvater geradewegs an ihm und dem roten Päckchen vorbeischaute.

Wieder drehte er sich um, diesmal eher neugierig denn selig.

Wie aus heiterem Himmel war das Päckchen jetzt von zwei Händen umschlossen. Eine davon wanderte nun an ihm vorbei, schüttelte mit festem Druck die Fusts.

Ehrfürchtig sah Nathan jetzt an den den Händen zugehörigen Armen hinauf und erblickte einen dunkelblonden, bärtigen Mann, den er auf Ende zwanzig schätzte. Von allen Anwesenden wurde dieser umringt und mit Fragen überhäuft. Von Nathans Besuch, den Gästen seines Geburtstags, des ersten runden Geburtstages. Der Balg bestaunte die gediegene Bekleidung des Mannes aus langem, schwarzem Überwurf, den Tappert, das blassgelbe Wams mit gezaddeltem Saum, das weiße Leinenhemd, die angenestelte rote Hose, die braune Schamkapsel, den schmalen Gürtel mit Gürteltasche und den Dolch, während er seinen Kopf senkte und bis zu den dunkelbraunen Schnabelschuhen des Fremden schaute.

Gleichzeitig drangen wie aus der Ferne durchdringende helle Töne in sein Innerstes. Im Durcheinander seiner nie gekannten Gefühlsanwandlungen, die sich jetzt jäh von unbeschwertem Glück in maßlose Enttäuschung und rasende Eifersucht wandelten, tat er sich sehr schwer, bis er die Laute Fust zuordnen konnte. Wie in seinem schlimmsten Albtraume spitzte sich mit seiner Stimme Schall die Verwirrung des Jungen zu.

»1425 wurde er in Gernsheim geboren, dort haben sie einen ihrer fähigsten Bürger an uns Mainzer verloren! Einst war er an der Erfurter Universität eingeschrieben, der junge Mann hat eine hohe Geisteskraft und lernte nahezu jedes akademische Gebiet lieben. Auch an der Sorbonne war er Student, wetten, dass ihn auch in unserem schönen Mainz bald ein jeder kennt?«, rauschte es an Nathans Ohr vorbei. »Er war später im zweihunderttausend Einwohner zählenden Paris Schreiber und Kalligraf, wahrhaft, kein anderer ihn in seinem Handwerk übertraf! Bei uns wird er schon bald als Typograf und Drucker tätig …«, Fust blickte schmunzelnd zu seinem Gast, »… ich hoffe nur, du bist mir in den Gehaltsverhandlungen gnädig!«

Unbeholfen versuchte Nathan, sich von dem grellen Echo jeder Silbe abzuschirmen, während die Aufmerksamkeit und Zuneigung aller anderen weiterhin dem unerwarteten Besucher zuflogen. Der Mann war Peter Schöffer, Ziehsohn Fusts, lange bevor Nathan auftauchte. Eine kleine Weile verging, bis Nathan sich mit schmerzverzerrtem Gesicht ruckartig aufrappelte und schier unmenschliche Schreie von sich gab. Ein jeder musste seine Pein, seine Schmach erkennen, malte er sich aus. Ein jeder musste sich gefälligst augenblicklich wieder ihm zuwenden, und wäre es aus purem Mitleid. Dieser Mann musste mit Missachtung gestraft werden, so wie es für einen ungeladenen Gast an diesem Tage sein sollte. Als sich seine Sinne wieder auf die Umwelt einstimmten, begriff er mit großem Widerwillen, dass sein verzweifeltes Flehen nicht erhört worden war. Ein weiteres Mal hatte er seinen Willen nicht bekommen. Sich verstört umsehend, fand er sich mutterseelenallein auf dem Vorplatz wieder. Alle Gäste hatten sich verzogen, ihn sich selbst überlassen. Musik ertönte bis in den Garten. Er beobachtete sie durchs Fenster zum Festsaal. Ausgelassen und frohlockend tanzten sie, lachten, labten sich an den Speisen und Tränken, die Fust für ihn vorbereiten ließ. In ihrer Mitte war der ungebetene Besucher im Mittelpunkt des Geschehens. Genau dort, wo der angestammte Platz Nathans an diesem Tag hätte sein sollen. Stattdessen war er vor dem Haus sich selbst überlassen und niemand scherte sich um seinen Verbleib. Unbändige Wut stieg in ihm hoch, grenzenloser Zorn. Ein weiteres Mal verschwand das Stahlblau in seinen Augen und wurde von tiefstem Schwarz verdrängt. Keine fünf Minuten später hatte Nathan den gesamten Vorplatz verwüstet und zerlegt. Zerstückelte Dielen lagen nach seinem Tobsuchtsanfall verstreut auf dem mit seinem Speichel benässten Boden. Einzelne Bretter ragten in die Höhe. Fuchsteufelswild hatte er alles kurz und klein geschlagen. Noch immer ohne Beherrschung seiner Zerstörungslüste, schaute er abermals zum Festsaalfenster hinüber. Entsetzte Gesichter starrten ihn an, Margarete Fust standen Tränen in den Augen, alle machten sich auf seinen nächsten Ausbruch gefasst.

XXII

Fust war es gelungen, den tobenden Jungen zu beruhigen. Später, als Nathan wieder bei Sinnen war, hatte er ihm zudem ordentlich die Leviten gelesen. Nathan hatte sich zwar äußerlich wieder besänftigen lassen , aber er bündelte seine Gedanken und Bemühungen fortan wieder allein auf die Arbeit in der Druckerwerkstatt, gleichwohl er zu seinem Ärgernis anerkennen musste – und dies mitnichten neidlos, versteht sich –, dass ihm Schöffer in Bezug auf Talent und Fingerfertigkeit durchaus ebenbürtig war. Gezwungenermaßen versteifte er sich nächtens also auf die Anfertigung seiner eigenen Bibelausgaben und kam gut und schnell voran. Er bearbeitete die Bibeln einzeln und mit großer Sorgfalt. Immerhin war es nunmehr sein einziger Halt, seiner Bestimmung gerecht zu werden. In seinem Bedürfnis nach menschlicher Zuwendung und Nähe hatte er eine maßlose Enttäuschung erfahren müssen. Nun lag sein Weg wieder klar vor ihm. Dass er sich überhaupt solchen Albernheiten hingegeben hatte, ärgerte ihn gewaltig. Freilich konnte Nathan nicht wissen, dass diese Verletztheit, die bei ihm in Zerstörungswut ausgeartet war, nicht mehr, aber auch nicht weniger als einen natürlichen menschlichen Wesenszug darstellte. Aus Zurückweisung konnten Bitterkeit und auch Hass entstehen. Darüber hinaus hatte er feststellen müssen, dass sein Grad an Beliebtheit innerhalb seines persönlichen Umfelds nicht nur seinen missmutigen Launen entsprechend sehr wechselhaft war, sondern im Beisein bestimmter Personen wie Gutenberg oder Schöffer gar gegen null sank. Während das Buhlen um Gutenbergs Gunst längst zwecklos war, konnte er Schöffers Vorbehalte ihm gegenüber in gewisser Weise nachempfinden, denn ihre Bekanntschaft hatte für beide von Anbeginn an unter nicht allzu guten Vorzeichen gestanden und er hatte ihn gleich als Gegner eingestuft. Fusts Gemahlin, die ihn in den vergangenen Monaten in ihr Herz geschlossen zu haben schien, mied den Jungen nun ebenfalls wieder, wie er bemerkte.

Folglich blieb ihm nur noch Fust, der sich mittels gepfändeter Gehaltszahlungen zwar den durch seinen Wutausbruch entstandenen Schaden auf Heller und Pfennig zurückholte, gleichzeitig aber darauf beharrte, entgegen allen Warnungen seitens seiner Familie, Nathan weiterhin bei sich zu beherbergen. Was in dem Balg jedoch weitaus größeren Widerwillen hervorrief, war eine sich anbahnende Liebelei Schöffers mit Fusts Tochter Christine. Es war nicht so, dass Nathan heimlich aufrichtige Gefühle für sie gehegt hätte, die seine Eifersucht begründen könnten, nein, er gönnte sie Schöffer schlicht und einfach nicht. Diesem Einschmeichler, der sich nicht nur in Fusts Heim und Christines Herz einen Weg bahnte, sondern sich auch noch, wie es ihm beliebte, in der Werkstatt breitmachte. Bei genauer Betrachtung, so gestand er sich ein, verfügte Fusts Tochter über alle Wesensmerkmale eines vorzeigbaren Eheweibs, schließlich war sie gefällig anzusehen und in den gewissen Kreisen, auf die es ankam, durchaus vorzuzeigen. Sie war wie gemacht für ein Leben an seiner Seite. Nur an seiner Seite. Ähnlich wie er es bei Gutenberg tat, begnügte sich der heimtückische Balg allerdings vorerst damit, seinen Rivalen bei jeder sich bietenden Gelegenheit schlechtzumachen. Entgegen seinen Erwartungen stieß er mit dieser Vorgehensweise bei Fust aber auf taube Ohren. Der Geldgeber ließ sich nicht beirren und hielt weiter große Stücke auf Schöffer, was er für Nathans Geschmack eindeutig zu oft kundtat. Der Moment würde kommen, in dem auch der vertrottelte Fust sähe, dass er auf das falsche Pferd setzte, war er sich ohne den Hauch eines Zweifels sicher. Jedes Widerwort seitens des Fürsprechs war im eigentlichen Sinne gleichzusetzen mit Verrat, den er bitter bezahlen würde. Christines Unentschlossenheit hingegen konnte er zunächst geschickt für sich nutzen, denn das verwöhnte Töchterchen aus reichem Elternhause war schon bei der Vorauswahl ihrer Verehrer sehr anspruchsvoll. Obgleich sie für Nathan unverhältnismäßig oft zu Tische oder sonst wo in den höchsten Tönen von Schöffer sprach, glaubte sich der Junge, seiner blenderischen Begabung sei gedankt, entscheidend im Vorteil. Er würde sie besitzen, wann immer er es wollte. Sie konnte Schöffers Bemühungen im Großen und Ganzen durchaus zugeneigt sein, den seinen würde sie augenblicklich erliegen, wenn er es wollte und darauf anlegte. Fusts Töchterchen würde sich nicht lange zieren, dachte er sich in seiner Selbstüberschätzung und glaubte, dass sie sich nach etwas sehnte, das Schöffer ihr niemals bieten konnte: Zügellose fleischliche Lust und bedingungslose Begierde, wie sie nur in den nie versiegenden Feuern der Hölle zu genießen waren und so auch bald auf Erden. Wenn sein Vorhaben von Erfolg gekrönt sein würde, was für den anmaßenden Balg völlig außer Frage stand. Sie würde ihm für immer und ewig gehören.

XXIII

An einem herrlichen Sonnabend im Frühherbst, als das goldbraune Laub langsam und in kreiselnden Bahnen von den Bäumen heruntersegelte und die Luft mehr und mehr auffrischte, brachen Schöffer und Christine, sehr zum Ärger Nathans, in angeregtem Gedankenaustausch zu einem ausgedehnten Spaziergang in die malerische Natur des Umlandes auf. Schnell ließen sie Fusts Garten hinter sich, folgten einer zauberhaften Prunkstraße mit Rotahornbäumen, die gerade im Auftrag der Stadtherren gestutzt wurden, vergaßen die Zeit und fanden sich unversehens am Westufer des Rheins wieder, unweit der östlichen Stadtgrenzen. Sie verweilten jedoch, sich immer noch der Anregung ihres Gesprächs erfreuend, nicht lange und brachen auf nach Norden. So durchschritten sie das vom Rhein zurückgewichene, sich weit ausdehnende Ufervorland. Christine tat dies barfuß und beschwingt von Schöffers Gesellschaft und der sich anbahnenden Nähe zwischen ihnen. Sie trug ein fliederfarbenes kurzes Leibchen mit weißem Schalkragen und engen Ärmeln, die bis tief über den Handrücken fielen, bis zum hochgesetzten breiten Gürtel. Ihr weißes Unterkleid schimmerte in der Bewegung wiederholt unter ihrem beigefarbenen faltenreichen Rock hervor, ebenso ihre knielangen braunen Strümpfe. Die teuren Stoffe auf ihrer Haut untermalten ihre frauliche Figur mit atemberaubender Gefälligkeit, sehr zur Freude Schöffers. Christines Haarsträhnen flatterten mit jeder kleinen Böe vor ihrem Gesicht, immer wieder aufs Neue verschaffte sie sich mit ihren zarten Fingern freie Sicht und schmachtete ihren Begleiter dabei mit ihren großen Augen an. Schöffer konnte seinen Blick nicht nur in diesen Momenten kaum von ihr lassen.

Später erreichten sie den Rand des Mainzer Beckens, das von einer sich anschließenden Hochfläche begrenzt war, genossen die Aussicht und erörterten alle Nebensächlichkeiten und Belange, die ihnen gerade durch den Kopf geisterten. Auf dem Rückweg gestanden sie sich gegenseitig ein, dass sie die gemeinsamen Stunden fortsetzen und vertiefen wollten, gemächlich machten sie sich auf zum Anwesen von Christines Vater. Beide wussten insgeheim längst, auch wenn sie dieses Gefühl nicht in Worte fassten, ihre Seelen waren verwandt, miteinander verbunden und füreinander in einem anderen Leben begegnet.

Sie hatten nichts von der Verfolgung Nathans bemerkt. Eine solche Möglichkeit war ihnen schlicht und einfach nicht in den Sinn gekommen, genauso wie alles Unbedeutende weit in den Hintergrund getreten war, während sie sich einzig und allein ihres Lebens erfreuten. Vor Christines Zimmer verabschiedeten sie sich mit einem Kuss, der gleichermaßen zärtlich wie innig auf die Lippen des anderen gehaucht wurde.

»Du, Christine, hast mein Herze geweckt, ich habe sein Schlagen für dich lange genug versteckt!«, bekannte Schöffer. »Deiner Augen Strahlen voller Mut und Hoffnung lässt mich verweilen in tiefster Anbetung.«

Christines Gesicht flammte ob Schöffers Geständnisses auf. Sie hatte es seit seiner überraschenden Ankunft, bei der sie sich bereits in ihn verliebte, flehentlich herbeigesehnt und verlieh nun auch ihren Empfindungen Ausdruck. »Oh, Peter, mein Herz zerspringt fast, wenn ich dich seh, ohne dich ich vor Sehnsucht noch vergeh.« Sie nahmen einander an den Händen und hielten sich fest. Vor lauter Glück hätten sie auf ewig so verweilen können, während ihre Blicke ineinander ruhten. Dann verabschiedeten sie sich für die Nacht, wohlwissend, sie würden ihre Wege von nun an gemeinsam beschreiten.

Nathan, der vor Wut kochte, lauerte auf den unteren Stufen der Treppe zum ersten Stockwerk des Gebäudes auf das Ende der ihm schier unergründlichen Liebschaft, zumindest das Ende für den Moment. Mit Schöffers Verschwinden und dem Verschließen der Tür Christines nach den letzten sehnsüchtigen Blicken beider schlich er sich Stufe um Stufe nach oben und schaute sich um. Gleich darauf horchte er an Christines Tür. Beinahe wäre er eingetreten, hätte sich einfach genommen, weswegen er gekommen war und was ihm seiner Meinung nach zustand. Beinahe hätte er seiner Wollust nachgegeben. Noch immer der festen Überzeugung, sein Begehren würde geteilt und würde auf Gegenseitigkeit beruhen, drangen plötzlich andere, ihm völlig unverständliche Worte und Sätze an sein Ohr. Nicht dass er sie nicht gehört hätte, nein, Fusts Tochter äußerte sich klar und deutlich, wenn auch in jeder Silbe Schall aus ihrem Mund zugleich ihr Herz mitzuschwingen schien. Das, was Nathan nicht verstand, war der Inhalt dessen, was er vernahm. Auf dem Bett in ihrer Stube liegend und aus einem Buch vorlesend, nahm Christine im Gegensatz zu ihrem Zuhörer die Worte in sich auf, ließ sie in sich wirken. Sie genoss ihre Weisheit, nur zu gerne wollte sie ihren Sinngehalt ausleben.

Es waren folgende Worte, die Nathan vernahm: »Die Liebe ist langmütig und freundlich, die Liebe eifert nicht, die Liebe treibt nicht Mutwillen, sie blähet sich nicht, sie stellet sich nicht ungebärdig, sie suchet nicht das Ihre, sie lässt sich nicht erbittern, sie rechnet das Böse nicht zu, sie freuet sich nicht der Ungerechtigkeit, sie freuet sich aber der Wahrheit; sie verträgt alles, sie glaubet alles, sie hoffet alles, sie duldet alles.«

Erst im Anschluss an diese Sätze konnte Nathans Hirn das Vernommene verarbeiten. Und was er hörte, gefiel ihm ganz und gar nicht.

»Ach ... Paulus' erster Brief an die Korinther spricht mir aus der Tiefe meiner Seele. Auf dass ich vor Peter meine Gefühle nie verhehle!«

Angsterfüllt schreckte Nathan von der Tür zurück.

Wie Donnerschläge, wie ein Wortgewitter rumorte es in seinem Schädel, es fühlte sich an, als könnte er jeden Augenblick mit jeder weiteren Entladung zerplatzen. Der Satz ›Paulus' erster Brief an die Korinther‹ blitzte immer wieder vor seinem geistigen Auge auf, derart grell, dass er schreien wollte, sich in eine Ecke kauern, in einer Ritze verstecken wie das Insektengetier auf der Flucht vor dem übermächtigen Fuße, der es zerstampft. Der Fuß waren in diesem Fall die Lehren der Heiligen Schrift, Gottes Worte, die verhasste und mehr und mehr beängstigende Kraft, die aus ihnen sprach. Nathan überkam jetzt die Furcht, dem Ende der Allgegenwärtigkeit seiner Macht beiwohnen zu müssen, während Christine, unwissend und ungeachtet seiner Pein, in ihrer Betörung ihre eigenen Gedanken weiterführte.

»Frei wie der Wind durch meiner Seele Gefieder, trägt mich die Sehnsucht immer wieder in deine Arme nieder. Die Liebe zu dir lässt mich verletzbar und unsicher zurück, so wie mein Traum von dir, der Traum vom Glück. Sie lässt mich andächtig schweigen, über den Zauber, der nur dir ist zu eigen. Sie lässt mein Herz wilder schlagen, als könnte es mit deinem Lächeln versagen. Ich weiß schon jetzt, ich werde dich bis in alle Zeit lieben, auch wenn unsere schönsten Momente noch vor uns liegen. Du …nur du sollst meine Liebe sein und ich …ich auf ewig dein!«

Wieder einmal waren ihm nun fürs Erste Grenzen aufgezeigt worden. Er war machtlos gegen das menschliche Gefühl der aufrichtigen Liebe; diese, gepaart mit biblischen Weisheiten, vernebelte seine Sinne. Rücklings trottete er in Richtung Treppenhaus. Die oberste Stufe verfehlend, stieß er ins Leere, fiel unter Gepolter und sich mehrmals überschlagend hinunter und verlor, einen letzten Blick zur Zimmertür Christines werfend, für drei Tage und drei Nächte das Bewusstsein. Man fand ihn noch am ersten Tag und bestellte einen Doktor, der infolge des Sturzes ganze sieben Knochen in seinem Leib wieder einzurenken hatte und der sich später, nachdem der Balg sich wieder erholt hatte, in der ganzen Stadt mit einer nie wieder gesehenen Wunderheilung aufspielte. Der verteufelte Junge jedenfalls hatte erst einmal genug von Christine. Seine weiteren Ziele beschränkten sich von nun an auf seine verdammten Drucke, sein Teufelswerk. Auch hierbei stellte sich ihm der in seinen Augen widerliche Aufschneider Schöffer weitaus mehr in den Weg, als ihm lieb sein konnte. Es war nicht so, dass er irgendeine Ahnung hätte, womit sich Nathan nachts beschäftigte, nein, Schöffers Ansehen in der Werkstatt bei Meister Gutenberg ebenso wie bei den Gesellen und den übrigen Handlangern wuchs mit jedem Tag. Ebenso, wie Nathans Beliebtheit, um die es seit eh und je nicht gerade gut bestellt war, weiterhin sank.

Ein Fanal musste her, das unwiderruflich darlegte, wer den Ton angab, Nathan oder Schöffer, wer in seinen Fertigkeiten untergestellt war und wer das

Maß aller Dinge des Druckerhandwerks verkörperte. Wobei Nathan bereits seit einiger Zeit den Verbesserungen der Buchstaben in fachlicher und künstlerischer Sicht neiderfüllt begegnete und mit denen sich, wie jeder wusste, eindeutig Schöffer rühmen konnte. Nathans Vorschläge waren, wohl da sie stets überheblich und neunmalklug vorgetragen wurden, bislang auf wenig Gegenliebe gestoßen, geschweige denn in das Druckverfahren eingebaut worden. Der Balg musste Schöffer zudem zugestehen, selbst Gutenberg als Typograf und Drucker zu übertreffen. Die Meßlatte, dies musste er unumwunden zugeben, lag also sehr hoch. Dennoch, ein Wettkampf musste her, ein alles abfordernder Vergleich der Fähigkeiten. Er würde ihn herbeiführen, scheinbar zufällig, verstand sich, und als Sieger hervorgehen. Ein anderes Ergebnis konnte gar nicht zustande kommen, Schöffer würde, nein, er musste abgeschlagen zurückbleiben und ihm hernach die Ehre erweisen, unter seiner Leitung in der Versenkung zu verschwinden. Und die Arbeiterschaft Gutenbergs? Sie alle sollten ihm nach seinem Triumph untertänig zu Füßen liegen, zu Füßen eines Überfliegers in der Kunst des Druckerhandwerkes, zu Füßen desjenigen, der dereinst an der Seite des Throns ihres neuen Königs, ihres allmächtigen Herrschers Platz nehmen würde. Der sie die unbestrittenen Vorzüge der Gesetzlosigkeit lehren würde, und der sie jederzeit, ganz wie es ihm beliebte, von der Erde tilgen könnte.

Auf den Tag genau eine Woche später sollte sich dieser ›Zufall‹ tatsächlich zutragen, nachdem der Balg am Vortag einen der Handlanger mit fünf Gulden bestochen hatte, ihm einen kleinen Dienst zu erweisen. Die Druckbuchstabenherstellung für einen Ablassbrief stand auf der Tagesordnung. Vermeintlich aufs Geratewohl hin machte sich Nathan schon bei Arbeitsantritt am frühen Morgen neben Schöffers Arbeitsplatz breit, gesellte sich siegessicher zu seinem Erzfeind.

»Seht, seht nur her, Peter und Nathan Seit an Seit, jetzt und sofort zu einem Wettstreit bereit!«, rief nun der Nathans Gaben zugeneigte Arbeiter. »Wir alle wissen, beide lassen es nicht an Begabung missen. Wessen Geschick das des anderen übertrifft, wollen wir heute sehen! Wer wird wohl den Vergleich als Erster bestehen?«

Schöffer blickte unbeeindruckt in die versammelte Runde, die sich in seinem und Nathans Rücken bildete. Eigentlich hatte er derlei Ausscheidungskämpfen wenig entgegenzubringen. Wäre ihm nicht gerade beim Anblick Gutenbergs dessen aufmunterndes Zunicken begegnet, er hätte den Teufel getan, seine Arbeitskraft im Vergleich mit einem Halbwüchsigen auszutesten. Dennoch wusste er genau, worauf Gutenbergs Kopfnicken anspielte: Nathan, den er genauso wenig mochte wie der Druckermeister selbst, sollten seine Grenzen aufgezeigt werden, was ihm durchaus zusagte. Warum also nicht? Das Vertrauen in seine Fertigkeiten war über jeden Zweifel erhaben, selbst wenn er sich nicht, wie es bei Nathan der Brauch war, ständig deswegen aufspielte.

Ein letztes Mal trat er mit Gutenberg in Augenkontakt, um sich zu vergewissern, in dessen Interesse zu handeln. Der Druckermeister nickte erneut. Der Wettstreit konnte beginnen.

»Auf, auf, ans Werk, ihr zwei, Sieger ist, wer am Weitesten ist gegen halb drei, dem Zweiten gebührt die Ehre, die Werkstatt zu kehren! Ich hoffe, er zieht daraus die richtigen Lehren!«, gab Gutenberg höchstselbst den Startschuss.

Während in einer Mainzer Werkstatt zwei unbestrittene Könner ihres Fachs auf Biegen und Brechen ihre Kräfte miteinander maßen, quälte sich ob seiner körperlichen Gebrechen ein betagter Mann die letzten Meter bis zu den Toren der Stadt den Weg entlang. Er war gewandet in eine schwarze Soutane, abgeschlossen vom weißen Kollar am Hals und umschlossen von einem schwarzen Zingulum an der Taille. Das schwarze Birett mit karminroter Quaste auf seinem Haupt deutete auf eine Stellung als Monsignore oder Protonotar hin.

In seinem Fall aber traf dies nicht zu. Es musste eine andere Bewandtnis um die Farbe seiner Quaste haben, denn er war mitnichten päpstlicher Prälat.

Endlich an den Stadttoren angekommen, erinnerte er sich seines ihm heiligen Versprechens an sich selbst, welches ihn den langen Weg von Rom, der Ewigen

Stadt, hierher in Angriff hatte nehmen lassen. Nach zwei endlosen Jahren, in denen er auf seine Aufgabe vorbereitet wurde, um, ehe der Herr ihn zu sich rufen würde, seinem Schwur gerecht werden zu können.

XXIV

Es ratterte und krachte, es knallte und polterte gegen zehn vor halb drei in der Werkstatt, sodass man meinte, eine ganze Heerschar von Druckern arbeitete bis zum Rande der Erschöpfung. Tatsächlich aber hasteten nur zwei Personen in schier unglaublicher Geschwindigkeit von Gerätschaft zu Gerätschaft. Die Bewegungen der einen Person, eines gestandenen, stattlichen Mannsbilds, gingen wie aus einem Guss ineinander über, wieselflink und gewandt. Fast so, als wäre ihm die Kenntnis jedes Arbeitsablaufs für sich bereits in die Wiege gelegt worden. Für alle Beobachter, die sich etwas abseits des Geschehens aufhielten und die Ereignisse stumm und staunend verfolgten, stand ohne jeden Zweifel fest, der Mann beherrschte sein Handwerk wie kein anderer.

Womit das Schaffen der zweiten Person, eines mageren Hänflings im Alter von zehn Jahren, zumindest in Hinsicht auf ihr durchaus als sehr fortgeschritten anzusehendes handwerkliches Geschick nicht geschmälert werden sollte. Zog man jedoch die fehlende Rücksichtnahme der halben Portion in Betracht, welche sie sich wiederholt leistete, so war ihr Ansehen sehr schnell wieder verspielt. Kreuzten sich die Wege der beiden Handwerker, was in den eng bemessenen Räumlichkeiten der Werkstatt nicht zu vermeiden war, drängte sich Letzterer stets vor, schubste oder stellte seinem Wettbewerber hundsgemein ein Bein.

Den Preis für den Redlichsten würde er also nicht gewinnen am heutigen Tag, dem 27. November, während sich draußen vor den Türen die kalte Wintersonne mühte, den festgefrorenen Schnee zu schmelzen, so viel war klar. Doch sollte es dem Hänfling namens Nathan Tanner gelingen, in Kürze als Erster seine Aufgabe bewältigt zu haben, dank seines ungebührlichen Betragens? Fürwahr, es wäre äußerst beschämend für ihn, hier und jetzt als geschlagener Zweiter zu enden.

Allerdings machte es ganz eindeutig den Anschein: Bei ihm waren noch ganze zwei Blätter des elfseitigen Ablassbriefes unbearbeitet, bei Erstgenanntem hingegen, Peter Schöffer, war die letzte und damit abschließende Seite bereits im Satz und Druck.

Auch einer weiteren, am Wettstreit gänzlich unbeteiligten Person, die vor Kurzem von Gutenberg mit festem Händedruck in Empfang genommen worden war, entgingen Nathans unziemliche Verhaltensweisen nicht. Der Mann, der in eine kurze Schecke mit Stehkragen, reich gefalteter Rückenpartie, wattierter Brust und ebensolchen Oberarmen gehüllt war, schrieb eifrig mit einer Schreibfeder in seiner Linken Vermerk um Vermerk auf einem kleinformatigen Papierbogen nieder, den er in der rechten Hand hielt. Gleichzeitig begutachtete er sowohl des Jungen Handgriffe als auch sein Gebaren. Sehr schnell schien er zu einem eindeutigen Schluss in Bezug auf den Grund seines Erscheinens gekommen zu sein und besprach sich sogleich ausführlich mit Gutenberg, der den Eindruck machte, dieselbe Meinung zu vertreten.

Mit einem Mal trat Gutenberg aus der Gruppe der Gesellen und Handlanger heraus. Seit geraumer Zeit hatte er sowohl Schöffers Überlegenheit und Vorsprung als auch Nathans Beeinflussungsversuche beobachtet. Er sah sich bestätigt, denn schon vor dem Zweikampf der Drucker war er sich sicher gewesen, dass sich der Junge nicht an die Regeln des Anstands halten würde. Insofern war es für ihn ein glücklicher Zufall, dass ausgerechnet heute der Wettkampf das wahre Wesen des Balgs ans Licht brachte, was wiederum nicht ganz zufällig geschah, immerhin hatte Gutenberg einer seiner Gesellen auf die Bestechung Nathans hingewiesen. Es war derselbe, der Nathan vorgegaukelt hatte, die Übereinkunft, die er mit ihm getroffen hatte, geheim zu halten. Auf Anraten seines Meisters hatte der Handlanger dann am heutigen Tag dem Willen Nathans entsprochen und den Wettstreit ausgerufen. Hinter dem Rücken des Balgs ging Gutenberg jetzt zu Schöffer hinüber und flüsterte ihm etwas ins Ohr.

Daraufhin schien Schöffer plötzlich Schwierigkeiten beim Satz zu haben. Metall rieb aneinander. Offensichtlich war der Setzkasten mit Druckbuchstaben verklemmt. Seine Fingerfertigkeit musste ihm wohl unerwartet einen Streich gespielt haben.

»In Herrgottsnamen, die Buchstaben sind ineinander verkeilt, welcher Anfängerfehler hat mich da nur ereilt?«, fluchte er mit einem Anflug von Zweideutigkeit in seiner Stimme. »So weit war ich vorne gelegen, jetzt muss ich mich beeilen und den Druck neu auslegen!«

Nathan, der bis eben vollkommen in seine Arbeit vertieft war, schöpfte augenblicklich neue Hoffnung. Von nun an überschlug er sich beinahe in seinen Handgriffen.

Schöffer stellte indes, von seinem Wettstreiter unbemerkt, seine Arbeit ein. Hochachtungsvoll klopfte ihm Gutenberg auf die Schulter, während die restliche Arbeiterschaft angeregt tuschelte. Der unbekannte Mann in ihrer Mitte hielt sich weiterhin äußerst bedeckt im Hintergrund.

»Zwei Minuten verbleiben! Zwei Minuten, die Druckfarbe aufs Blatt zu reiben«, trieb der Druckermeister Nathan an, seinen Rückstand wettzumachen.

Daraufhin schritten er und Schöffer zur Arbeiterschaft. Jeder Einzelne begegnete Schöffer unverzüglich voller Hochachtung, am meisten derjenige, der scheinbar gierig die Hand aufgehalten und seinen Meister insgeheim eingeweiht hatte. Im Einvernehmen mit Gutenberg hatte Schöffer sich entschlossen, Nathan seinen Triumph zu lassen. Allerdings nur insoweit, wie er ihn alles in allem auch verdiente.

»Hört, Männer, Feierabend für heute, jeder von

euch weiß, dass Peter diesen Vergleich nicht scheute!«, resümierte Gutenberg die Geschehnisse des Tages vor der Runde, während der Balg, völlig in sein Tun versunken, hin und her schnellte. »Jeder von euch hat spätestens jetzt erkannt, der Junge gehört aus diesen Räumen fortgebannt!«

Gleich darauf verließen alle bis auf Gutenberg die Werkstatt, nachdem sie Nathan letztmalig mitleidig und mit großer Befremdung gemustert hatten. Der Druckermeister verweilte als einziger noch einen Augenblick lang auf der Türschwelle. Anstand und Sitte wird dieser Junge niemals annehmen, befand er richtig. Mein Gott, allein aufgrund seiner Fingerfertigkeit könnte er zahllose Lobpreisungen einheimsen, wenn er sich nur maßvoll benähme. Die Anerkennung, die er so flehentlich herbeisehnt, verdirbt er sich immer wieder durch sein Betragen. Mitleidig wandte er seinen Blick vom Jungen ab und zog die Tür hinter sich zu.

Eine gute halbe Stunde später hatte Nathan seine Arbeit abgeschlossen. »Bejubelt jetzt den Sieger! Habt kein Mitleid mit dem Verlierer!«, schrie er überglücklich hinaus, drehte sich in alle Richtungen und blickte schon bald sehr verwundert drein. Angesichts der verlassenen Werkstatträume begriff er, dass er seinen Triumph mit keinem teilen konnte. Niemand schüttelte anerkennend seine Hand, niemand machte ihm seine Ehrerbietung. Ein weiteres Mal verdammte er Schöffer, da klopfte es unvermittelt an der Tür. Frohlockend befreite sich Nathan augenblicklich von seinem Selbstmitleid. Es war doch jemand erschienen, um ihm die Hand zu reichen, meinte er.

»Wer ist hier, wer ist hier, mir die Aufwartung zu machen? Wer ist hier, zu teilen meines Sieges Freud und Lachen?«, erbat er Aufklärung über den Namen des Besuchers.

»Gerald Härmelin hier! Mir zur Seite steht dein Meister Gutenberg. Wir sind gekommen, um dir das Ergebnis deiner Gesellenprüfung zu übermitteln, du Zwerg!«

Nathan fehlten die Worte. Wie erstarrt stand er da, während sein Hirn die Neuigkeit verarbeitete. Die Zulassung als Drucker durch die Handwerkszunft, geisterte der zündende Gedanke durch seinen Schädel, natürlich, der 27. November, Tag der Prüfung, ganz so, wie Gutenberg und Fust es ihm im Vorfeld seines Geburtstages mitgeteilt hatten. Nun gut, dachte er, wenn der Prüfer am heutigen Tag zugegen war, durfte kein noch so geringer Zweifel daran bestehen, dass er bestanden hatte. Wohl sogar mit Auszeichnung, täuschte ihn seine Selbstüberschätzung ein weiteres Mal.

Mit einem wonnigen Strahlen im Gesicht öffnete er nun die Tür und wies den beiden Herren den Weg in die Werkstatt. »Herein, herein, haben Sie, werter Herr Härmelin, meinen ungefährdeten Sieg mit angesehen?«

Gutenberg und Gerald Härmelin traten ein, dabei

tauschte der Prüfer der Zunft letzte Blicke mit dem Druckermeister. Hernach beschaute er den Jungen eingehend, obgleich er jedwede ablehnende Gebärde, während Nathan unbeherrscht von einem Fuß auf den anderen hin und her tänzelte, noch vermied.

»Verzeihen Sie mir meine Schuld, edler Mann, aufgeladen durch meine Ungeduld, dass ich nicht warten kann …«, drängte der Junge in freudiger Erwartung.

Angewidert von der Geltungssucht des Balges, unterbrach ihn der Prüfer: »Eine Schande stellst du dar für unsere Zunft, dein gesamtes Handeln war wider unseres Ehrenkodex', wider jeder Vernunft! Du bist nur auf deinen Vorteil erpicht, dergleichen jedoch ziemt sich für uns nicht!«

Nathan verstand die Welt nicht mehr. »Aber mein Sieg … und überhaupt, ich dachte, dass ich jetzt meinen Gesellenbrief krieg …«, stotterte er.

»Von Glück kann man sagen, dass er nicht wagt, einen Ohrring zu tragen! Ich hätte ihn dir sonst herausgerissen …«, erboste sich der Mann weiter und meinte damit das zur Zunfttracht gehörige Schmuckstück, das Mitgliedern, die unzünftiges Verhalten zeigten, in der Regel abgerissen wurde. »… jemand wie du jedoch kann von Ehre ja nichts wissen!«

Kaum hatte er zu Ende gesprochen, verzog sich Gerald Härmelin wieder. Niedergeschlagen wandte sich Nathan daraufhin an Gutenberg. »Meister, mir leuchtet das nicht ein …wie kann das nur sein?«

Gutenberg lächelte schmal. Er drehte sich zur Tür

der Werkstatt, die Frage, für die es nur eine Erklärung geben konnte, unbeantwortet lassend, und entschwand für Sekunden. Dann aber lugte er nochmals herein, jedoch nur, um zwei Sätze loszuwerden: »Du ewiger Lehrbub, feg den Kehricht aus der Stub! Alle bis auf dich sind schon befreit, darum zeige doch bitte die Höflichkeit!« Ein letztes Lachen, in dem eine Spur Spott mitschwang, konnte sich der Meister nicht verkneifen, ehe er im Gefühl, etwas Wichtiges vergessen zu haben, ging und für diesen Tag im Traum nicht gedachte, wiederzukommen.

Nathan missachtete die Order vorerst, zu sehr rätselte er noch über die Gründe der Ablehnung seitens der Zunft. Keine Einsicht kam in ihm auf, weiterhin stand er allein in der Werkstatt und man meinte, er wäre kurz davor loszuweinen. Eine kleine Weile später aber klopfte es erneut, während Nathan noch immer in seinem Selbstmitleid badete. In ihm entzündete sich augenblicklich ein allerletzter Funke der Hoffnung.

»Wer ist hier, wer ist hier, mir die Aufwartung zu machen? Wer ist hier, zu teilen meines Sieges Freud und Lachen?«, erklang seine Stimme, dieses Mal aber weit unsicherer.

Draußen im Vorraum erinnerte sich ein Mann eines Augenblicks, der, bleibt man bei der Wahrheit, im Nu verging und sich doch in sein Gedächtnis eingebrannt hatte wie kein anderer in seinem Dasein. Es war der Moment, als er Bekanntschaft mit dem Bösen machte, das er trotz seiner Würden, trotz seines Amtes sein Lebtag lang nicht für möglich gehalten hatte. Notgedrungen hatte er sich eines Besseren belehren lassen müssen. In dem Moment, als er es vor den eigenen Augen erblickte: das böse Zeichen. Er sah es zwar im Zustand vernebelter Sinne, doch zugleich wahrhaftig wie der Rausch, den er herbeigeführt hatte, und der ihm wohl ehedem sein Leben rettete.

»Hier ist die Weisheit! Wer Verstand hat, der überlege die Zahl des Tieres, denn es ist eines Menschen Zahl; und seine Zahl ist sechshundertsechsundsechzig«, drang jetzt ein Ausspruch aus der Offenbarung des Johannes durch die Türen der Werkstatt an Nathans Ohr.

Die Apokalypse, befand der Balg in Sekundenschnelle, noch während er vor Schreck zusammenfuhr. Frühchristliche Literatur aus der Zeit der Christenverfolgungen, die vom Auftauchen eines siebenköpfigen Tieres aus dem Meer und einem solchen mit zwei Hörnern aus der Erde handelte. Nicht zu vergessen, von deren Gotteslästerungen und verächtlichen Umtrieben, rief er sich in Erinnerung. Jemand hatte ihn durchschaut, erkannte der Balg, vorbei war es mit seiner Vorfreude, doch noch einen Überbringer von Glückwünschen zu seinem Triumph vorzufinden, vorbei war es mit den unbeschwerten Ränkespielen. Jemand war hinter seine finsteren Machenschaften gekommen. Seine Bestimmung war nun infrage gestellt durch einen Mitwisser, der ohne Zweifel gekommen war, ihn mit allen Mitteln an seinem Teufelswerk zu hindern.

»Mein Name ist Pater Anselm Merrin, du Tier! Um deine Dämonen auszutreiben, bin ich hier!«, gab sich der Mann, dessen Stimme dem Balg sehr schnell vertraut erschien, zu erkennen. »In Frankfurt kam der Stein ins Rollen, dein teuflisches Mal hättest du besser verstecken sollen!«

Nathan hatte begriffen. Der Pfaff, der ihm einst den Proviant gerettet hatte, war ausgezogen, ihn einer Teufelsaustreibung zu unterziehen. Nun gut, dachte sich der Balg, er sollte Gelegenheit bekommen, sein Glück zu versuchen. Die Tür wurde aufgestoßen.

Pater Merrin trat, während er mit zittrigen Händen einen Rosenkranz vor sich führte und voller Gottvertrauen umfasste, ein.

»Gerechnet habe ich mit dir nicht mehr, dein Besuch kommt mir dennoch zu Ehren sehr! Welchen meiner Dämonen willst du mir nehmen, alter Pfaff, du solltest dich schämen! Hast du zur Genüge deine Leber geschunden und wie hast du mich überhaupt aufgefunden?«, kam Nathan dem Geistlichen zuvor.

»Ja, ja, noch im Vollrausch habe ich einen Ministranten mit deiner Verfolgung beordert, bis an die Ufer des Rheins hat ihn die Nachstellung kaum gefordert. Am Mainzer Rathaus war es, wo er deine Fährte wieder aufnahm. Er folgte ihr bis hierher in diese Werkstatt zu deinem Gram. Tagelang legte er sich auf die Lauer, trotzte Eiseskälte und jedem Schauer!«

Die näheren Umstände seines Auffindens waren Nathan nun egal. Mit niederträchtigem Lächeln in seinen Zügen musterte er Pater Merrin. »Eine karminrote Quaste, alter Greis, du bist als Exorzist gekommen, um zu schließen den Kreis? Schon in Frankfurt wollte ich dich richten, angewidert von deinem Messwein und deinen dummen Kirchengeschichten!«

Der Pfaff stimmte, während er einen kleinen Behälter mit Weihwasser aus einem Beutel zog, ein Gebet an. »Vater unser, der du bist im Himmel, geheiligt werde dein Name, dein Reich komme, dein Wille geschehe, wie im Himmel so auf Erden. Und vergib uns unsere Schuld, wie auch wir vergeben unseren Schuldigern, und führe uns nicht in Versuchung, sondern erlöse uns von dem Bösen.« Dann wechselte er vom Vater Unser ins römische Ritual, das er aus einem soeben aufgeschlagenen Buch wiedergab und welches sich inhaltlich aufgliederte in die Bedrohung des Dämons, der einen Menschen besessen machte, die Namenserfragung, die dem Exorzisten Macht über ihn gewährte, das Ausfuhrwort und das abschließende Wiederkehrverbot.

Nathan indes schien von den Worten des Paters unbeeindruckt, nur der Behälter in der Hand des Alten störte ihn. »Weh dir, du alter Schwätzer, dein Wässerchen auf mich zu werfen, ansonsten werde ich meine Krallen an deinem Leibe schärfen!«

»Rette uns, oh Vater, Sohn und Heiliger Geist, mit deiner Allmacht verteidige unsere Seelen, hindere das Böse daran, sie in die ewige Verdammnis hinwegzustehlen! Starke Mächte der Finsternis stehen auf gegen uns, Höllentiere der Gewalt trachten nach unserem Leben. Für sie aber soll es auf Gottes Erden niemals ein Verweilen geben. Allein der Name des Herrn hütet unseren Glauben, errettet uns aus der Not! Kein Untier der Unterwelt bringt dies Gleichgewicht des irdischen Segens aus dem Lot. Darum, Dämon, zeige dein wahres Gesicht, führe uns nicht mehr länger hinters Licht. Die Gnade des Allmächtigen wird alle Unschuldigen schützen, sein Zorn hingegen dich auf ewig in die Glut der Hölle stürzen. Jetzt und bis in alle Zeit sind wir vor dem Bösen gefeit, gebenedeit sei die heilige Dreifaltigkeit ...«, fuhr Merrin fort, ehe er beim Anblick des Balges ganz plötzlich wieder verstummte.

Denn Nathan zeigte weiterhin keinerlei Regung. Bis er Merrin ein Angebot unterbreitete: »Welchen Dämon willst du haben, das habe ich dich schon einmal gefragt, Merrin. Du vergeudest meine Zeit mit diesem Unsinn!«

Der Pfaff verrannte sich weiterhin in der Teufelsaustreibung: »Wer gebietet dir? Wer gebietet dir?«

Mehr als mitleidig schüttelte der Balg nur noch den Kopf. Nathan war mitnichten der Besessenheit durch einen Dämon zum Opfer gefallen, wie Merrin meinte, geschweige denn mehreren. Deshalb war er schlichtweg unempfindlich für diese christlichen Formeln des Abwehrzaubers. Gleichwohl er nicht besessen war, war er sehr wohl über die Brücke der Niedertracht mit den Dämonen verwoben und ihr Schicksal an das seine gebunden. Der gute Merrin aber, befand er, war sich dieses kleinen, aber feinen Unterschieds dem Anschein nach nicht bewusst. Nathan war kein Dämon, nein, er war nicht mehr und nicht weniger als des Teufels Sohn selbst. Dennoch, und dieser Gedanke amüsierte ihn, wenn dieser Pfaff unbedingt einen Dämon austreiben wollte, so sollte er einen haben. Nathan gestattete ihm gar die freie Auswahl.

»Fahre aus aus dieser unschuldigen Seele, Dämon! Fahre aus aus dieser unschuldigen Seele, Dämon!«, setzte Merrin unbeirrt seinen Exorzismus fort.

Dem Balg wurde es inzwischen zu viel, er würde nicht länger warten. Merrins Bemühungen der Namenserfragung sollte ein ihm genehmes Gegenstück entgegengesetzt werden.

»Willst du Azazel ausfahren lassen, oder einen anderen aus der Dämonen Massen?«, bot er dem Pfaffen ganz nüchtern einen der seinen an, genauer gesagt, den Wüstendämon Azazel, der, als erster Bannerträger der Armeen der Hölle in Bocksgestalt, zudem als Anführer der gefallenen Engel galt.

Sofort griff Merrin den Namen auf, er tat sich jedoch wahrlich keinen Gefallen damit. »Fahre aus, Azazel, verlasse dieses Kind! Ohne dich sind deine höllischen Heere verloren, darum fahre aus geschwind!«

Wie es dem Pfaff beliebte, erfreute sich der Balg

königlich und tat wie von ihm befohlen. Bereits wenige Augenblicke darauf war aus Nathans verfluchtem Leib der linkshändige Dämon Azazel in Pater Merrin ausgefahren, der vor Entsetzen mit aller Macht um Fassung rang und zugleich versuchte zu bekämpfen, was von nun an tief in seinem Innersten wohnte. Er scheiterte jedoch, ohne eigenes Verschulden, kläglich. Die Macht des Dämons war weit größer als seine.

Noch ehe Nathan sich aufmachte, den greisen Pater loszuwerden, erinnerte er sich an den Befehl Gutenbergs, die Werkstatt reinzumachen. Also schnappte er sich widerwillig den Besen an der Eingangstür.

Inzwischen war einige Zeit verstrichen und der Junge sich nicht bewusst, dass Gutenberg jeden Moment wieder erscheinen könnte. Als Inhaber der Schlüsselgewalt über die Werkstatt hatte er erst auf dem Weg in sein Heim, den Hof zum Gutenberg, bemerkt, seiner Pflicht und Schuldigkeit noch nicht nachgekommen zu sein.

Kurze Zeit später war es so weit. Ohne vorheriges Klopfen wurde die Tür aufgetan. Nathan erschrak, als er erkannte, wer da eintrat.

»Bei welcher Schandtat habe ich dich wieder ertappt? Fliehe, ehe ich sie erkenne, noch ist die Tür nicht zugeschnappt!«, belächelte der auf der Türschwelle stehende Gutenberg ihn. Soeben hatte er ein nicht nur für ihn aufschlussreiches verschwörerisches Treffen hinter sich gebracht, wovon der widerliche Balg freilich nichts zu wissen brauchte. Der Druckermeister sah sich um und erblickte Pater Merrin. »Na, Junge, möchtest du noch anderen Leuten den Tag vermiesen? Oder deine Niederlage in Gesellschaft begießen?«

Der Dämon in Merrin nötigte dem ohnmächtigen Pfaff, den er besessen machte, ein »Guten Tag!« zum Gruß ab.

»Ich bin nur zurückgekommen, um die Türen zu verschließen!«, erklärte Gutenberg und begutachtete den Fußboden. »Den Auftrag, den man dir erteilt, erledigst du ordentlich, was man dir lassen muss!« Der Meister lachte laut auf. Als er die Verärgerung des Jungen bemerkte, wollte er dennoch einen letzten Seitenhieb austeilen. »Du zergehst wohl nicht lange in deinem Verdruss!«

Gleich darauf war Nathans Arbeit verrichtet und Gutenberg sowie der Junge mit Pater Merrin im Schlepptau vor den Türen. Gutenberg drehte seinen Schlüssel im Schloss, nickte zum Abschied und ging davon. Die Erklärungen des Jungen und des Paters waren etwas dürftig, rätselte er noch über die Anwesenheit des Pfaffen, zumal ein Pönitent zum Sakrament der Beichte kaum den Besuch seines Paters erhielt, dies geschah für gewöhnlich in einem Gotteshaus. Vielleicht sollte man hier noch nachhaken, schürte der Druckermeister einen Verdacht und sprach, als er an mehreren hohen Büschen vorbeiging, von Nathan unbemerkt lautlos dreimal folgende Worte:

»Folge ihm!« Gerade so, als wollte er jemandem etwas heimlich mitteilen.

Dem Balg blieb aufgrund des Verhaltens des bedauernswerten und augenscheinlich schwachsinnig vor sich hinmurmelnden Pfaffen keine andere Möglichkeit, als diesen in einem Hospital abzuliefern, wo er auch lange Zeit bleiben sollte, ohne letztlich seinen Frieden zu finden.

Die Übergabe Pater Merrins an das Hospital blieb derweil nicht unbeobachtet. Eine vor Lebendigkeit strotzende Gestalt hatte alles mit angesehen. Seit geraumer Zeit besprach sie sich regelmäßig mit einem Mainzer Handwerksmeister, auch an diesem Tag stattete er ihr einen Besuch ab und berichtete von der Niederlage ihres Erzfeindes. Die Worte allein genügten ihr jedoch nicht, sie wollte mit eigenen Augen sehen, in welcher Verfassung Nathan sich befand. Deshalb war sie in Begleitung ihres Vertrauten aufgebrochen bis vor die Türen der Werkstatt. Sie hatte sich hinter Büschen versteckt und dort zufällig eine Falltür entdeckt, die mit Kiessteinen zugedeckt war. Neugierig, wie sie nun einmal war, schob sie diese beiseite und sah im schwachen Lichtschein etwas, das ihr sofort das Blut in den Adern gefrieren ließ: einige Stapel Druckwerke. Ohne Frage Nathans Teufelswerk, begriff sie sofort. Gleich nachdem sie die Falltür wieder verschlossen und wieder getarnt hatte, öffnete sich die Tür der Werkstatt und heraus traten drei Personen. Sie hielt sich weiterhin im Hintergrund, so lange, bis sie im Gesicht ihres Vertrauten ein Zucken ausmachte: Es handelte sich zweifellos um eine Aufforderung, Nathan jetzt nicht aus den Augen zu lassen.

Als dieser mit einem Pfaff loszog, folgte sie ihm in sicherer Entfernung und dem Wissen, denn so gut kannte sie ihn mittlerweile, dass er etwas zu verbergen hatte. Etwas, das ihr womöglich noch von Nutzen sein konnte.

XXV

Gutenberg war kaum zu bremsen gewesen. Mit Engelszungen hatte er auf Fust eingeredet, um ihm ein für alle Mal die Augen zu öffnen. Darum waren sie bei dichtem Schneefall zu einem Hospital im Herzen der Stadt aufgebrochen, unweit des Mainzer Doms, welches von aufopferungsvollen, die christliche Nächstenliebe lebenden Ordensschwestern geführt wurde. Gutenberg war schon einmal an diesem Ort gewesen. Am Vortag und in Begleitung. Seither war er sich sicher, Fusts Einfalt mit einem Schlag ein Ende setzen zu können. Endlich sollte dem gutgläubigen Geldgeber die Wahrheit aufgetischt werden. Die Tatsachen, seinen umtriebigen Ziehsohn betreffend, die er lange genug verdrängt hatte. Aus dem Munde eines Geistlichen aus Rom gesprochen, würden die Gotteslästerungen und Frevel dieses Balgs offenbart werden: Seine eigentliche Herkunft und Abstammung, seine wahren Beweggründe, sich Fusts Gastfreundlichkeit und Milde zu erschleichen. Die Gründe, seine Arglosigkeit auszunutzen und auf schändlichste Art und Weise für sich zu gebrauchen.

»Johannes, lass dir gesagt sein, dass du dir meine Hochachtung verdienst, wenn du dich heute deiner Vernunft besinnst! Die Vernunft, die für gewöhnlich deinen Geist erhellt. Du bist ein Mann, der ohne große

Mühe eine Vielzahl Leute in den Schatten stellt!«, appellierte Gutenberg an Fusts Sinnesschärfe und Urteilskraft, als sie vor den Toren des Hospitals, an dessen Wänden sich bis zum Giebel Efeu emporschlängelte, angelangt waren.

Nun schritten sie durch die Gänge des Gebäudes, das in den Mauern eines ehemaligen Franziskanerordens untergebracht war. Gutenberg hatte Fust wie eine Mutter ihr weinerliches Kleinkind an der Hand gefasst.

»Und du bist dir sicher, die Wahrheit findet sich ausgerechnet hier? Wer sagt dir das? Wer?«, zweifelte Fust. »Und verflucht noch mal, zieh mich nicht dauernd hinter dir her!«

Gutenberg stellte sich vor Fust und legte ihm die Hände auf die Schultern, als sie vor einem bestimmten Zimmer, das augenscheinlich das Ziel ihres Ausflugs ausmachte, angekommen waren. »Bedenke stets, Johannes …«, der Druckermeister beschaute seinen Geldgeber, »… bedenke den Sinngehalt in den Worten dieses Mannes!« Gutenberg ließ von Fust ab, stieß die Tür fast aus den Angeln und wies auf den Mann, der in dem Raum auf einem klapprigen Holzgestell als Liegestatt, in eine dünne Decke gehüllt, vor sich hindämmerte. Über der Tür hing ein auf den Kopf gestelltes Kruzifix, welches beiden jedoch nicht auffiel. Sie betraten das kärglich eingerichtete und fensterlose Zimmer, welches außer dem Holzgestell und einem kleinen Tisch keinerlei Einrichtungsgegenstände aufwies. Auf dem Tisch lag ein Buch verkehrt herum da, der Aufschrift auf dem Rücken nach eine Ausgabe der Heiligen Schrift. Gutenberg rüttelte an den Armen des Mannes, der alsgleich hochschrak.

»Guter Pater Merrin, hier ist der Freund, von dem ich erzählt habe!« Er strich dem Mann über die linke Wange. »Berichtet ihm, wie sehr Euch Nathan gequält hat, der vermeintlich liebe Knabe!«

Der Mann keuchte. Sein Gesicht verzog sich, offensichtlich hatte er Schmerzen. Vielmehr jedoch plagte ihn etwas anderes: Ein Dämon übelster Sorte namens Azazel, der in ihn eingefahren war, der sich seiner noch nach Herzenslust bedienen sollte. Ganz im Interesse seines Herrn.

Plötzlich richteten sich die Augen des Alten auf Fust. »Er ist ein Schwätzer! Ein Lügen Hetzer!«, schimpfte er los.

Fust erschien verwundert. »Wer ist es, von dem er spricht? Mit wem geht er so hart ins Gericht?«

Sogleich drängte Gutenberg ihn, sein Wissen mit Worten zu veranschaulichen. »Erzählt meinem Freund haargenau …«

»Mir ist in der Magengegend etwas flau«, sprach der Mann jetzt mit einer ganz anderen, sanftmütigen Stimme. Es war diejenige Pater Merrins, die sich kurz Bahn brach.

»… lasst nichts aus! Lasst alles heraus!«, mahnte Gutenberg an.

Erneut schnellten die Augen des Mannes zu Fust.

»Der Schwätzer ist der hier!« Er deutete mit ausgestrecktem Zeigefinger auf Gutenberg, dem der gehässige Tonfall nun auch absonderlich erschien. Ganz anders als am Vortag war sein Wesen, nicht nur seine ungehobelte Aussprache, stellte er fest. »Aus seinen Augen spricht die Gier! Sieh genau hin, die Gier auf dein Geld, für welches er scheinbar brav die Hand aufhält!«

Fust war nun noch mehr verunsichert. Unschlüssig, was von dieser Aussage zu halten sei, schaute er zu Gutenberg, dem ganz ähnlich zumute war. Dennoch versuchte der Druckermeister es nochmals, schließlich erachtete er den betagten Mann vor sich noch immer als den aufrichtigen und wortgewandten Ehrenmann mit regem Geiste, den er erst kürzlich kennengelernt hatte, der in seinen Schilderungen kein gutes Haar an Nathan gelassen, der Gutenberg und seiner Vertrauten buchstäblich aus tiefster Seele gesprochen, als er von den schändlichen Geheimnissen des Balges berichtet und damit Licht in das Dunkel gebracht hatte.

»Aber gestern erzähltet Ihr noch ganz andere Geschichten! Gestern hattet Ihr gar nichts Gutes über Nathan zu berichten«, gab Gutenberg zu bedenken und wies auf Fust. »Mein Freund ist hier, um mit Eurem Wissen seine vielen Fragen zu beantworten. Schildert, was Ihr wisst, schildert es in eigenen Worten!«

Urplötzlich packte der Mann Fust am Kragen. »Er

hier …«, wieder zeigte er auf Gutenberg, »verbreitet hundsgemeine Lügen über dich. Und schleust dein Geld an dir vorbei. Er will es ganz allein für sich!«

Fust hatte nach diesem Übergriff genug, riss sich los, schaute seinem Werkstattleiter ein letztes Mal voller Verbitterung in die Augen und stampfte verärgert hinaus. Krachend fiel die Tür hinter ihm ins Schloss und das Kruzifix darüber von der Wucht des Knalls zu Boden. Der Mann bestätigt augenscheinlich die Verdächtigungen des Balgs, geisterte es Fust durch den Kopf, während er den Flur in Richtung Portal entlanghetzte, obgleich er diese bislang stets als pure Schwarzmalerei eines kleinen Jungen abgetan hatte. Zwar war Nathan seit jeher den Feindseligkeiten Gutenbergs ausgesetzt gewesen, jetzt allerdings schienen sich seine Behauptungen durch einen Fust gänzlich Unbekannten zu bewahrheiten. Der Fürsprech brauchte Ruhe, er musste alles auf sich wirken lassen und dann entscheiden, wie sowohl mit Nathan als auch mit Gutenberg weiter zu verfahren war.

Als Gutenberg und der Dämon bei Pater Merrin allein waren, schrie Azazel vergnügt: »Es war ein Leichtes, dich und deine verfluchte Nonne gestern zu blenden, wartet es nur ab, ihr, auch der Narr von eben, werdet allesamt in den Feuern der Hölle verenden!«

Gutenberg verbat sich weitere Ausbrüche. Der Mann war von Nathan gelenkt worden, so viel stand für ihn fest. Schließlich konnte er mitnichten erahnen, dass ein Dämon sich seiner nach Belieben bediente. Am Vortag hatte der Alte wahrscheinlich nur ausgesprochen, was Gutenberg und die Londoner Nonne Gianna Maria, die seit dem Gerichtsprozess im Fall Fallersleben seine Vertraute war, hören wollten, gelangte der Druckermeister zu einem Fehlschluss. Bedauernswert war nur die Tatsache, dass den Hinterlistigkeiten des Balges damit noch immer nicht Einhalt geboten werden konnte, so wie Gutenberg es sich klammheimlich erhofft hatte. Bei dem Krankenbesuch mit Gianna Maria am gestrigen Tage hatte er endlich die wahren Beweggründe Nathans durchschaut, in dem Moment, als ihnen offengelegt wurde, was sie insgeheim längst vermuteten. Zu oft hatte sich der Balg in seinen Lügen verzettelt, zu oft war sein wahres Wesen zum Vorschein gekommen. Sechshundertsechsundsechzig, die Zahl des Tieres und zugleich das Mal des Jungen, erinnerte sich Gutenberg an die Worte Merrins. Seine Erfindung, sein wegweisendes Werk war in großer Gefahr, hatte der Druckermeister erfahren müssen, denn ein satanischer Balg drohte, sie zu seinem Werkzeug werden zu lassen und in einem Kampf zwischen Gut und Böse zu missbrauchen. Es war höchste Zeit zu handeln. Unverzagt wandte er sich ab und versuchte nun, Fust mit schnellen Schritten einzuholen. Er hatte ihm noch etwas mitzuteilen. Es wäre die letzte Gelegenheit, die Werkstatt vor dem Zugriff des Balgs zu schützen, machte er sich die Tragweite seiner Entscheidung bewusst. Der Druckermeister war in äußerster Sorge, immerhin hatte er auch eine große Verantwortung durch seine Arbeit, die ihm einiges abverlangte, wenngleich sich in ihm alles gegen eine Einmischung sträubte. Dennoch, er konnte den Dingen nicht einfach ihren Lauf lassen, Fust musste sich endlich der Wahrheit stellen, und wenn er aufs Neue haderte, musste man ihn dazu zwingen. Wenn es sein musste, auch mit Gewalt. Der letzte Ausweg bestand darin, eine Fehde mit Fust auszutragen, um sein Lebenswerk zu wahren, um es vor dem Teufel in Menschengestalt zu retten.

XXVI

Fust fiel drei Tage später aus allen Wolken, als er das Siegel des Briefes brach und das Schreiben studierte. Gutenberg machte seine Drohung also wahr. Zu allem Unglück wusste Fust sich nicht anders zu helfen, als den Balg zu Rate zu ziehen. Und so las auch Nathan die Botschaft:

Wisset, sehr geehrter Fust, dass ich, Johannes Gutenberg, keinen anderen Ausweg mehr sehe, als Euch vermittelst dieses Briefes anzukündigen, eine Fehde mit Euch ausfechten zu wollen, um zu erretten, was noch zu erretten ist, bezüglich unseres gemeinsamen Vorhabens des Bibeldruckes in zweiundvierzig Zeilen.

Das Zerwürfnis mit Eurem wenig ehrenwerten Ziehsohn Nathan Tanner zwingt mich zu diesem Schritt.

Trotz aller Belehrungen über sein schändliches Wesen lasst Ihr ihn nach wie vor Hand anlegen an das, was mir das Allerheiligste ist. Wäre es das auch für Euch, werter Fust, Ihr würdet ganz anders handeln, dessen bin ich mir sicher! Zumal, wenn Ihr das Wissen über Euren Ziehsohn hättet, oder zumindest in Euch aufnehmen würdet, welches mir von mehreren Seiten zugetragen wurde. Ihr jedoch verherrlicht den hinterlistigen Balg noch immer in fast schon krankhafter Art und Weise.

Die Fehde, so es Euch genehm, ist auszutragen am Dienstag in drei Wochen gegen sechs Uhr in aller Früh auf dem Feld hinter der Stadtmauer.

Die Wahl der Waffen ist Euch überlassen.

Gezeichnet Druckermeister Johannes Gutenberg,
19. Dezember 1452

Hervorragend, dachte sich der Balg, nachdem er den aufschlussreichen Brief gelesen hatte, wenn sie einander gegenseitig abschlachteten, ersparte ihm dies Zeit und Arbeit. Natürlich hatte er Kenntnis über das Fehderecht, welches es Geschädigtem und Schädiger erlaubte, unter Ausschaltung einer übergeordneten Gerichtsstelle der Justiz ihre Zwistigkeiten zu regeln. Eingeschränkt wurde die Rechtseinrichtung der Fehde seinerzeit nur durch den Kirchen- und Gerichtsfrieden, die es strengstens untersagten, auf dem Wege zu oder von einer Kirche oder einem Gericht den Frieden zu brechen. Auch die klerikale Beschränkung durch den Gottesfrieden, der sich von Mittwochabend bis Montagmorgen erstreckte, hatte allgemeine Gültigkeit, wusste Nathan, selbst wenn er Gutenberg so viel Mut niemals zugetraut hätte. Offensichtlich sah der Druckermeister sein Werk bedroht, nicht umsonst schrieb er, keinen anderen Ausweg mehr zu sehen, um seine Interessen zu wahren. Herrlich, freute sich Nathan. Egal, wer von ihnen das Zeitliche segnete, nur einer würde letztlich übrig bleiben. Und Fust brauchte er schon bald genauso wenig wie Gutenberg.

Als er daraufhin Fust den Fehdebrief zurückreichte, täuschte sein Gesichtsausdruck große Sorge vor. »Guter Johannes, gräme dich nicht zu sehr, ich habe dich seit Langem gewarnt, mit Gutenbergs Wesen ist es nicht weit her!«

Fust fehlten noch immer die Worte. Argwöhnisch musterte er jetzt Nathan, dann senkte er den Blick. Ein gefundenes Fressen für ihn, deutete er die wahren Befindlichkeiten des Jungen richtig, dennoch, Gutenberg handelte niemals unvernünftig oder ließ sich von Gefühlen leiten, er musste sich diesen Schritt wohl überlegt haben. Nicht ohne triftigen Grund würde er sein Leben und schon gar nicht das Gelingen des gemeinsamen Vorhabens aufs Spiel setzen, zu viel hing davon ab. Nichtsdestotrotz, dieser Brief rief zu einer Verzweiflungstat auf. Seine Feindseligkeiten Nathan betreffend gingen offenbar so weit, ihnen mittels eines Fehdebriefes Nachdruck zu verleihen. Der Blick des ehrenwerten Unternehmers und Fürsprechs schweifte nun ab durchs Fenster des Arbeitszimmers seines Anwesens, das das nördliche Himmelszelt über Mainz zeigte. Dunkel und bedrohlich zog eine Wolkenwand heran und mit ihr ein schwerer Sturm auf. Christine und ihr Bruder Johannes kamen nun ins Zimmer gerannt und sahen die Sorgenfalten auf der Stirn ihres Vaters. Ihre Mutter folgte mit gemessenen Schritten, wollte die beiden ob ihres

Ungestüms rügen, verstummte aber, als sie ihren Gatten erblickte.

»Verehrter Vater, was bereitet Euch solches Missvergnügen? Was kann Euch die Laune so sehr trüben?«

Erschrocken schaute Fust seine Kinder und seine Frau an. Er schluckte, rang nach Worten. »Nichts von großem Stellenwert, nichts, das mich zu sehr aufzehrt!«, nahm er ihnen dann ihre Sorge. In Gegenwart seiner Familie fühlte er sich gleich besser, erleichtert nahm er die beiden Kinder in den Arm. Fusts Augen ruhten dabei in denen seiner Gemahlin und strahlten ebenso große Vertrautheit wie auch Ratlosigkeit aus.

Nathan indes begnügte sich mit der Rolle des Zuschauers, während der Fürsprech seinen Blick nach einer Weile von Margarete abwandte und ihn mit neu erwachtem Misstrauen betrachtete.

XXVII

Es dauerte nicht mehr allzu lange und das Jahr 1453 brach an. Mit sich brachte es das lange herbeigesehnte Ende des Krieges zwischen England und Frankreich in der Schlacht bei Castillon und den Tod des erwähnten englischen Feldherrn Talbot, dem auch dic Unterstützung seiner Truppen letztendlich nicht mehr viel genützt haben sollte. Das byzantinische Reich fiel mit der Eroberung Konstantinopels endgültig, das neu benannte Istanbul wurde zur Hauptstadt des Osmanischen Reiches. Nathan stand kurz vor der Vollendung seines verheerenden Werks, ohne dass Fust, Gutenberg oder Schöffer etwas von seinen im Geheimen betriebenen Nachtschichten bemerkt hätten, zu sehr waren sie mit sich selbst beschäftigt. In dem Kellergewölbe unter der Werkstatt, das Gutenberg leer stehend glaubte, stapelten sich mittlerweile einhundertneunundvierzig Exemplare des teuflischen Drucks auf Papier und dreißig auf Pergament. Ebenfalls ohne Kenntnis seines Meisters hatte der Junge die benötigten Bögen Papier und Pergament beim selben Händler geordert, wenn auch auf eigene Rechnung und mit ausdrücklichem Wunsch auf Anlieferung weit nach Feierabend.

Seine Ersparnisse aus dem Erbe Clifford Tanners waren mittlerweile nahezu aufgebraucht – sehr zur

Freude des Mainzer Händlers, der sich eine solche Gewinnspanne niemals erhofft hätte. Ausmalung, Ausschmückung und Buchbindung übernahmen für ihn Frankfurter Meister ihres jeweiligen Handwerks, die sich, zum großen Bedauern ihrer Lieben, nach Vollendung ihrer Aufträge nicht mehr allzu lange ihres Lebens erfreuen konnten. Nathan hatte es geschafft, Fust und Gutenberg zu entzweien. Fust besprach sich, wie der Junge mit Genugtuung feststellte, in Geschäftsangelegenheiten nur noch mit Schöffer, der die Werkstattleitung übernommen hatte. Schöffer war für Nathan auch ein Stein des Anstoßes, aber Gutenberg war ihm noch verhasster. Obgleich Gutenberg nicht vom Dienst freigestellt wurde, war der Druckermeister bei Fust gehörig in Ungnade gefallen, was er ihn ausreichend spüren ließ. Gutenberg, der sich mit Fug und Recht übergangen fühlte, tat Nathan allerdings nicht den Gefallen aufzubegehren. Der Balg musste dessen ungeachtet jetzt aufbrechen, um die Pilgerin zu suchen und sie einer letzten Prüfung zu unterziehen. Nachts in der Werkstatt an der letzten papiernen Bibelausgabe arbeitend, malte er sich mit großer Heiterkeit ihren Gesichtsausdruck aus, wenn sie sich – mit oder ohne Zwang, ganz wie es die Lage erforderte – über die Seiten beugen und Zeile um Zeile lesen, sie bis zur letzten Silbe in sich aufnehmen würde, so lange, bis sie ihrem Glauben abschwor. Danach würde sie sich bekehrt an ihn wenden, als des Teufels demütige Sklavin, als seine Sklavin, über die er unendliche Macht hätte. Wie auch über die gesamte Menschheit, sobald die höheren Schichten von dem Gedankengut des Satans unterlaufen wären, genauso wie der Pöbel, der ohnehin in seiner Treue und Ergebenheit wie ein Fähnchen im Wind wehte. Sie würden ebenfalls von ihrem Glauben abkommen, da war er sich sicher.

Überhaupt schien es ihnen, wie Nathan meinte, egal zu sein, wem sie zu dienen hatten. Da machte es keinen Unterschied, ob sie einem König von Gottes Gnaden hörig waren oder einem anderen Herrscher, selbst wenn es derjenige der Hölle wäre. Sie waren es schließlich gewohnt, geknechtet zu werden. Sehr schnell wären sie alle mit dem neuen Leben vertraut. Für manche unter ihnen brächte der Wandel sogar den einen oder anderen Vorteil mit sich, insoweit sie sich um die neue Weltanschauung aus Gesetzlosigkeit und Gewalt verdient machten.

Am nächsten Tag wurde Nathan bei Gutenberg und Fust vorstellig und log ihnen aufs Neue ins Gesicht. »Werter Meister, werter Ziehvater, ein Mädchen, ich muss es endlich gestehen, habe ich kennengelernt. Sie will mir nicht aus dem Sinn gehen!«

Überaus erstaunt betrachteten beide erst den Jungen und sahen dann einander an.

»Ich kann machen, ich sag euch, was ich will, ihre anmutige Stimme wird in meinem Herzen nie mehr still! Lasst mich pausieren, ich flehe euch an, von unserem Vorhaben, keinen klaren Gedanken kann ich finden, ohne mich an ihrer Nähe zu laben!«, spielte er sich als Opfer seiner vermeintlichen Sehnsucht nach Liebe und Zweisamkeit auf.

Während sich Fusts Mundwinkel im Anflug eines verwegenen Lächelns verzogen, musste Gutenberg sich zurückhalten, seine Vorfreude auf eine Zeit ohne den Jungen nicht vorschnell kundzutun.

»Mein Junge, mein Nathan …«, holte Fust aus, den Blick belustigt zu Gutenberg gewandt, »… wir werden dir keine Steine in den Weg legen.« Ein Klaps auf die Schulter des Balgs folgte.

Gutenberg wandte sich in Vorahnung dessen, was sein Geldgeber dem Jungen nun vermitteln wollte, kurz von Fust ab und drehte sich hüstelnd zur Seite. »Nicht zu glauben, dass ich in den Genuss komme, diese Posse noch zu erleben.«

Fust beugte sich zu Nathan. »Aber Vorsicht, Junge, zu wandeln auf Freiersfüßen, kann einem nicht nur den Lebtag versüßen! Lass dich gewarnt sein, vor der Gefahr von dem Krankheitskeim!«

Sich vergewissernd, er habe eben richtig gehört, wandte sich Gutenberg den beiden wieder zu, um gleich darauf in schallendes Gelächter auszubrechen. In der Tat versuchte sich des Balgs Ziehvater gerade in einem Gespräch der Aufklärung mit einem knapp Elfjährigen. Zugegeben, einem über die Maßen reifen Jungen diesen Alters, was seine Intelligenz und Verschlagenheit anbelangte. Dennoch, ein Zwiegespräch über Geschlechtliches war bei ihm mit Sicherheit nicht vonnöten. Das betörende Gefühl der Liebe war ihm erst recht nicht zu vermitteln, derart rücksichtslos und selbstsüchtig, wie er gemeinhin auftrat. Eine partnerschaftliche Beziehung lag ihm doch so fern wie der Rand der Erdscheibe von Mainz aus betrachtet. Was sollte es, dachte sich der Druckermeister schließlich, was gingen ihn schon der ungeliebte Balg und seine verfrühte Geschlechtsreife an.

Für einen Moment gedachte Gutenberg des morgigen Tages, dem Tag der Fehde mit Fust. Ein Gutes hatte die Sache: Der falsche Balg könnte nicht zugegen sein und Fust erneut mit gespaltener Zunge seine Sinne für die Wahrheit verschleiern, wie es des Öfteren der Fall gewesen war. Nein, Gutenberg hätte morgen freie Hand.

Am selben Tage noch war Nathan ausgezogen aus der Stadt Mainz, jedoch nicht in Richtung Wien, wie er Fust und Gutenberg versichert hatte, auch nicht in eine andere Stadt eines seiner Fortbildungsaufenthalte, wo ihm das Mädchen angeblich den Kopf verdreht haben sollte. Das Mädchen, das es gar nicht gab, jedenfalls kein solches, das ihn verzaubert hätte. Nein, der Balg hielt sich strikt nach Nordwesten. Ein Weg lag vor ihm, der in Teilen beinahe seiner Anreise vor Jahren entsprach, als er von England übergesetzt war.

Dieses Mal allerdings konnte er sich Umwege sparen. Vor allem um Köln aber machte er einen großen Bogen. Sylvie DeGaart erwartete ihn mitnichten dort, die Pilgerin auf dem Jakobsweg, die im christlichen Sinne unbestrittene Unschuld. Sie war die Person, die er brauchte, um sich der Perfektion seines Werkes zu vergewissern, ehe er sein Vorhaben in die Tat umsetzen konnte. Endlich. Sein nächstes Ziel war Delft.

Dem Jungen folgte eine Frau, die, in Lumpen gekleidet, immerwährenden Antrieb zu haben schien. Ihre Nonnentracht hatte sie nach Jahren im Untergrund der Stadt Mainz zurücklassen müssen. Ohne Namen und ohne erkennbare Regung wandelte sie nun als Bettlerin auf den Straßen. Wenn sich die Gelegenheit bot, schonte sie ihre müden Knochen auf Ochsenkarren und derlei Gespannen.

Vierter Teil

XXVIII

Der 9. Januar, ein Dienstag im Jahre 1453, brach an. In der Finsternis des frühen Morgens waren auf spiegelglatten Straßen zwei Ehrenmänner unabhängig voneinander auf dem Weg in Richtung Stadtmauer. Der eine kam aus dem Osten, der andere vom Westen her. Noch vor Sonnenaufgang hatten sie sich aufgemacht, Schneeverwehungen ebenso getrotzt wie der herrschenden Eiseskälte.

Zur gleichen Zeit erreichten sie ein Feld nahe der südlichen Mainzer Wehrtürme, vergaßen ihre Freundschaft – immerhin kannten sie sich bereits seit 1448, als einer der beiden, auf der Suche nach Geldgebern, den Kontakt zum anderen suchte –, zückten in wohl zehn Metern Entfernung ihre Dolche und nahmen Kampfhaltung an.

»Du musst nur begreifen, diese Fehde ließe sich vermeiden, hörtest du meine Worte unvoreingenommen, ohne ständig auf der Unfehlbarkeit Nathans herumzureiten!«, schrie einer der Kämpfer, Johannes Gutenberg, in die Mainzer Nacht hinaus.

»Wie kann ich wissen, Gutenberg, dass du die Tatsachen nicht verdrehst, sie dir, wie es dir gerade genehm ist, zurechtbiegst? Und alles in deinem Sinne auslegst?«, suchte der andere Kämpfer, Johannes Fust, nach Gewissheit und einer neuen Grundlage gegenseitigen Vertrauens.

Die beiden machten einen Schritt aufeinander zu.

Gutenberg schien verärgert. »Glaubst du allen Ernstes, ich hätte es nur auf dein Geld abgesehen? Mir liegt nichts ferner, als dir ans Ersparte zu gehen.«

»Dir geht es also nur um unser Vorhaben? Aber du vergisst, ich habe sämtliche Einlagen vorgestreckt. Ganz nach deinen Vorgaben.«

Wieder gingen sie aufeinander zu. Sechs Meter lagen noch zwischen ihnen. In der Dunkelheit näherten sich einzelne Leute mit ihren Fackeln, das Geschrei war nicht unbemerkt geblieben.

Fusts Verbohrtheit reizte Gutenberg noch mehr. Seine stete Nachsicht mit dem Balg war das eine Übel, das es auszulöschen galt, seine schützende Hand, die er immer noch über ihn hielt, das andere. »Johannes, verflucht noch einmal! Kann dich die Wahrheit denn noch immer nicht erreichen? Für gewöhnlich ist dein Verstand doch klar und nicht durch Lügen zu erweichen. Du bist belesen und weit gereist, nutze endlich deinen Geist!«

Fust indes zeigte kein Entgegenkommen. »Lass den Jungen aus dem Spiel. Wir verdanken ihm so viel.«

Beide taten einen weiteren Schritt. Vier Meter verblieben. Eine alte Frau mit Damenbart trat näher. Ihr Haar wirkte strähnig und sie schaute mürrisch.

Sowohl Gutenberg als auch Fust waren kurzzeitig abgelenkt und blickten die Frau an. Dann wandte sich Gutenberg neuerlich seinem Gegner zu und kam auf den Punkt. »Du bist blind! Blind gegenüber einem hinterhältigen Kind.«

Fust zeigte sich nun teilweise einsichtig. »Mag sein, dass er manchmal heuchelt und lügt. Deshalb allein jedoch meine Menschenkenntnis mich noch lange nicht trügt.«

Weitere Menschen hatten sich um sie geschart. »Lasst uns endlich wieder schlafen, und wisset: Auf Mord und Totschlag stehen harte Strafen!«, erboste sich ein Mann. Andere fielen ein und murrten ebenfalls.

Fust und Gutenberg zögerten für Sekunden. Bis Fust den nächsten Schritt tat. Gutenberg zog nach. Nur noch zwei Meter lagen zwischen ihnen.

»Was lässt dich ihm immer wieder Glauben schenken? Wie schaffte er es, dass du ständig aufs Neue zerstreust deine Bedenken?«, bohrte Gutenberg unverdrossen weiter nach.

Fust verstummte. Dann schluckte er schwer. Nach einer kurzen, wehmütigen Anwandlung nahm er wieder Haltung an. »Das geht dich nichts an! Anstatt an meinen Gefühlen zu rühren, stehe lieber deinen Mann!«

Fust streckte den Arm, in dem er den Dolch führte, Gutenberg entgegen. Dieser ging dennoch forsch voran. Er glaubte, auf der richtigen Spur zu sein.

»Wieso lässt du dich benützen, wieso nur musst du ihn beschützen?«

Die Menge begann sich zu zerstreuen. Eine Anzahl Gaffer jedoch machte sich auf einen blutigen Ausgang des Gefechts gefasst und verharrte. Einzelne hetzten sie gar gegeneinander auf.

Ergriffen folgte Fust, während er fast alles um sich herum vergaß. Tränen der Rührseligkeit standen in seinen Augen. Gutenberg hatte seine Achillesferse getroffen, die Ursache seiner steten Nachsicht, die er sich mittlerweile selbst nicht mehr erklären konnte. Fust wollte die Fehde jetzt schnellstmöglich hinter sich bringen. Zu sehr nahm ihn das Geschehen mit. Er setzte den ersten Stoß mit dem Dolch.

Gutenberg konnte gerade noch ausweichen. »Als wir einander kennenlernten, erinnere ich mich, dass dein Vater noch unter uns weilte ...«, begann er in der Bewegung, »... du hast einmal angedeutet, dass er dein Wesen ganz und gar nicht teilte!«

Wieder stieß Fust ins Leere.

»Meinst du, Johannes, seine Fehler nicht wiederholen zu wollen? Verwehrst du dich deswegen, über deines Ziehsohns Unarten zu grollen?«

Fusts Sinne spielten ihm im Durcheinander seiner Gefühlswelt einen Streich. Für Sekunden meinte er, Gutenberg hinterrücks ausholen zu sehen. Einen vermeintlichen Stoß abwehrend, verlor er im vollen Schwung des Ausweichens das Gleichgewicht und stürzte.

Gutenberg sah seinen blitzgescheiten Geschäftspartner als gebrochenen Mann vor sich liegen. Als er ihm aufhelfen wollte, kam auch der Druckermeister auf dem eisglatten Untergrund ins Rutschen. Augenblicke darauf fiel er neben Fust.

Gelächter brandete auf.

Sekundenschnell legte Fust seine Klinge an Gutenbergs Kehle.

»Du, stich endlich zu! Oder willst du, dass ich es für dich tu?«, forderte einer derer, die die Situation begafften. Ein weiterer stimmte ein. »Mach ihm den Garaus, lass dich an seiner Kehle aus!«

»Lass es gut sein, Johannes«, mahnte Fust Gutenberg zur Einsicht. »Meine seelische Schädigung, so es eine ist, ist meine Last, sei du froh, dass du eine solche nicht hast!«

Fust führte die Klinge mit zittriger Hand von Gutenbergs Hals weg, ehe der Druckermeister ihn am Unterarm packte.

»Zieh mich ins Vertrauen! Lass uns gemeinsam in deine Vergangenheit schauen!«, forderte er.

Fust brach sein Schweigen. »Du meinst, Gutenberg, du bist dadurch, dass du dein Leben deiner Arbeit widmest, vor Schicksalsschlägen gefeit? Lass dir gesagt sein, das Leben hält manch unangenehme Überraschung bereit!« Fust liefen Tränen über die Wangen. »Mit meinem Vater bist du auf dem Holzweg, dafür ich meine Hand ins Feuer leg.«

»Was ist es dann? Sag mir doch endlich, wie ich

dir helfen kann!«, beharrte Gutenberg auf der Wahrheit.

Fust focht einen Kampf mit sich aus. Schließlich kam sein ganzer Schmerz über seine Lippen. »Margarete hatte vor Jahren eine Totgeburt, wenn du es unbedingt wissen musst. Dieses Unglück nimmt mir noch heute sehr oft jede Lebenslust.«

Noch immer hielt Gutenberg seinen Geldgeber fest. »Wo ist da die Verbindung zu Nathan?«, wunderte er sich. »Mahnst du ihn deswegen nie für seine Umtriebe an?«

Fusts unterdrückte Pein sprudelte nun nur so aus ihm heraus. »Jeden Winter im Januar, genauer gesagt am 29. Tag des Monats, wird von meiner gesamten Familie des Kindes gedacht. Wir glaubten, es wäre Fügung, als Nathan 1450 an diesem Tag zu uns fand. Als hätte der liebe Gott ihn uns gebracht.«

Fust löste sich aus Gutenbergs Griff, rang um Beherrschung seiner Gefühlswelt, stemmte sich hoch und ging, ohne weitere Worte zu verlieren, seiner Wege. Die Menschen liefen auseinander. Der Blutdurst der Leute war nicht gestillt worden.

Noch immer am Boden liegend, sah Gutenberg seinem Geldgeber hinterher. Fust und er waren sich an diesem Tag näher gekommen, so nah, wie der Anwalt es nur wenigen gestattete, begriff er. Dennoch, das Verständnis für seinen nachsichtigen Umgang mit Nathan durfte den Druckermeister nicht von seinem Weg ableiten. An erster Stelle sollte und musste der Schutz seines Werkes stehen. »Bleibt nur zu hoffen, unser Bibeldruck wird von Nathan verschont, dann hätte sich alle Mühe dieses Tages auch gelohnt!«

XXIX

Nathan gönnte sich auf seinem Fussmarsch kaum Momente der Ruhe, rastete so gut wie nie und verschwendete auch keinen Gedanken an den Verlauf der Fehde in Mainz. Als er jedoch im Monat Mai des Jahres 1453 durch die Stadt Aachen schritt, nachdem er den siebzig Kilometer langen Landgraben mit insgesamt acht Wachtürmen aus der Zeit des Aachener Reiches hinter sich gelassen hatte, unterlag er einem für ihn selbst unbegreiflichen Zwang, sich in ein Zimmer einer Herberge einzumieten. Dort verweilte er Wochen und Monate, zur Untätigkeit verdammt, da er nichts mit sich anzufangen wusste. Eine Schwermütigkeit hatte ihn ergriffen und so hauste er Tag für Tag und Nacht für Nacht in ein und denselben vier Wänden in der Stadt, die als Karolingerresidenz und zentraler Krönungsort des Heiligen Römischen Reiches bekannt war, wie er einst in Erfahrung brachte und sich dessen nun erinnerte. Die Geschichte ihrer Besiedlung erreichte bereits ungefähr um Christi Geburt durch die Römer ihren ersten Höhepunkt. Vor langer Zeit hatte Nathan alles über die Stadt gelesen, unter anderem, dass nach dem Zusammenbruch der römischen Verwaltung im Zuge der Völkerwanderung sich auch Franken in den Gebieten am Nordrand der Eifel und des Rheinischen

Schiefergebirges ansiedelten. Ende des achten Jahrhunderts ließ Kaiser Karl der Große, wohl auch wegen der nahe gelegenen schwefelhaltigen Quellen, denen heilende Kräfte nachgesagt wurden, hier eine prächtige Pfalz errichten, Anfang des neunten kam eine Pfalzkapelle hinzu, die einmal zur Grundlage des Aachener Doms werden sollte. Er konnte das Gelesene noch jetzt wiedergeben und wusste auch noch um den Zusammenbruch des großen Kaiserreiches, als 881 die Normannen in die Stadt einfielen. Ab dem Jahre 936, mit der Krönung Otto I., nahm einige Zeit darauf die Historie Aachens als Krönungsort deutscher Könige ihren Lauf. Entscheidend für die Rechtmäßigkeit der Thronbesteigung war dabei der Gebrauch der Aachener Reichskleinodien, bestehend aus dem Reichsevangeliar, der Stephansbursa sowie dem Säbel Karls des Großen. Ein zweites Rom entwarf später Otto III. mit dem Bau von drei Kirchen, die zusammen mit der Pfalzkirche die vier Endpunkte eines Kreuzes bilden sollten, die Vollendung seines Vorhabens gelang jedoch erst späteren Herrschern.

Erst als mit den ersten warmen Frühlingsmonaten des an seine Ankunft in Aachen folgenden Jahres Pilgerströme die Stadt erreichten, begriff Nathan allmählich den Grund für seinen Zustand. Dabei interessierte ihn herzlich wenig, dass die Stadt kurz nach der Heiligsprechung Karls des Großen durch Friedrich I., weitläufig bekannt als Barbarossa, mit dem sogenannten Karlsprivileg einen Freiheitsbrief erhielt, der Aachen die Stadtrechte sowie das Münz- und Marktrecht verlieh.

In der fortan geltenden Stellung als freie Reichsstadt waren die Bewohner von der Lehnshörigkeit befreit. Der Bau der Barbarossa-Mauer, einer Stadtmauer von zweieinhalb Kilometern Länge, war die Gegenleistung des Bürgertums der Stadt. Der Adler im Stadtwappen entstammte auch dieser Zeit um 1171. Sechsundachtzig Jahre später wurde die Stadtmauer durch das Anlegen des fünfeinhalb Kilometer langen äußeren Mauerrings mit elf Toren und zahlreichen Türmen erweitert. Bis zu viertausend Handwerker sollten seinerzeit dafür beschäftigt worden sein. Nathan konnte sich eine solche Zahl kaum vorstellen, erinnerte sich aber auch jetzt daran, dass er schon in Tanners Büchersaal davon beeindruckt gewesen war. Der starke Anstieg der Stadtbevölkerung hatte Aachen zur Ausweitung gezwungen, immerhin zählte die Stadt zu den damals größten des deutschen Reiches. Die ummauerte Fläche war dabei auf hundertfünfundsiebzig Hektar angewachsen und bot den zwanzigtausend Einwohnern zur Mitte des vierzehnten Jahrhunderts fortan Schutz. Mitte des vorangegangenen Jahrhunderts wiederum, so resümierte er jetzt, nach sechsmonatiger Belagerung, sollten sich die Stadtbewohner fügen und der ungeliebte Wilhelm von Holland die angestrebte Krone empfangen. Im Sühnevertrag von 1280 wurde Aachen zu hohem

Schadensersatz verpflichtet, da Graf Wilhelm IV. von Jülich infolge eines nächtlichen Überfalls und dem sich anschließenden Kampf den Tod fand wie auch zwei seiner Söhne.

Durch den Gaffelbrief von 1450 wurden die Gewerbetreibenden in die Stadtverwaltung eingebunden. Wie bei der Großzahl deutscher Städte gab man damit den anhaltenden Revolten der erstarkten Kaufleute und Zünfte gegen das Stadtregiment nach und gewährte Sitz und Stimmrecht. Bedeutendste Wirtschaftszweige Aachens waren über Jahrhunderte die Tuchfabrikation sowie die über reichhaltige Erzvorkommen in der näheren Umgebung entstandene Verarbeitung von Messing und Kupfer.

Noch einige Monate mehr ließ der Balg verstreichen, nachdem er die Ursache seiner Unlust ergründet hatte, ehe er sich wieder hinaus auf die Straßen begab. Zunächst trieb es ihn an der Herberge am Siechenhaus in der Klappergasse vorbei. Siechenhäuser waren, wie er freilich schon wusste, Einrichtungen, in denen vom elften Jahrhundert an kranke Menschen von der Restbevölkerung getrennt wurden, um die Ansteckungsgefahr zu bannen. Einfachste Holzhütten, die oft von Mauern umgeben waren, galten als letzte Zuflucht der Geächteten und Verstoßenen, die von der Gesellschaft und damit der Ständeordnung ausgeschlossen waren. Niemand rührte sie an, Kontakte durften nur zu anderen Aussätzigen bestehen. Ihnen war es ferner untersagt, Häuser und Märkte zu betreten, und auch Kirchentüren blieben ihnen verschlossen. Den Krankheiten, die sie in die Siechenhäuser trieben, war im Regelfall nichts entgegenzusetzen, so wurde auf Gottes Wille vertraut, selbst wenn die mangelnde Körperpflege zu jener Zeit einen nie versiegenden Nährboden für Ansteckungsgefahren lieferte.

Neben den unheilbar Erkrankten lebten – wie Nathan wusste – weitere Personengruppen am untersten Rand der Gesellschaft: Mörder und Ketzer waren verfemt, Bettler und Landstreicher unliebsam und häufig nicht geduldet. Henker, Totengräber, Abdecker, Latrinenwäscher und Dirnen übten allesamt Geschäfte aus, mit denen man nichts am Hut haben wollte, das Gleiche galt für fahrende Künstler und Spielleute. Auf den Friedhöfen lagen sie in den abgelegensten Ecken, weitab von den ›ehrbaren‹ Menschen.

Die am weitesten verbreiteten Krankheitsbilder waren Fleckfieber, Mutterkornvergiftung, Pest und Lepra. Hohes Fieber sowie Hautausschlag und Bewusstseinsstörungen kennzeichneten das Fleckfieber, welches in gut fünfzig Prozent aller Fälle tödlich endete. Besonders auf engstem Raum und bei schlechter Körperpflege verbreitete sich die durch Läuse übertragene Krankheit in rasender Geschwindigkeit. Das Antoniusfeuer, die Mutterkornvergiftung, war zurückzuführen auf vor allem Roggen befallende Getreideschädlinge. Es äußerte sich durch Durchfall, Erbrechen, Krämpfe und brennenden Schmerz. Zuhauf mussten Gliedmaßen, wenn sie nicht von selbst abfielen, entfernt werden. Rund ein Drittel der gesamten Bevölkerung raffte im vierzehnten Jahrhundert die Pestwelle in Europa dahin. Von Ratten übertragen und hochansteckend, wurde die Erkrankung oft als göttliche Strafe angesehen. Die arme Landbevölkerung wurde dabei von der Oberschicht und vielen Geistlichen im Stich gelassen. Lepra als eine der ältesten Krankheiten letztlich hatte ehedem leichtes Spiel, denn durch stete Mangelernährung und schwerste körperliche Arbeit waren die Armen äußerst anfällig. Wenn die Leprosen zum Betteln in die Städte zogen, mussten sie ihr Erscheinen mit einer Klapper ankündigen, wie Nathan soeben sah und hörte. Gleichgültig ging er jedoch weiter seiner Wege.

Als hätte er tatsächlich den sechsten Sinn, führte ihn sein Weg an diesem Tag, dem 16. Juli 1454, vorbei am auf Fundamenten des karolingischen Pfalzplatzes errichteten Rathaus, das zur Marktseite hin mit Kaiserstandbildern geschmückt war, direkt zum Aachener Dom. Dieser gründete, wie ihm ebenfalls bekannt war, in der Aachener Zeit als Residenz Karls des Großen, der anstelle eines römischen Bades eine kaiserliche Pfalz errichten ließ. Das zentrale Oktogon wurde Ende des achten Jahrhunderts erbaut. Vorbild standen hierfür die byzantinische San Vitale in Ravenna sowie die Kirche der Heiligen Sergios und Bakchos in

Konstantinopel. Mehr als zweihundert Jahre war die Pfalzkapelle dann diesseits des Gebirges der Alpen in ihrer Gewölbeweite und Höhe unerreicht, so stellten wir bei unseren Nachforschungen anerkennend fest. Um 1350 wurde der Westturm mit hoher Pyramide in gotischen Formen und einem Flankierungstürmchen ausgebaut und zwischen 1355 und 1414 der östlich gelegene gotische Chor angeschlossen. In der Länge, Breite und Höhe maß er fünfundzwanzig, dreizehn und zweiunddreißig Meter. Die weitestgehend in Fenster aufgelöste Fassade war als gläserner Reliquienschrein sowohl für die Gebeine Karls des Großen wie auch der Aachener Heiligtümer entworfen. Nathan derweil war des Öfteren entzückt davon, dass er einmal Gelesenes jederzeit in Gedanken abrufen konnte. So wusste er auch noch, dass zur Verminderung des Seitenschubes eiserne Zuganker eingesetzt wurden, sodass das schmale Tragwerk eine möglichst große Fensterfläche ermöglichte. Vorbild in der Bauweise war Sainte-Chapelle in Paris. Auch das wusste er noch. Zwischen dem karolingischen Westwerk und dem Oktogon befanden sich seither die sogenannten Wolfstüren, die um 800 gegossenen bronzenen Torflügel. Die Bezeichnung Wolfstüren hatte ihn schon beim Lesen vor Jahren nicht losgelassen, was ihn jetzt erheiterte. Rings um das Oktogon fanden sich im Südosten die gleichzeitig mit der Chorhalle erbaute Matthiaskapelle und die Annakapelle im Süden, die als Vorhalle zu einem Domportal genutzt wurde. Südlich des Westwerks wiederum lag die ebenfalls gotische Ungarnkapelle. Ohne seine Abscheu vor dem rötlich verputzten Bauwerk der Patronin der Heiligen Maria auf dieselbe Art und Weise zu zeigen, wie er es einst in Köln getan hatte, betrat Nathan das Gebäude. Im durch starke Pfeiler gebildeten inneren Oktogon angelangt, blickte er auf das Klostergewölbe, das den Mittelraum überdeckte. Er sah die Empore mit der hohen Galerie, die von schräg liegenden Tonnengewölben überdeckt wurde, und den sich über den Galeriebögen erhebenden achteckigen Tambour mit Fensteröffnungen, auf dem das Kuppelgewölbe ruhte. Unterhalb der Galerie entdeckte er den um das Oktogon herumführenden sechzehnseitigen Umgang mit niedrigen Kreuzgradgewölben, ehe er die durch Säulengitter gegliederten oberen Galerieöffnungen studierte. In den Seitenwänden des Oktogons, zwischen den Säulen, erkannte er rundbogenförmige Öffnungen mit einem sich dahinter anschließenden Rundgang, der mit einem etwa einen Meter hohen Bronzegitter abgesichert wurde. Auch den von der Kuppel des Domes an einer langen Kette herabhängenden Kronleuchter mit über vier Metern Durchmesser – der Barbarossaleuchter –, gestiftet von Kaiser Friedrich I. und dessen Gemahlin Beatrix, begutachtete er, bald wieder abschweifend, einige Sekunden.

Daraufhin aber blieb sein Blick an etwas hängen, ganz im Gegensatz zu sonst beschaute der Junge das

Gesehene nun überaus aufmerksam, alles andere war ihm durch das Studieren der entsprechenden Bücher bereits vertraut erschienen. Es war das Kuppelmosaik, das ihn fesselte: Der Sohn Gottes als triumphierender Weltenherrscher, welchem die vierundzwanzig Ältesten aus der Apokalypse des Johannes ihre Kronen darreichten. Umgeben waren sie von den Zeichen der vier Evangelisten.

Nachdem er das ausgiebig betrachtet hatte, schüttelte er verständnislos den Kopf und schlenderte weiter. Erneut zog es ihn magisch zu einer bestimmten Stelle: ins westliche Galeriejoch im Obergeschoss gegenüber dem Dom.

Als er diesen Ort erreichte, sank er nicht wie die Besucher links und rechts neben ihm auf die Knie. Nein, er trällerte wie im Vollrausch ungebührliche Weisen, die ihm gerade in den Sinn kamen. »Nach Weihe und Krönung am Marienaltar, die deutschen Regenten verspritzen hier in ihre Mätressen den Saft ihrer Lenden! Ein Tor der König, der willens ist, das zu beenden! Die armen Zofen fortwährend zu schänden! Gerechtigkeit wäre, sie täten auch alle hier verenden! Lalalala, tralala, tralalalaaaa!«

Bis aufs Äußerste erzürnt, traten ihm jetzt mehrere Bewaffnete, die die Aufsicht über die Kirche innehatten, entgegen. »Wir werden dich lehren, hier und heut gegen die Sitten aufzubegehren!«

Ihr entschlossenes Auftreten fand sehr schnell Anklang in der Menge, die ob der gotteslästerlichen

Unarten des Jungen lautstark nach Vergeltung rief. Die schändliche Verunglimpfung des Kaiserthrons durch den Balg zog schließlich eine jede einzelne heilige Krönung in der Historie des Doms in den Schmutz.

Nathan stellte derweil sein Tun dennoch nicht ein und drehte sich den Speerträgern in Erwartung ihres Angriffs zu, während sie ihre Waffen gegen den elenden Balg führten.

Scheinbar eingeschüchtert, wich er vor ihren Speerspitzen einige Schritte zurück.

Dann aber blieb er stehen und belächelte die Männer hämisch.

Wenige Momente darauf wurde er aufgespießt.

Kein Schmerzensschrei, keine Blutfontänen, kein Nichts.

Schaulustige begafften den unbeschadeten Jungen noch immer. Schockiertes Gekreische kam auf. Einige Menschen fielen in Ohnmacht, wurden aufgefangen oder prallten hart auf den Boden.

Die Speerträger blickten einander an, verwundert über den Balg, der noch immer mit verzogenen Mundwinkeln dastand, ohne auch nur einen Mucks von sich zu geben.

Plötzlich griff sich der unversehrte Nathan ihre Waffen, entfernte sie mit einem kurzen Ruck aus seinem Leib und stieß sie mitsamt den Männern, die sie trugen, meterweit von sich.

Nochmals blickte er hinter sich und sah erneut den

Aachener Königsthron vor sich, der aus Holz und Spolien aus der Grabeskirche in Jerusalem gefertigt war.

Anstatt aber seine Mordlust aufs Neue auszuleben, ließ es der Junge dabei bewenden. »Nichts für ungut!«, kam es ihm sogleich kaum hörbar über die Lippen. Fast meinte man, er hätte sich ganz plötzlich anderer, edlerer Werte besonnen.

Endlos lange Momente vergingen. Kein einziger vernehmbarer Laut war in der gesamten Kirche zu hören.

Seine folgenden Worte wählte er mit Bedacht. Sie spiegelten seinen Gemütszustand wider, auch wenn er sich mehr wünschte, es wäre so, wie er sprach, als dass er es in seinem Innersten wirklich glaubte. Es waren aus großer Unsicherheit geborene Worte, vier an der Zahl. Als er sie aussprach, sah er sich angsterfüllt um.

»Alles Lug und Trug!«

Keine fünf Sekunden vergingen und er war in einer Schneise zwischen ungläubigen und angstvoll Abstand haltenden Besuchern verschwunden.

Dabei musste er sich allerdings zurückhalten, um nicht nach rechts und links zu blicken. Eine Furcht, wie er sie noch nie erlebt hatte, durchfuhr seinen Leib, obgleich man es ihm mitnichten ansehen konnte. Erstmalig war er auf eine Kraft, eine Macht gestoßen, die seiner mehr als ebenbürtig war. Hätte er sich weiter umgesehen, gar die Quelle seiner Ängste erblickt, er hätte nicht sagen können, ob er ihr noch hätte entrinnen können.

Es war die Kraft des Christentums. Die Macht des Glaubens.

Schnell hatte er verstanden, diese Kraft, diese Macht war in dieser Kirche allgegenwärtig und zudem eindeutig zu stark für ihn. Er wusste, das eigentliche Ziel der Scharen aus Pilgern war ein anderes als der Kaiserthron, vielmehr eines, das seit 1349 im Siebenjahresturnus begangen wurde. Und 1454 fiel in diesen Zyklus der Aachener Heiligtumsfahrt. Die Wallfahrt fand mit dem Ziel im Dom statt, in dem seit Zeiten Karls des Großen im Marienschrein im vorderen Teil der Chorhalle ein sagenhafter Reliquienschatz aus Jerusalem gezeigt wurde: die Windeln und das Lendentuch Christus', das Kleid Marias und das Enthauptungstuch Johannes des Täufers. Ein ausgesprochen glücklicher Zufall für Nathan, ihn beim Gang durch den Dom bislang übersehen zu haben; das hätte ihn ansonsten schon früher stark verunsichert. Auch jetzt schaffte es allein schon der bloße Gedanke, den Marienschrein mit seinen Reliquien unmittelbar vor Augen zu haben, ihn beinahe in den Wahnsinn zu treiben.

Verständlich also, dass der Balg mit stur nach vorne gerichtetem Blick, ganz so, als hätte er Scheuklappen vor den Augen, das Weite suchte und Aachen ebenso rasch hinter sich ließ. In seinem Handgepäck von Anfang an: Die in der Druckerwerkstatt zuletzt gefertigte Bibelausgabe in der Fassung des Satans.

Von nun an mied er die großen Städte. Zu oft hatte er sich eines Besseren belehren lassen müssen, zu oft böse Überraschungen erlebt.

Bald darauf erreichte er Dordrecht, die älteste Stadt Hollands, wo er von einer gewaltigen Flutwelle, der Sankt-Elisabeth-Flut, in den zwanziger Jahren des fünfzehnten Jahrhunderts hörte. Später dann kam er nach Gouda. Dort erzählte man ihm von einer verheerenden Feuersbrunst, die 1438 gewütet hatte. Vorboten?, fragte er sich. Vorboten der Apokalypse? Sollte sein Vater ihm auf eben diese Weise den Weg gewiesen haben? Doch Nathans Fragen blieben unbeantwortet.

Kurze Zeit später lag Delft vor ihm, eine der größten Städte der Grafschaft Hollands neben Dordrecht und Haarlem. Aufgrund der günstigen Lage hatte sich der Ort früh zu einem wichtigen Warenumschlagplatz entwickelt, wie sich unschwer am großen Marktplatz ersehen ließ, den Nathan streifte. Wie er einst gelesen hatte, erhielt Delft das Stadtrecht 1246 von Graf Wilhelm II., viele Klöster und Konvente siedelten sich in der Folgezeit im Stadtgebiet an. Der Bau der Stadtbefestigung, die er durch das Osttor hinter sich gelassen hatte, wurde Ende des vierzehnten Jahrhunderts begonnen. Der ansässige Handel gründete in der Landwirtschaft, doch im Lauf des dreizehnten Jahrhunderts waren der Tuchhandel und das Brauwesen hinzugekommen. Durch die Kanalgrabung zum Rheindelta entzog man sich den Zöllen und

Abgaben Rotterdams, der Seehandel verhalf der Stadt zu einer ersten Blütezeit.

Delft. Der Ort, in dem, ihrer nicht ganz freiwilligen Auskunft zufolge, Sylvie DeGaart zu finden war. Nathans Vorfreude, seiner Bestimmung gerecht werden zu können, kannte nunmehr keine Grenzen.

XXX

DURCH DAS OSTTOR TRAT DER BALG 1454 an einem verregneten Tag in Delft ein. Im gleichen Jahr, in dem sein einstiger Regent Heinrich VI. in England dem Schwachsinn verfiel.

In der von ihr genannten Straße aber traf er Sylvie DeGaart nicht an. Von einer geschwätzigen Nachbarin erfuhr er, dass die stadtbekannte Jungfer DeGaart sich in ein Magdalenen-Kloster begeben hatte, da sie glaubte und seit geraumer Zeit auch überall kundtat, der Antichrist wäre hinter ihrer Seele her, was die Alte in ihrer von allerlei Vorurteilen gebildeten Meinung über den bedenklichen Geisteszustand der Jungfer noch bestärkt hatte, wie sie nur zu gerne preisgab. Unter der Obhut der Nonnen wollte die Jungfer ihren Glauben wahren, sich schützen vor dem Zugriff des Bösen, schwatzte die Alte ungehemmt weiter. Sie tat dies mit einer ekelerregenden Fahne, sodass man ihr den Hang zu Hochprozentigem aus den ansässigen Brauereien deutlich anmerkte.

Die Wegbeschreibung führte Nathan anschließend an den Stadtrand in Richtung Den Haags und noch ein Stückchen weiter in den angrenzenden Wald hinein.

Am Ziel angelangt, erschien das Klostergelände auf den ersten Blick verlassen, während noch stärkerer Regen einsetzte. Eimerweise goss es jetzt vom Himmel herab.

Aus einem Nebengebäude, wohl der Kapelle, drangen singende Frauenstimmen nach außen. Der Klang der Stimmen war rein und in jedem einzelnen Ton wunderbar stimmig: »Wer Gott vertraut, hat wohl gebaut im Himmel und auf Erden; wer sich verlässt auf Jesus Christ, dem muss der Himmel werden.«

Kurz erschauderte der Junge. Derart vollkommener Gesang war nie zuvor an sein Ohr gedrungen, selbst in Frankfurt auf dem Weihnachtsmarkt nicht. Es war schön, ihm zu lauschen, zugleich aber wirkte er mit jedem Ton verfänglich, so als wollte er dem Zuhörer eine Weise des wahren Glaubens erzählen, die zu hören das Herz mit Wärme umhüllte, die in aller Hoffnungslosigkeit Geborgenheit schenken konnte und nichts Böses zuließ, es gar im Keim erstickte.

»Darum auf dich all Hoffnung ich gar steif und fest tu setzen. Herr Jesu Christ, mein Trost du bist in Todes Not und Schmerzen.«

Angeekelt schüttelte sich Nathan, als er genug gehört hatte. Derlei Schöngeistiges traf in seinem Wesen auf keinerlei Gegenliebe, ganz im Gegenteil. Dennoch diente es einem bestimmten Zweck: Es sollte ihn fernhalten von dem, weswegen er kam. Er begriff jetzt, dass seine Ankunft entgegen seiner ersten Annahme ganz und gar nicht unbeobachtet geblieben war.

»Und wenn's gleich wär dem Teufel sehr und aller

Welt zuwider, dennoch so du bist, Jesu Christ, der sie all schlägt darnieder.«

Während sein Körper verharrte, drehte er den Kopf. Als seine Drehung wohl an die hundertachtzig Grad vollzogen haben könnte, rastete sein Haupt augenblicklich an dieser Stelle ein. Gleichzeitig zog sein restlicher verteufelter Leib allmählich nach und alles wies alsdann in die Richtung des zum Kloster gehörenden Hühnerstalls.

»Raus mit euch, ihr Metzen, oder wollt ihr mich mit euren Chorälen verhexen?«, brüllte er zum Stall hinüber.

Daraufhin traten der Reihe nach zwanzig Nonnen heraus und stimmten ein in den Gesang, der von der gegenüberliegenden Kapelle herrührte: »Und wenn ich dich nur hab um mich mit deinem Geist und Gnaden, so kann fürwahr mir ganz und gar nicht Tod noch Teufel schaden.«

Zwischen Kapelle und der Scheune mit dem Hühnerstall stand nun Nathan, als die soeben erschienenen Nonnen im Halbkreis ausschwärmten und ihn zurückdrängten.

In seinem Rücken wurde die massive zweiflügelige Tür zur Kapelle aufgetan.

»Und wenn's gleich wär dem Teufel sehr und aller Welt zuwider, dennoch so du bist, Jesu Christ, der sie all schlägt darnieder«, wurde die letzte Strophe voller Inbrunst wiederholt.

Der Balg konnte sich nicht wehren und wich Meter

um Meter zurück. Dabei schüttelte er sich angewidert, als krabbelte lästiges Insektengetier über seine Haut. Gleichzeitig drang kalter Schweiß aus jeder seiner Poren.

Nachdem er die Türschwelle übertreten hatte, verstummte der Gesang in der Kapelle augenblicklich, von draußen jedoch nicht, bis die Tür von außen verriegelt wurde. »Und wenn ich dich nur hab um mich mit deinem Geist und Gnaden, so kann fürwahr mir ganz und gar nicht Tod noch Teufel schaden.«

Als wäre er meilenweit von einer Bande aus Mördern gehetzt worden, rann der Angstschweiß jetzt an Nathans Stirn herunter. Er konnte sich nicht davon befreien. Abermals waren seine Kräfte begrenzt gewesen und er hatte geschehen lassen müssen, was nicht zu verhindern war. Er verspürte gleichsam Ohnmacht wie Verbitterung. Am liebsten hätte er den Nonnen gezeigt, was er von ihnen hielt, aber er war völlig handlungsunfähig.

»Dass du wagst, tatsächlich herzukommen. Ins Kloster Magdalenas, der Frommen. Vollende dein Werk, elender Zwerg!«, ertönte nun hinter ihm eine klare und helle Stimme, deren Worte in dem hohen Raum mehrmals nachhallten.

Der Balg wandte sich kreidebleich um.

In einen wallenden weißen Umhang gehüllt, stand Sylvie DeGaart direkt vor ihm. Um ihre Augen war eine dünne weiße Binde gelegt worden, sodass sie ihre Umgebung nur in schwachen Umrissen wahrnehmen konnte. Im Halbkreis um einen Altar herum brannten hinter der jungen Frau Hunderte von Kerzen, die den Raum in ein verheißungsvolles Licht hüllten. An der linken Flanke des Raumes stand ein übergroßes, einladendes Bett, umrahmt von weiteren unzähligen Kerzen. Minuten verstrichen. Nathan brauchte Zeit, zu überrumpelt war er von dem ganzen Schauspiel. Dann holte er wortlos seine Bibel mit den Lehren des Teufels aus seinem Rucksack. Endlich würde sie erstmalig ihren Sinn und Zweck erfüllen, da war er sich ganz sicher. Von ihm unbemerkt, öffnete sich die Tür der Kapelle einen Spalt weit. Auf leisen Sohlen schlich eine Frau herein und benetzte ihre Hände mit Weihwasser aus einem Behälter zu ihrer Linken. Hernach bekreuzigte sie sich und flüsterte die Taufformel:

»Im Namen des Vaters und des Sohnes und des Heiligen Geistes.«

Nathan überreichte Sylvie DeGaart das Buch.

Sie nahm es in ihre knochigen Hände, drehte sich und schritt anmutig und leicht zum Altar, wo sie es aufschlug.

»Der Anhang, meine kleine Pilgerin, da ist das Wort des wahren Heiland drin!«, gebot der Balg.

Für Sekunden blickte Sylvie unter ihrer Augenbinde hervor. So lange, bis sie einen Schatten hinter dem Jungen entdeckte. »So soll es sein! So soll es sein!«, hauchte sie daraufhin sinnlich in den Raum. Erneut hallte es gespenstisch nach.

Nathan lachte schäbig. Die Lehren Luzifers würden erste Früchte tragen, belustigte er sich. Sie würden ihren Geist vernebeln, einen alles bedeckenden Schleier der Unverfrorenheit darüberlegen und ihr bedingungslose Folgsamkeit beibringen. Die Pilgerin würde in die Hölle fahren, entzückte er sich regelrecht. »Nimm deine Binde nun von den Augen, meine Schöne, du wirst lieben der Worte Zauber und Töne!«

Sylvie handelte allerdings nicht so, wie er es befahl. Stattdessen legte sie das Buch beiseite, schritt zum Bett hinüber und legte sich in aufreizender Haltung auf das Laken hernieder. »Du hast die Wahl, mein Gebieter, Pflicht und Schuldigkeit oder hemmungslose Begierde und Lüsternheit!«

Gleichsam es Sylvie durchaus bewusst war, dass sie soeben ein Wagnis ohnegleichen einging, musste sie diese Gefahr auf sich nehmen. Sie musste den Balg ihrer Verführungskunst aussetzen, sie musste seine Wollust erregen und ihn dadurch verletzlich machen.

Mit ihrem Verhalten erreichte die junge Frau genau das, was sie beabsichtigte: In Nathans Seele kämpfte die Fleischeslust gegen seine Bestimmung, während Sylvie alles dafür gab, diesen inneren Zwiespalt in ihrem Interesse zu entscheiden: Sie räkelte sich, sie streckte sich, sie zeigte Haut und hauchte über ihre vollen Lippen wiederholt seinen Namen: »Nathan! Nathan! Nathan!«

Dieser ergründete derweil die Folgen, die sich aus

seinem Tun ergäben, die seine Entscheidung, wie auch immer sie ausfiele, nach sich ziehen würde. Ihr nachzugeben, hieße sein Geschlecht nicht zu verleugnen, ihr zu entsagen, hieße seinem Vater gerecht zu werden, sinnierte der Balg, während sein Atem sich beschleunigte und sein Blut in Wallung geriet. Aber es bedeutete auch, nicht seinen Mann stehen zu können, sondern zu versagen. Was würde man dann von ihm denken, wie über ihn spotten, schlimmstenfalls wäre er ein Eunuch zwischen den Lenden, spann der Balg sich aus. Der wahre Vater müsste sich gedulden, das verheißene Werk liefe ihm ja nicht davon. Er machte einen hastigen Schritt nach vorn und bekundete damit seine eindeutigen Absichten, erstarrte dann aber genauso schnell wieder mit dem Erscheinen zweier Nonnen aus einer Seitentür. Genüsslich verfolgte er ihr emsiges Tun, als er bemerkte, dass sie Sylvies Arme an das Gestänge des Bettes fesselten. Seine Vorfreude, seine Erregung waren jetzt nicht mehr zu bemessen. Die Nonnen verschwanden wieder. Nathans Begierde war nunmehr grenzenlos. Unterdessen erzitterte Sylvie, als sie seine Schritte hörte, aufs Heftigste am ganzen Leib. Aber sie spielte ihr Schauspiel weiter und drehte sich anmutig auf dem Laken hin und her. Zur selben Zeit jedoch begann sie leise, eine Bibelstelle zu rezitieren: Den Psalm dreiundzwanzig.

»Der Herr ist mein Hirte, mir wird nichts mangeln.«

Wieder Schritte. Von Neuem bebte ihr Körper in scheinbarer Erwartung ihres Gespielen. Dieses Mal jedoch verlangsamte sich die Schrittfolge. Gleichsam zwang sie sich mit aller Macht zur Vernunft. Sie musste Ruhe bewahren, gleich würde das Vorhaben, das sie sich mit ihrer Verbündeten ersonnen hatte, gelingen.

»Er weidet mich auf einer grünen Aue und führet mich zum frischen Wasser.«

Unbändiges Verlangen vortäuschend, rüttelte Sylvie an den Fesseln. Das verschnörkelte Eisengitter an der Kopfseite knarrte vor Erschütterung in durchdringend hellen Tönen. »Er erquicket meine Seele und führet mich auf rechter Straße um seines Namens Willen.«

Erneut stemmte sie sich in zunehmender Unruhe gegen das stramme Seil. Die Zeit erschien ihr endlos. Es musste gelingen, feuerte sie sich selbst im Stillen an. »Und ob ich schon wanderte im finsteren Tal ...«

Unverhofft erklang ein leises Reiben von Metall auf Metall. Gerade zum rechten Zeitpunkt. Nathan entging es völlig, zu angetan war er von dem Weib, das ihn erwartete. Sylvie fuhr mit bebender Stimme fort: »...fürchte ich kein Unglück.«

Sie spürte nun den Widerstand schwinden, ihre rechte Hand war auf einmal frei. Das im Vorfeld von ihr selbst mit einer Säge vorbereitete Eisenteil war, ganz wie beabsichtigt, unter dem Druck ihrer Stöße aus seiner Verstrebung herausgebrochen und schwang nun unter ihrem gefesselten Handgelenk lose in der Luft am Seil hin und her. »Denn du bist bei mir.« Geistesgegenwärtig ergriff Sylvie das Stück Metall mit der scharfkantigen Spitze nach unten. »Dein Stecken und Stab trösten mich.«

Mit jedem Laut erklangen die Schritte jetzt aus noch größerer Nähe. In ihrer Brust klopfte wild ihr Herz, während sie weiter mit gedämpfter Stimme den Psalm aufsagte. »Du bereitest vor mir einen Tisch …« Unter dem dünnen Stoff ihrer Augenbinde glaubte sie jetzt, einen Schatten vor sich treten zu sehen. In die grelle Abendsonne, die nun von Südosten her aus dem dichten Wolkenhimmel hervortrat und durchs Fenster neben dem Bett in die Kapelle gleißte. »Im Angesicht meiner Feinde.«

Gleich darauf spürte sie heißen Atem auf ihrer Haut. Alles in ihr sträubte sich dagegen, angewidert verzog sie ihren Mund.

»Du salbest mein Haupt mit Öl und schenkest mir voll ein.« Jetzt musste sie handeln, ermahnte sie sich. Ihr Körper bebte vor Anspannung.

»Gutes und Barmherzigkeit werden mir folgen mein Leben lang …« Im nächsten Augenblick stemmte sie sich hoch und holte mit ihrem rechten Arm aus in die Richtung, in der sie ihren Peiniger vermutete. Hernach riss sie sich die Binde vom Gesicht und schrie das Ende des Psalms aus voller Kehle hinaus.

»… und ich werde bleiben im Hause des Herrn immerdar!«

Wenige Sekunden verstrichen.

Nachdem Sylvie sich umgesehen hatte, erblickte sie Nathan mit der eisernen Verstrebung in seinem Fleisch. Sie hatte damit eine klaffende, sehr stark blutende Wunde in seinen Oberschenkel getrieben.

Verwundert zog sich der Balg das Eisen aus dem Leib und musterte es ungläubig. Wie er feststellte, wies es die Form eines Kruzifixes auf. Von einer Sekunde zur nächsten trat abermals tiefes Schwarz an die Stelle des Stahlblaus in seinen Augen. Mit überschäumendem Hass musterte er die Frau vor ihm. »Du stießest ein Kreuz in meinen Leib, stirb, du frommes Erdenweib!«, keifte er Sylvie, in seiner Tobsucht mit dem Eisen nach ihr ausholend, jetzt an.

Unvermittelt durchfuhr ihn ein stechender Schmerz im Rücken.

»Kein Speer kann dies sein, kein Dolch kann dies sein! Was und vor allem wer verursacht diese Pein?«, keuchte er, sich nach allen Seiten hin krümmend.

Neuerlich durchfuhren ihn unerträgliche Schmerzen. Gleichzeitig sah er neben sich Wasser auf den marmornen Boden spritzen. Er fuhr herum.

Gianna Maria stand nun direkt vor ihm und schüttelte ihre benässten Hände über ihm aus. Weihwasser tropfte in sein Gesicht, brannte sich tief unter seine Haut ins Fleisch. Nathan musste die Marter ohne Gegenwehr über sich ergehen lassen. Sylvie DeGaart löste mit ihrer freien Hand ihre zweite Fessel und rannte behände zurück zum Altar, klappte eilig das

Buch wieder zu, nahm eine der Kerzen und steckte es in Brand.

In einem Moment, als der Balg seinen Schmerz verkraften konnte, griff er sich die linke Hand Gianna Marias.

Neuen Mutes, ihr Einhalt gebieten zu können, belächelte er sie im Gefühl der wiedergewonnenen Überlegenheit. Die Wurzel seines Hasses auf sie trieb bis ins Uferlose. Doch er hatte sich zu früh gefreut, denn mit ihrer anderen Hand drückte die Nonne ihm rasch ihr Kreuz auf die Stirn. Sekundenschnell brannte es sich fest in die Haut. Wehrlos fiel Nathan in sich zusammen, während seine Augen ihre ursprüngliche Farbe wieder annahmen.

Sein letzter Gedanke war, dass es auch ohne den letzten Test gehen müsste, wenn sein Vater nur milde über sein Versagen hinwegsähe.

XXXI

Gute drei Stunden später erlangte Nathan sein Bewusstsein wieder. Er lag mit einer tiefen Fleischwunde am Oberschenkel, an einen mannshohen Mast angekettet, auf dem Marktplatz Delfts. Mühsam richtete er seinen Blick gen Himmel, allerdings erblickte er nicht die gleißende Sonne, sondern eine der verhassten Kirchenbauten: Die Neue Kirche der Stadt, geweiht der Heiligen Maria und der Heiligen Ursula, an deren Westturm seinerzeit noch gebaut wurde. 1351 als zweite Pfarrkirche der Stadt neben der Alten Kirche zunächst als hölzerner Behelfsbau begründet, wie wir Schriften über die dortige Baukunst entnahmen, sollte fünfundvierzig Jahre später um den Altbau herum eine große spätgotische Basilika entstehen.

Innerlich verdammte Nathan ein weiteres Mal diese sakralen Bauwerke zutiefst, nichts als Kummer hatten die, von seinem Standpunkt aus gesehen, gotteslästerlichen Prunkbauten ihm eingebracht. Gleich darauf spuckte er in die Richtung der Kirche und verfolgte mit seinen Augen die Flugbahn seines Speichelbatzens.

Dabei schaute er in die Gesichter einer Schar aus Schaulustigen. Die Versammelten starrten ihn mit großer Abscheu an.

»Der da ist des Teufels Prophet? Derjenige, der uns die Köpfe für seine verderbliche Lehre verdreht?«, schrie einer lauthals.

»Das kleine Häufchen Elend dort? Der da will uns in Versuchung führen mit des Satans Wort?«, kreischte ein zweiter aus dem Gesindel.

Einzelne kicherten bei Nathans Anblick, Kinder wie Erwachsene streckten ihm frech ihre Zungen heraus. Wieder grölte einer.

»Der Knabe da will uns in den Schlund der Hölle werfen? Dazu müsste er erst einmal seine Klauen an den Ketten schärfen!«

Abwertendes Gelächter kam auf, wurde stetig durchdringender und greller. Von allen Seiten erntete Nathan nur Hohn und Spott, während der Pöbel tobte und sich gegenseitig aufstachelte. Im Schädel des Balgs dröhnte es mehr und mehr, seine Stirn brannte noch immer höllisch. Für Momente schien der teuflische Balg zu verzagen und sich seinem Schicksal zu ergeben.

Einsam und hilflos ließ er die hämischen Worte der Menschen über sich ergehen, bis er inmitten der Menge eine Frau in Nonnentracht und mit gesenktem Kopf erkannte. Der Anblick dieses Weibsbilds ließ augenblicklich Zorn in ihm aufsteigen. Nun sollte es genug sein, er würde sie nicht entkommen lassen. Dieses Mal würde er sie vernichten. Wieder blitzten seine Augen tiefschwarz auf. Seine kleinen Hände ballten sich zu Fäusten. Wie ein Tier schnaubte der

Junge, tollwütig, mit Schaum vor dem Maul. Jeden Augenblick konnte er zuschnappen.

Unvermittelt schaute die Frau hoch und trotzte mutig seinem Blick.

Es verging kein Wimpernschlag, als Nathan seine Ketten in Hunderte ihrer Glieder aufsprengte, die in die Menge schnellten und einzelne Menschen erschlugen oder schwer verletzten. Hernach stampfte er wütig durch die Menschenmassen und schlug mit unbändiger Wut zur Seite, was ihm an Menschenleibern, Getier und Sonstigem im Wege stand.

Augenblicklich ergriff Angst die Gaffenden. Die Leute rannten wild durcheinander, trampelten andere nieder und erbaten in ihrer Not himmlischen Beistand.

Die Nonne war Gianna Maria. Sie rannte nun ebenfalls los und schlug die andere Richtung ein.

Nur noch wenige Meter trennten ihn von ihr, als sie auf eine fahrende Kutsche aufsprang, die von zwei tapferen Schwestern des Magdalenen-Klosters gelenkt wurde. Unter größter Anstrengung und Körperbeherrschung hielt sie sich fest und schaute dann ein letztes Mal, zu allem entschlossen, zurück.

»In Mainz werden wir uns wiedersehen, kein Weg kann für dich daran vorbeigehen!«, schallte es Nathan entgegen.

Während er dies vernahm, stieß der Balg zu seiner Linken wutentbrannt einen Reiter von seinem Gaul, hievte sich behände auf den Sattel und gab dem Pferd die Sporen. Das Tier wieherte vor Schmerz laut auf und stellte sich auf die Hinterbeine. Dann galoppierte es los.

Gianna Maria sah den Jungen, nachdem sie die Stadt hinter sich gelassen hatten, schnell aufholen. Als er nur noch wenige Meter hinter ihnen war, nahm sie all ihren Mut zusammen, schwang sich waghalsig auf den Rücken des Pferdes links vor ihr und löste es aus dem Gespann. Zu ihrem Glück erwies sich ihr Pferd als schneller als dasselbe Nathans und sie zog davon. Wie sie sich versicherte, galt sein Interesse einzig ihr. Die tapferen Nonnen des Magdalenen-Klosters ließ der Balg unbeschadet hinter sich.

Runde fünfzig Kilometer später – Nathan war außer Sichtweite – gönnte die Nonne ihrem Gaul und sich eine Rast. Am nächsten Morgen waren ihr Pferd und sie wieder bei Kräften und ritten weiter.

So kam es, dass der beiden Katz- und Mausspiel bis wenige Meilen vor Mainz andauerte. Erst runde zehn Kilometer vor ihrem Ziel gelang es dem Jungen, im Wettrennen entscheidend aufzuholen. Es sah ganz danach aus, als sollte das Unglück über die Stadt Mainz hereinbrechen.

Es war noch dunkel, als Fust die Werkstatt erreichte. Gedankenverloren drehte er seinen Schlüssel im Schloss und trat ein. Er konnte die Fehde zwischen ihm und Gutenberg nicht aus seinen Gedanken bannen. Gleichwohl er wusste, er schuldete ihm noch eine Entscheidung hinsichtlich Nathans weiterer Mitarbeit am Bibeldruck, war er ihm seither aus dem Weg gegangen. Seit Monaten konnten die beiden nicht mehr unbefangen miteinander umgehen. Selbst Schöffer hatte sich mehrmals, allerdings erfolglos, als Vermittler angeboten.

Die Nacht ist sehr unruhig gewesen, dachte Fust. So wie die Nächte ihm seit geraumer Zeit nur ein Mindestmaß an Erholung gönnten. Heute jedoch war er bereits zur Geisterstunde schweißnass aufgeschreckt, hatte sich dann nur noch hin und her gewälzt. Irgendetwas, das ihm unnachgiebig den Schlaf raubte, trieb ihn vier Stunden später in der Finsternis hierher. Eine innere Stimme hatte ihn gedrängt, hier und jetzt nach dem Rechten zu sehen.

Tausend Dinge gingen ihm gleichzeitig durch den Kopf, als er über den Teppich im hinteren Teil der Werkstatt stolperte.

Verwundert blickte er zu Boden. Dieser Teppichläufer war ihm, so oft er wahrscheinlich schon darübergeschritten war, nie aufgefallen. Genauso wenig wie der wohl gut und gerne einen halben Meter lange Spalt, der sich, nachdem der Teppich verrutscht war, zwischen den Dielen auftat. Fust schob den Läufer ganz zur Seite und erkannte die Falltür, zu deren Öffnung augenscheinlich ein halb verrosteter gusseiserner Ring diente. Ein Kellerraum?, fragte er sich zunächst verwirrt. Er erinnerte sich dann jedoch an den Kaufvertrag, den er einst abgeschlossen hatte. Tatsächlich hatte dieser einen Abschnitt enthalten, in dem von einem Kellergewölbe mit Lagerungsmöglichkeiten die Rede war.

Daraufhin öffnete der Anwalt, da seine Neugierde geweckt war, die Falltür und folgte einer steilen kleinen Holztreppe, mit Stufen kaum breiter als zwanzig Zentimeter, nach unten. Dort angekommen, zündete er eine an der Decke hängende alte Ölfunzel an. Als er sie losließ, schwankte sie noch lange, in ihrer Halterung quietschend, von Seite zu Seite. Sich wieder ins Gewölbe wendend, sah Fust das Werk Nathans: etliche fein säuberlich aufgestapelte Büchertürme. Gespenstisch flackerte der Lichtschein der Lampe immer wieder darüber hinweg. Eines der Bücher nahm er voller Begeisterung über dessen vollkommene Kunstfertigkeit und Schönheit in die Hand und schlug den vorderen Teil auf. Wie vor den Kopf geschlagen, meinte er, es wiederzuerkennen. Die Vulgata des Hieronymus, kein Zweifel. Noch bevor er sich weitere, tiefer gehende Gedanken über Herkunft und Hersteller des Schriftstückes machen konnte, hatte er zu seinem Pech auch schon die letzten Seiten aufgeblättert.

Sofort war er gebannt von ihrem Inhalt. Augenblicklich drohte sich sein Geist in dem Geflecht aus Worten der abgrundtiefsten Sittenlosigkeiten und schamlosesten Unanständigkeiten zu verlieren:

Gewissen weiche, weiche, weiche,
Niedertracht heranschleiche, schleiche, schleiche,

Zweifel verbleibe, verbleibe, verbleibe,
Verkommenheit treibe, treibe, treibe,
Verstand begreife, begreife, begreife,
Bosheit reife, reife, reife,
Verschlagenheit gedeihe, gedeihe, gedeihe
zu Satans Weihe, Weihe, Weihe,
Unterbewusstsein dich sehne, sehne, sehne,
Schlechtigkeit dich auflehne, auflehne, auflehne,
die Lehre Luzifers verbreite, verbreite, verbreite,
zur Sünde verleite, verleite, verleite,
Sittlichkeit verkomme, verkomme, verkomme,
Es sterbe der Fromme, Fromme, Fromme…

Um die Grenzen des guten Geschmacks nicht übermäßig zu beanspruchen, sei es bei einem Auszug daraus belassen. Fust jedenfalls begann, unwiederbringlich eins zu werden mit den Worten und Sätzen. Die Lehren Luzifers hatten ihn mit ihrer ganzen Unredlichkeit und Arglist gepackt und forderten seine ihm eigene Sitte zu einem schier hoffnungslosen Gefecht heraus.

Er konnte nicht mehr an sich halten, zitterte unablässig. Dennoch konnte er nicht ablassen von dem Buch, es befahl ihm gar unmissverständlich, die enthaltenen Botschaften in sich aufzunehmen und zu verinnerlichen.

Fust schien verloren. Es konnte nicht mehr lange dauern, und er wäre in der Hand des Satans und diesem auf Gedeih und Verderb ausgeliefert.

XXXII

Gianna Maria war zehn Tage nach ihrer Flucht aus Delft unmittelbar vor den Toren der Stadt Mainz angekommen. Ihr Pferd war schweißnass und erschöpft. Rund zweihundert Meter hinter ihr trieb Nathan, der auf den letzten Kilometern stetig aufholen konnte, seinen ausgelaugten Gaul gerade über eine kleine Lichtung unaufhörlich näher.

Wieder und wieder gab er ihm die Sporen, während aus seinem teuflischen Blick die reine Gier sprach. Die Gier, die Nonne Gianna Maria endlich zu ermorden. Am Tor sah die Nonne die versammelte Wachmannschaft zu ihrem Ärgernis eine unbeschwerte Unterhaltung mit allerlei Gelächter führen.

»Ein Sittenstrolch von schändlichster Sorte ist mir auf den Fersen, er reitet allein auf einem halbtoten Gaul! Fürwahr, eilt Euch und steht nicht herum so faul!«, rief sie ihnen bereits von Weitem in voller Fahrt entgegen.

Wie aufgescheucht rannten die Torwärter unverzüglich auf ihre Posten. Zwei unter ihnen waren sogleich im Begriff, die Stadttore zu schließen, als die Nonne an ihnen vorbeigesaust war.

Langsam und schwerfällig neigten sich die gewaltigen Torhälften einander entgegen.

Aus einem Wäldchen unweit der Stadt erschien nun

Nathan. Sein Pferd schnaubte und hechelte, als wäre der Ritt aus Erschöpfung jeden Moment zu Ende.

Noch immer lärmten die Torhälften in dem Bemühen, sich zu einen.

Im gleichen Augenblick packte im Humbrechtshof jemand Fust an den Armen, schüttelte ihn und schlug ihm geistesgegenwärtig das Buch aus den Händen. Flatternd flog es in eine dunkle Ecke.

»Komm zur Besinnung! Löse dich aus deiner Verwirrung!«, ermahnte ihn eine Stimme, die Pforte seines Verstandes für das vordringende Übel wieder zu verschließen.

»Vade retro, satana! Weiche von mir, Satan!«, stammelte Fust wie von allen guten Geistern verlassen.

XXXIII

DIE STADTTORE KONNTEN NICHT RECHTZEITIG VERSCHLOSSEN WERDEN, um den Balg am Durchritt zu hindern. Einer der Stadtknechte jedoch hatte seinen Speer mitten in die Brust des Pferdes gestoßen, woraufhin es sich mit seinem Reiter auf dem Rücken mehrmals überschlug. Nur kurz aber schienen der Knecht und seine Mitstreiter die Oberhand über den Eindringling zu gewinnen. Nathan rappelte sich blitzartig hoch, seine gebrochenen Knochen renkten sich ebenso schnell wieder ein und er schnappte sich das Schwert, welches ein anderer Torwärter ihm tapfer in den Bauch getrieben hatte.

Wenig später lagen sieben Stadtknechte leblos vor den Stadttoren. Bevor der Balg weiterzog, blickte er einen Moment lang voller Stolz auf das von ihm angerichtete Gemetzel. Er berauschte sich der Kräfte, die seinen Leib durchströmten. Der höllische Abgrund ist nicht mehr weit, ergötzte er sich an seinen Taten, meine und des Vaters Herrschaft für alle Zeit.

Fust fühlte sich jäh herumgedreht. In tiefster Seele erschüttert über das Gelesene, ließ er es ohne jede Gegenwehr geschehen. Nie hätte er derart arge Worte für möglich gehalten. Er stand einem Mann Auge in Auge gegenüber. Der tätschelte ihm die Wangen, um ihn ins Leben zurückzuholen. In seiner Verworrenheit aber war Fust innerlich von so großer innerer Unruhe geplagt, dass er nur stur an ihm vorbeistarrte. Als sich der Erfolg nicht gleich einstellte, traf Fust eine wuchtige Schelle nach der anderen auf die Backe. Endlich war er wieder Herr seiner Sinne und er schaute dem Mann anfangs entsetzt, dann zunehmend gelassener ins Angesicht. So lange, bis er zu guter Letzt begriff, wen er vor sich hatte.

»Johannes, mein guter Johannes, nie zuvor war ich so froh, dich zu sehen!« Fust fiel Johannes Gutenberg um den Hals. »Ich zeige dir nun etwas, das du nicht wirst verstehen!« Ohne weitere Zeit zu vergeuden, reichte Fust ihm die Bücher, die Nathan in aller Heimlichkeit angefertigt hatte.

»Begreifst du jetzt, er hat uns alle nur getäuscht und hintergangen!«, stellte Gutenberg nüchtern fest. Immerhin hatte die Nonne Gianna Maria ihn bereits vorgewarnt. »Glaub mir, wie ich hörte, könnte man ihn schon für so einiges mehr belangen!«

»Woher willst du das wissen? Lässt du es nun nicht ein bisschen an der Wahrheit missen?«, zweifelte Fust, nach wie vor nahezu unbelehrbar über die wahre Wesensart seines Ziehsohnes. Gutenberg rang um Fassung. Dann packte er Fust mit ausgestreckten Armen am Kopf und schüttelte dessen Haupt, als wollte er seine Verbohrtheit in einem Kraftakt lösen.

»Denkst du noch immer, dass er dich nicht enttäuschen würde? Werden deine Gedankengänge mit den Jahren, die er unter uns weilt, mürbe?«

Fust hörte endlich aufmerksam zu.

»Die geheimnisvolle Nonne vom Prozess, du erinnerst dich?« Fust nickte.

»Er ist die Brut des Teufels, damit wandte sie sich vertrauensvoll an mich. Allein aus dem Grund geboren, unser Verfahren des Buchdrucks zu missbrauchen. Überleg doch, aber sei gewarnt, zu lange zu brauchen! Alles passt ins Bilde, von Anbeginn an führte er nur das im Schilde!«

Nun stellte Fust fest, dass nicht nur Gutenberg oder auch Schöffer und seine eigene Familie Nathan überaus argwöhnisch gegenüberstanden. Nein, sogar eine Nonne war ihm gänzlich abgeneigt und wusste gar mehr über ihn und mögliche Schandtaten, wie Gutenberg soeben verlauten ließ. »Erzähl, was hat die Nonne alles gesagt? Schnell, bevor mein Verstand abermals versagt! Lass nichts aus! Erzähl mir den ganzen Graus!«, forderte Fust nachdrücklich.

Daraufhin sollte es dem gutgläubigen Unternehmer einleuchten. Er musste einsehen, dass der Balg ihn die ganze Zeit zum Narren gehalten hatte. Er war der Tölpel, der über mehrere Jahre hinweg das böse Spiel Nathans geduldet und gutgläubig gefördert hatte.

Die Sonne war noch nicht aufgegangen, allerdings zeigten sich von Osten her schon erste Lichtstrahlen am Firmament, während die Sichel des Mondes noch deutlich am Himmel über Mainz zu erkennen war.

Kurz vor Erreichen der Werkstatt hatte Gianna Maria in allergrößter Hast einen Mönch, der des Weges kam, damit betraut, eine Adresse in Mainz aufzusuchen. Dort wohnte ein Mann, der ihr zur Hilfe eilen sollte. So rannte sie nun flink dem Holzverschlag entgegen, dessen Tür geöffnet war. Noch gute einhundertfünfzig Meter lagen vor ihr.

Eine Straße weiter jedoch kreuzte Nathan ihren Weg und baute sich vor ihr auf. »Nicht vergessen habe ich, verdammte alte Schlampe, wer mir Schmerzen zugefügt hat, die ich bis dahin nicht kannte!«, johlte er ihr rachsüchtig zu. Das Schwarz in seinen Augen strahlte eine unglaubliche Stärke aus, sodass die Nonne einen Augenblick lang dachte, es würde ihre Seele verschlingen.

Fust und Gutenberg waren im Kellergewölbe von dem Geschrei draußen aufgeschreckt worden. So schnell es ihnen möglich war, hasteten sie die Treppe hinauf und liefen durch die Werkstatt in den Holzverschlag. Mit bangem Gefühl erkannten sie die Nonne Gianna Maria und den teuflischen Balg Nathan. In seinen Händen trug er ein Schwert.

Die Nonne nahm nun ihren Kreuzanhänger vom Halse und hielt ihn dem Jungen entgegen, als könnte er ihr durch dessen Schutz nichts anhaben.

»Niemals …«, hörten die beiden sie ansetzen, »niemals wirst du haben, was wir Kraft unseres Glaubens in unseren Herzen tragen!«

Völlig unbeeindruckt von diesen Worten, schleuderte Nathan sein Schwert auf sie.

Es durchschlug erst die Brust und dann das Herz Gianna Marias.

Ohne dass der Körper der Drehung des Kopfes anfangs folgte, starrte Nathan jetzt die beiden Männer vor der Werkstatt an. Dämonisch funkelten seine Augen. Seine Mordlust war nicht mehr zu bremsen.

XXXIV

Ehe sie sich versahen, stand Nathan auch schon vor Fust und Gutenberg und grinste hämisch. In abfälligem Tonfall wandte er sich zuerst an Fust. Endlich musste er seine Geringschätzung ihm gegenüber nicht mehr verschleiern.

»Hattest du deine Erleuchtung, du alter Narr? Setzt dein Verstand nun wieder ein? Du hättest mir auch geglaubt, wenn ich vorgegeben hätte, einst König Englands gewesen zu sein«, verspottete er seinen Ziehvater, der seine Wut und Enttäuschung, so gut es nur ging, beherrschte. Er wollte dem Balg nicht auch noch den Triumph gönnen, die aus seiner Gutgläubigkeit geborene Verletzlichkeit in den Schmutz zu ziehen.

Gutenberg trat nun schützend vor Fust. »An dich zu glauben, verdammte Teufelsbrut, war sein größter Irrtum! Meinst du, jetzt hast du, was du wolltest, Zeit deines Lebens der Erden Interregnum?«

Nathan schien erheitert. »Und du, denkst du ernsthaft, meine Herrschaft verhindern zu können? Versuche dich darin, doch du wirst scheitern, also finde dich besser damit ab, mir den Sieg zu gönnen!«

Fust platzte der Kragen. »Davon habe ich jetzt endgültig genug! Aus deinem Schandmaul kommt nichts als Lug und Trug!«

Anerkennend nickte der Balg. »Wie recht er doch hat, auch ich habe es satt. Geht nun endlich beiseite, auf dass ich die Bücher mit den euren vertauschen kann! Und habt keine Sorge, ich bringe sie auch ohne euch an den Mann!«

Gutenberg wusste sich nicht mehr anders zu helfen, er krempelte seine Ärmel hoch und teilte Ohrfeigen aus. Mitten ins Gesicht des Balges schlug er, der ihn jedoch nur mitleidig belächelte. »Du Tier, niemals wirst du mein Werk missbrauchen! Da kannst du noch so lange deine Drohungen fauchen!«

Als Fust Nathans schmieriges und überhebliches Lachen sah und hörte, war auch er derart angewidert, dass er das Blut in seinen Adern regelrecht rauschen hörte. Anfangs von sich selbst überrascht, blickte er an seinem rechten Arm herunter. Seine sehnige Hand hatte sich zur Faust geballt und bebte vor Anspannung, sogar die Adern traten gut sichtbar hervor. Die Auseinandersetzung mit seiner Kindheit, die er viel zu lange scheute, stand nun unweigerlich bevor. Fust begriff ein für alle Mal, er hatte die Schläge seines Stiefvaters nicht, der verkommene Balg vor ihm aber sehr wohl verdient. Jeder Vergleich Nathans mit seinem totgeborenen Sohn war zudem aberwitzig und dumm, machte er sich bewusst, ebenso sein Glaube an eine göttliche Fügung, die daher rührte, dass der Junge einst am Todestag seines Sohnes in sein Leben trat.

Einem letzten Augenkontakt mit Nathan folgte ein für den verhöhnten Ziehvater befreiender Schlag gegen das Kinn seines Ziehsohns. »Da hast du, was dir längst gebührt, lange genug hast du mich an der Nase herumgeführt!«

Unterdessen war ein weiterer Mann auf der Bildfläche erschienen, der sich jedoch im Hintergrund hielt und sich zu dem mit Kies bedeckten Einstieg in den Büschen schlich, durch den Nathan jahrelang ins Kellergewölbe gelangt war. Die Lage der versteckten Falltür hatte ihm der von Gianna Maria geschickte Mönch mitgeteilt. Er hätte seine Auskunft aus sicherer Quelle, hatte er auf Nachfrage beteuert, ehe er ihn darauf vorbereitete, was ihn erwarten würde. Kaum war er unten angelangt, traf es ihn wie der Blitz. Der Mönch hatte wahrlich nicht übertrieben, denn in der Tat fanden sich hier etliche von Nathan hergestellte Bibelausgaben.

Einen Moment lang konnte der Mann nicht widerstehen und griff nach einem der Bücher. Sogleich durchfuhr ihn eine Angst, wie er sie noch nie vorher empfunden hatte. Sekundenschnell begriff er, in den Seiten dieser Bücher war die Bosheit eingebunden. Im selben Augenblick spürte er eine eisig kalte Hand auf seiner Schulter. Eine böse Vorahnung ließ ihn herumschnellen. Er blickte in das nackte Grauen, sodass es ihm wortwörtlich die Sprache verschlug. »Grundgütiger …«

Das Buch fiel zu Boden. Der Mann, der sich Peter Schöffer nannte, hinterher.

Noch immer schlugen und prügelten Fust und Gutenberg in ihrer Verzweiflung mit Fausthieben abwechselnd auf Nathan ein. Es knackte und lärmte, als ob jeder einzelne Knochen in seinem Schädel brach. Von der Wucht wurde sein Kopf ruckartig nach links und rechts wie auch nach hinten geschleudert, schnellte jedoch ebenso schnell wieder in seine Ausgangshaltung zurück, ohne dass er sichtbaren Schaden genommen hätte.

Fust und Gutenberg verloren merklich an Kraft und Ausdauer. Ihre Gesichter verrieten immer größere Mutlosigkeit. Mit einem Mal umschloss der unverletzte Balg ihre Fäuste unmittelbar vor dem Einschlag in seinem Gesicht, ließ sie nicht mehr aus seinem Griff und brach in schallendes Gelächter aus. Dann, urplötzlich, wurde er wieder todernst.

»Schon jetzt verzagt ihr Memmen, schon jetzt könnt ihr nichts als flennen! Genug von euren lächerlichen Übertölpelungsversuchen, von nun an könnt ihr nicht mehr länger um meine Gnade ersuchen!«

Nathan verdrehte ihre Arme so weit, bis sich Gutenberg und Fust vor Schmerzen krümmten, und stieß beide mit derben Fußtritten in hohem Bogen in die Werkstatt. Seine Geduld war erschöpft, schließlich vergeudeten sie nur unnütz seine wertvolle Zeit. »Sprecht jetzt euer letztes Gebet und hofft, dass euer Gott euch von euren Sünden reinwäscht, noch ehe er zusammen mit euch diese Welt für immer verlässt!«

Den Tod vor Augen, fügten sich Fust und Gutenberg in ihr Schicksal und falteten die Hände zum Gebet.

Peter Schöffer glaubte indes, sein letztes Stündlein sei gekommen. In Erwartung des erlösenden Schlages des Wesens, das ihn an der Schulter gepackt hatte, hielt er seine Hände schützend vors Gesicht. Doch entgegen seiner Befürchtung ergriff es alsgleich seine rechte Hand und half ihm auf. Daraufhin nahm es die Ölfunzel von ihrem Haken an der Decke und zerschellte sie über den Bücherstapeln Nathans. Schöffer wusste nicht wirklich, wieso und weshalb, aber mit der Hand der Gestalt in der seinen spürte er neue Hoffnung in sich aufkeimen. Ihr Griff war zugleich sanft wie herzlich und als sie ihn losließ, wünschte er sich gar, sie wäre noch eine kleine Weile länger in seiner verweilt. Zumindest so lange, bis die Gefahr gebannt wäre. Ihr Zeigefinger jedoch bedeutete ihm nun, denselben Weg zu nehmen, durch den er gekommen war, während sich die Flammen rasch ausbreiteten und unter sich zerstörten, was besser niemals auf dieser Erde entstanden wäre.

XXXV

Schnell hatte das Feuer vom Kellergewölbe aus auf die gesamte Einrichtung übergegriffen. Es loderte und knisterte, es glühte und brannte in der Gluthitze der Werkstatt. Fust und Gutenberg hatten vor Nathan, der vom Brand überrumpelt wurde, Reißaus nehmen können. Im Zentrum der Flammen streckte der Balg jetzt seine Arme gen Himmel, als erflehte er überirdischen Beistand, um der hoffnungslosen Lage doch noch Herr werden zu können. Jede Zelle seines Körpers sträubte sich mit aller Entschlossenheit gegen die vernichtende Niederlage, die ihm, wie er annahm, drei einfache Erdlinge zufügen wollten. Wiederholt schnellte sein Kopf wie ein Kreisel vor, seitlich neben und hinter ihn. Er konnte, er wollte es nicht begreifen, obgleich er eindeutig rund herum sah, dass sein Werk nicht mehr zu erretten und längst ein Opfer der Flammen war. Hundertneunundsiebzig Ausgaben der Gutenbergbibel mit dem von ihm selbst beigefügten Anhang der Worte seines teuflischen Vaters waren unwiederbringlich verloren. Jedes einzelne der Bücher, egal ob Altes oder Neues Testament, mit einer Länge von sechshundertsechsundsechzig Seiten, ganz wie es ihm befohlen war, zerfiel zu Staub und Asche und er musste es mit ansehen. Schuld daran waren die drei Männer, die er nun vor den Südfenstern der Werkstatt ausmachte. Aus ihren Gesichtern sprach trotz der grausigen Vorgeschichte großes Mitleid mit einem kleinen Jungen, vielmehr einem satanischen Bastard, der alles der Erfüllung seiner Bestimmung unterordnete. Nathans Hass gipfelte nun erneut in reiner Mordgier. Dieses Mal jedoch in einem Ausmaß, das selbst in seinem verdorbenen Wesen seinesgleichen suchte. Es konnte sich nur noch um Sekunden handeln, ehe er blutige Rache nehmen und durch das Töten Befriedigung erfahren würde. Er würde sich in der Genugtuung suhlen, sie aus ihren heilen Familien herausgerissen und zu bedeutungslosen Opfern gemacht zu haben. Zu Opfern, denen er ihren angestammten Rang in der Geschichte streitig machen, deren Ruhm er einheimsen würde. Später würde er einen neuen Anlauf unternehmen, sich die Gunst des Vaters zu verdienen. Er würde die drei sofort vernichten, um dieses Ziel zu erreichen. Schöffer, Gutenberg und Fust. Genau in dieser auf den Kopf gestellten Reihenfolge, in der er ihre Bekanntschaft gemacht hatte. Zugleich das Nacheinander der Größe des Ärgers, den sie ihm bereitet hatten: Schöffer als der Zerstörer seines verheißenen Werkes; Gutenberg als der ewige Zweifler und Unruhestifter; Fust als der, der ihm wissentlich in den Rücken fiel. Seine blinde Wut kannte keine Grenzen mehr, als er aus der Mitte des brennenden Raumes losstampfte in Richtung der Feinde. Nichts konnte ihn nunmehr aufhalten. Unverhofft jedoch erklang eine Stimme aus dem Feuer, die ihn anrief: »Nathan!« Am ganzen Leibe zuckend, fuhr der verruchte Balg herum. Was er sah, spiegelte sich in blankem Entsetzen in seinen nunmehr wieder kohlschwarzen Augen wider: Es war eine vernarbte und blutige Gestalt, die über die Kellertreppe nach oben stieg und dermaßen hässlich und entstellt war, dass sie unmöglich von dieser Welt und damit höchstwahrscheinlich auch kein Geschöpf Gottes sein konnte.

Demütig schritt der mit einem Schlag verunsicherte Nathan ihr entgegen, ehe er sich vor dem Wesen auf die Knie fallen ließ. Es musste geradewegs aus den Tiefen der Hölle emporgestiegen sein, gaukelte ihm sein verwirrter Verstand vor.

»Geliebter Vater mein! So lange sehnte ich dich herbei. Nie hätte ich gedacht, dass es ausgerechnet dieser Moment sei«, erflehte er das Wohlwollen des geheimnisvollen Wesens.

»Mein Blut!«, antwortete dieses kühl.

Langsam erhob sich der Balg, wagte jedoch zunächst nicht, das Antlitz der abnormen Gestalt anzusehen. Sich im Schutze des geliebten und stets herbeigewünschten Vaters wähnend, umarmte er das Wesen inbrünstig.

»Mein Blut!«, stieß die Gestalt erneut hervor. Diesmal ungleich erboster und verbitterter.

Mit einiger Ratlosigkeit und Unverständnis in seinem Blick suchte Nathan nun den Augenkontakt mit der Gestalt. »Vater?«

In fester Umklammerung harrten beide in der mörderischen Hitze der Flammen aus. Mit einem Mal aber verspürte Nathan eine der beiden Hände auf seinem Rücken verschwinden und mit ihr auch deren Wärme an seinem Körper. Gleich darauf schmerzte ihn ein hart geführter und eiskalter Stich im Rücken. Ein ungekannter Schauder erfasste seinen Leib. Seine Augen wurden trüb. Er erzitterte ohne jede Beherrschung seiner Gliedmaßen. Im Anschluss fiel der unselige Balg haltlos in sich zusammen. Blut benetzte seine Lippen, tropfte zu Boden und löschte die Flammen rings um sein Haupt. Aus der rechten Hand der Gestalt fiel ein Dolch ins Feuer. Gleichsam ertönten inmitten der knisternden Glut markerschütternde Schmerzensschreie. Ihrer Lautstärke und Verzweiflung nach zu urteilen, mussten sie sehr, sehr lange Zeit unterdrückt worden sein.

Wenige Augenblicke darauf stürzte die Gestalt auf Nathan und presste mit allerletzter Kraft ihre rechte Hand auf seine Brust, als wollte sie letzte Gewissheit, sein Herz schlage nicht mehr.

XXXVI

Mehrere Jahre brauchten Fust, Gutenberg und Schöffer, um, jeder für sich ebenso wie im gegenseitigen Einvernehmen, auch nur im Ansatz zu verarbeiten, was sich in der Werkstatt im Humbrechtshof ereignet hatte. Noch viel länger grübelten sie aber darüber, wer dem Schrecken des Nathan letztendlich ein Ende gesetzt hatte. Die Nonne Gianna Maria, so das Ergebnis ihrer umfassenden Nachforschungen, musste dem Balg aus London nach Mainz gefolgt sein, allerdings war sie unzweifelhaft bereits vor den Geschehnissen in der brennenden Werkstatt tot, wie alle drei vor jedem Schwurgericht hätten bezeugen können. Sie konnte ihnen also nicht zur Rettung herbeigeeilt sein. Schließlich und um dem einzig hilfreichen Mittel der Verdrängung Vorschub leisten zu können, ließen die Männer, ohne der Lösung auch nur einen Schritt näher gekommen zu sein, ihre Mutmaßungen sein und beschlossen einstimmig, den teuflischen Jungen niemals wieder auch nur mit einer Silbe zu erwähnen. Sie konnten nicht wissen, dass sich die besagte Nonne Gianna Maria nicht allein auf die Überfahrt nach Deutschland gemacht hatte. Sie konnten nicht erahnen, dass sie eine enge Verbündete hatte, nämlich eine herzensgute Engländerin, die mit den Gräueln des Balgs nur allzu gut vertraut war. Sie wussten nichts von der Frau, die durch schwerste Verbrennungen am gesamten Körper bis zur Unkenntlichkeit verunstaltet war und deren Blutslinie der des Nathan entsprach. Allein diesem Umstand war es zu verdanken, dass der Teufelsbrut Einhalt geboten werden konnte. Die Frau, die als solche kaum mehr auszumachen war, war Betula MacLeod, die Tante des Balgs, den sie erstach. Sie hatte die Bürde auf sich genommen, die Menschheit von dem größten Übel zu befreien, das sie je gesehen hatte, gleichwohl sie dafür hatte morden müssen. Ihr Opfer kann wohl stets nur unzulänglich beschrieben werden. Bleibt uns, zugegeben mit einiger Genugtuung über die verdammenswerten Umtriebe des teuflischen Balgs, festzuhalten, dass mit Nathans Tod auch der in den wagemutigen Anselm Merrin hineinverpflanzte Azazel zurück in die Tiefen der Hölle fahren sollte. Der Pater fand daraufhin bald seinen Frieden. Azazel hingegen blieb mit seinen Heeren zur Untätigkeit verdammt. Der einzige glückliche Umstand in dieser bedrückenden und finsteren Geschichte aus Arglisten, Lügen und Morden war Gutenbergs Entscheidung, die fertigen Exemplare seiner Bibeldrucke außerhalb der Werkstatt zu lagern. Ansonsten wären sie ein sicherer Raub der Flammen geworden. Gutenberg und Fust gingen bald getrennte Wege, was wohl auch an den früheren ständigen böswilligen Unterstellungen des Nathan lag, und strengten wegen Unstimmigkeiten über Geldangelegenheiten gar Prozesse gegeneinander an. Infolge des Rechtsstreits musste Gutenberg den Lagerbestand seiner Bibeln und die Werkstatt im Humbrechthof an Fust abtreten, der Schöffer alsdann mit der Leitung beauftragte. Der Mainzer Druckermeister ließ sich jedoch nicht beirren und baute in seinem Geburtshaus zum Gutenberg eine neue Druckerwerkstatt auf, wie uns zu Ohren kam. Werke wie die Türkenbulle, eine weitere, diesmal sechsunddreißigzeilige Bibelausgabe, und das Catholicon – ein Lehr- und Nachschlagewerk zum Verständnis der lateinischen Bibel – sind auf sein weiteres Wirken zurückzuführen. Vorher allerdings begegnete Gutenberg dem späteren Papst Pius II. während eines Besuchs der Stadt Frankfurt und gewährte ihm Einblick in seine zweiundvierzigzeilige Bibelausgabe. Wäre Nathan zu diesem Zeitpunkt an der Stelle Gutenbergs gewesen, die Begegnung hätte ein äußerst unschönes Ende nehmen können. Die Akten mit den Urteilen eines gewissen Mainzer Richters Gottfried Moltanger und damit sämtliche Aufzeichnungen über seine an Schwachsinn grenzenden Urteilssprüche aus den Jahren seiner Dienstzeit zwischen 1447 und 1453 verschwanden nach seinem Ableben spurlos aus den Gerichtsarchiven der Stadt. Innerhalb weniger Jahre wurde Gutenbergs neuartiges Druckverfahren in Werkstätten ganz Europas aufgegriffen. Sehr bald wurde nahezu alles, woraus sich ein Gewinn erwirtschaften ließ, von den großen Verlegern in Paris und Venedig vertrieben. Das Verfahren und die schnelle Herstellung und Verbreitung überstiegen ebenso schnell den Einfluss der Inquisition in der Bekämpfung häretischer Schriften. Die Mainzer Stiftsfehde besiegelte im Jahr 1462 das Ende der Stadtfreiheit. Bereits im Vorjahr hatte Adolf II. von Nassau eine Auseinandersetzung mit dem erwählten, aber vom Papst nicht anerkannten Erzbischof Diether von Isenburg angezettelt, da er eigene Ansprüche auf den Mainzer Erzbischofsthron durchsetzen wollte. 1462 dann kletterten fünfhundert seiner Soldaten in den frühen Morgenstunden des 28. Oktober nahe des Gautores über die Stadtmauer. Im Anschluss an eine Straßenschlacht verwies er fast alle männlichen Bürger der Stadt und ließ sich sämtliche Privilegien der Bürgerschaft aushändigen. Als erzbischöflich-kurfürstliche Stadt verlor Mainz, dessen Bürger weitere Demütigungen seitens Adolf II. von Nassau über sich ergehen lassen mussten, in den darauffolgenden Jahren an politischer Bedeutung.

1465 wurde Gutenberg, so machten wir uns bei englischen Vertretern des Druckerhandwerks kundig, vom selbigen Mainzer Erzbischof in der Kurfürstlichen Burg zu Eltville zum Hofedelmann ernannt und somit in sein Gesinde aufgenommen sowie mit einem Hofkleid, zweitausendeinhundertachtzig Litern Korn und zweitausend Litern Wein bedacht. Ein Jahr später verstarb Fust auf einer Verkaufsreise in Paris an der Pest. Weitere zwei Jahre darauf dann auch Gutenberg – im Algesheimer Hof nahe seines Geburtshauses und seiner Taufkirche St. Christoph. Wer weiß, wer sich seiner wegweisenden Erfindung in Zukunft bedienen würde, um sich im ganzen Reich und darüber hinaus Gehör zu verschaffen. Man denke nur an kommende Reformer, ihre Thesen könnten rasch über das geschriebene Wort im Volk Anklang finden. Das benachbarte Frankfurt sollte seinen steten Aufstieg fortsetzen. Auch hier mag man beschreien, dass die Messeprivilegien der Stadt wohl noch weiteren Glanz verleihen könnten. Setzt sich die Entwicklung fort, vielleicht finden sich dereinst Händler und Aussteller aus aller Herren Länder in Frankfurt ein, um ihren Waren eine Bühne zu geben.

Schöffer übernahm die Leitung und später die Inhaberschaft der Werkstatt, die Fust nach dem Brand mit seinem eigenen Vermögen neu erbaute, und ehelichte dessen Tochter Christine, die ihn zum Vater vierer Söhne machte. Bald entwickelte er eigene Druckertypen und nutzte ehedem als erster Buchdrucker ein Druckersignet. 1457 erstellte er eines der kostbarsten Druckwerke aller Zeiten – den Mainzer Psalter, ferner im Jahre 1462 eine achtundvierzigzeilige Bibelausgabe. 1470/71 erwarb er den Humbrechthof und erfreut sich, soweit wir wissen, noch immer bester Gesundheit. Nicht auszudenken, welche Wendungen ihrer aller Schicksal, besser noch, unser aller Schicksal genommen hätte, wäre das schändliche Werk des Nathan von Erfolg gekrönt gewesen. Nicht auszudenken, was mit unserer Welt geschehen wäre, hätten die Käufer der Gutenberg-Bibeln die falschen Bücher erhalten. Nicht auszudenken, hätten sie dann, ganz im Sinne Nathans und seines Gebieters, die Menschheit mit dem Teufelswerk der verwerflichen Botschaften des Höllenfürsten unterwandert. Abseits des sakralen Geschehens und allen Unkenrufen seitens der höchsten kirchlichen Würdenträger zum Trotz drehte sich die Welt also weiter. Durch den mit irdischen Maßstäben kaum zu bemessenden Verdienst dreier beherzter Männer und zweier den Märtyrertod gestorbenen Weibsbilder. Vielleicht würde sich aber tatsächlich irgendwann herausstellen, dass diese unsere Welt gar keine in den Weiten des Atlantiks endende Scheibe, sondern vielmehr eine Kugel wäre.

Aber das sei an anderer Stelle beschrieben.

ENDE

Für das in mich gesetzte Vertrauen danke ich dem Team des Gmeiner-Verlags, insbesondere Claudia Senghaas und Armin Gmeiner.

Mein Dank für steten Zuspruch und Unterstützung beim Schreiben und auf dem Weg zum Buch gilt: Ingegard Rautenstengel, Dr. Roger Martin, Heidi Bauer-Vetter, Ludwig Wiesmann, Birgitt Böhm, Prof. Dr. Stefan Voll und meiner Familie.

Anmerkung des Lektorats:

Die Weihnachtslieder, das Lied der Nonnen und der Mythos der Walpurgisnacht auf dem Brocken sind erst später entstanden – diese Stellen dienen aber der Dramaturgie und sind bewusst so belassen worden.

Weitere historische Romane finden Sie auf den folgenden Seiten oder im Internet: www.gmeiner-verlag.de

ÖHRI / TSCHIRKY
Sinfonie des Todes

272 Seiten, Paperback.
ISBN 978-3-8392-1145-8.

JENSEITS DER NACHT Wien 1901. Wilhelm Fichtner, spielsüchtiger Beamter des kaiserlich-königlichen Kriegsministeriums, wird zuhause von seiner Gattin Lina tot am Schreibtisch aufgefunden, den durchschossenen Kopf auf einem Kassenbuch liegend, die Pistole neben ihm auf dem Boden. Doch Cyprian von Warnstedt, Inspektor der k.k. Gendarmerie, bezweifelt, dass es sich um einen Selbstmord handelt. Als Täter vermutet er einen der Männer aus Wilhelms letzter Kartenrunde in dem verrufenen Gasthof »Zur Kaisermühle«. Aber auch die Witwe selbst verhält sich äußerst verdächtig …

GERHARD LOIBELSBERGER
Reigen des Todes

324 Seiten, Paperback.
ISBN 978-3-8392-1068-0.

DIE SPUR DES TODESENGELS Wien 1908. Als am Ufer des Donaukanals ein abgetrennter Unterarm entdeckt wird, wittert Gerichtsredakteur Leo Goldblatt die große Story. Doch nicht nur diese mysteriöse Angelegenheit schlägt dem Inspector und ausgewiesenen Gourmet Joseph Maria Nechyba gewaltig auf den Magen, sondern auch die Suche nach dem seit Tagen vermissten Oberstleutnant Vestenbrugg. Bewegung kommt erst in den Fall, als Vestenbruggs abgeschnittener Kopf auftaucht und sich herausstellt, dass er eine junge Geliebte hatte: Steffi Moravec, deren amouröse Fähigkeiten auch andere Herren der Wiener Gesellschaft sehr zu schätzen scheinen …

GMEINER
Wir machen's spannend

Alle Gmeiner-Autoren und ihre Romane auf einen Blick

ANTHOLOGIEN: Zürich: Ausfahrt Mord • Mörderischer Erfindergeist • Secret Service 2011 • Tod am Starnberger See • Mords-Sachsen 4 • Sterbenslust • Tödliche Wasser • Gefährliche Nachbarn • Mords-Sachsen 3 • Tatort Ammersee • Campusmord • Mords-Sachsen 2 • Tod am Bodensee • Mords-Sachsen 1 • Grenzfälle • Spekulatius **ABE, REBECCA**: Im Labyrinth der Fugger **ARTMEIER, HILDEGUNDE**: Feuerross • Drachenfrau **BAUER, HERMANN**: Verschwörungsmelange • Karambolage • Fernwehträume **BAUM, BEATE**: Weltverloren • Ruchlos • Häuserkampf **BAUMANN, MANFRED**: Jedermanntod **BECK, SINJE**: Totenklang • Duftspur • Einzelkämpfer **BECKER, OLIVER**: Das Geheimnis der Krähentochter **BECKMANN, HERBERT**: Mark Twain unter den Linden • Die indiskreten Briefe des Giacomo Casanova **BEINSSEN, JAN**: Goldfrauen • Feuerfrauen **BLATTER, ULRIKE**: Vogelfrau **BODE-HOFFMANN, GRIT/HOFFMANN, MATTHIAS**: Infantizid **BODENMANN, MONA**: Mondmilchgubel **BÖCKER, BÄRBEL**: Mit 50 hat man noch Träume • Henkersmahl **BOENKE, MICHAEL**: Riedripp • Gott'sacker **BOMM, MANFRED**: Blutsauger • Kurzschluss • Glasklar • Notbremse • Schattennetz • Beweislast • Schusslinie • Mordloch • Trugschluss • Irrflug • Himmelsfelsen **BONN, SUSANNE**: Die Schule der Spielleute • Der Jahrmarkt zu Jakobi **BOSETZKY, HORST (-KY)**: Promijagd • Unterm Kirschbaum **BRÜMME, BETTINA**: Weißwurst für Elfen **BUEHRIG, DIETER**: Schattengold **BÜRKL, ANNI**: Ausgetanzt • Schwarztee **BUTTLER, MONIKA**: Dunkelzeit • Abendfrieden • Herzraub **CLAUSEN, ANKE**: Dinnerparty • Ostseegrab **DANZ, ELLA**: Ballaststoff • Schatz, schmeckt's dir nicht? • Rosenwahn • Kochwut • Nebelschleier • Steilufer • Osterfeuer **DETERING, MONIKA**: Puppenmann • Herzfrauen **DIECHLER, GABRIELE**: Glutnester • Glaub mir, es muss Liebe sein • Engpass **DÜNSCHEDE, SANDRA**: Todeswatt • Friesenrache • Solomord • Nordmord • Deichgrab **EMME, PIERRE**: Diamantenschmaus • Pizza Letale • Pasta Mortale • Schneenockerleklat • Florentinerpakt • Ballsaison • Tortenkomplott • Killerspiele • Würstelmassaker • Heurigenpassion • Schnitzelfarce • Pastetenlust **ENDERLE, MANFRED**: Nachtwanderer **ERFMEYER, KLAUS**: Endstadium • Tribunal • Geldmarie • Todeserklärung • Karrieresprung **ERWIN, BIRGIT / BUCHHORN, ULRICH**: Die Reliquie von Buchhorn • Die Gauklerin von Buchhorn • Die Herren von Buchhorn **FOHL, DAGMAR**: Der Duft von Bittermandel • Die Insel der Witwen • Das Mädchen und sein Henker **FRANZINGER, BERND**: Zehnkampf • Leidenstour • Kindspech • Jammerhalde • Bombenstimmung • Wolfsfalle • Dinotod • Ohnmacht • Goldrausch • Pilzsaison **GARDEIN, UWE**: Das Mysterium des Himmels • Die Stunde des Königs **GARDENER, EVA B.**: Lebenshunger **GEISLER, KURT**: Bädersterben **GERWIEN, MICHAEL**: Alpengrollen **GIBERT, MATTHIAS P.**: Rechtsdruck • Schmuddelkinder • Bullenhitze • Eiszeit • Zirkusluft • Kammerflimmern • Nervenflattern **GORA, AXEL**: Das Duell der Astronomen **GRAF, EDI**: Bombenspiel • Leopardenjagd • Elefantengold • Löwenriss • Nashornfieber **GUDE, CHRISTIAN**: Kontrollverlust • Homunculus • Binärcode • Mosquito **HAENNI, STEFAN**: Brahmsrösi • Narrentod **HAUG, GUNTER**: Gössenjagd • Hüttenzauber • Tauberschwarz • Höllenfahrt • Sturmwarnung • Riffhaie • Tiefenrausch **HEIM, UTA-MARIA**: Totenkuss • Wespennest • Das Rattenprinzip • Totschweigen • Dreckskind **HERELD, PETER**: Das Geheimnis des Goldmachers **HOHLFELD, KERSTIN**: Glückskekssommer **HUNOLD-REIME, SIGRID**: Janssenhaus • Schattenmorellen • Frühstückspension **IMBSWEILER, MARCUS**: Butenschön • Altstadtfest • Schlussakt • Bergfriedhof **KARNANI, FRITJOF**: Notlandung • Turnaround • Takeover **KAST-RIEDLINGER, ANNETTE**: Liebling, ich kann auch anders **KEISER, GABRIELE**: Engelskraut • Gartenschläfer • Apollofalter **KEISER, GABRIELE / POLIFKA, WOLFGANG**: Puppenjäger **KELLER, STEFAN**: Kölner Kreuzigung